有情天地的小說悅讀

張素貞——著

序　天地有情，有情天地

青壯時，我喜愛龔定庵的《己亥雜詩》：「陶潛酷似臥龍豪，萬古潯陽松菊高。莫道詩人竟平淡，二分梁甫一分騷。」陶淵明並非全然的隱者，少壯時有志用世，跟諸葛亮一樣豪邁；好為《梁甫吟》，也能作《離騷》。我們平時無論個人的職位高低，生活的閱歷深淺，自我存在的社會環境就是一個小宇宙，盡本分，為所能，盡其在我，這是我的座右銘。我習慣閱讀，教學、研究略有成績。退休後，優雅轉身，安閑自得。歲月靜好，十五年來，勤讀書、做札記，學思、寫作，我的日子充實、恬靜。我讀書，心中喜悅。閒情仍有，曾經歆羨的散淡悠遊卻不能得。每當瀏覽到深情婉轉、運思沉重，或豪氣干雲、壯懷激昂的作品，我的心情總隨著起伏，回復青壯期「二分梁甫一分騷」的情懷。不過，多年已磨鍊冷靜客觀的理性思考，終究會讓我平淡處理文字，而用心把曲折轉變的關捩涵蘊其中。

年事增長，周邊親友老病苦況常見，告別追思的哀傷場合難免。疫情三年，被迫「息交絕遊」，多數時間幽居在家，很多人不免鬱悶，百無聊賴。我很幸運，因為愛書，悅讀，有書自能縱覽悠遊。這本小說悅讀，僅收錄一篇重要的長篇論文〈詩味小說散文筆——劉大任短篇小說的語言藝術〉，卻兼容古典小說與劇曲轉化的相關討論。自二〇〇一年《現代小說啟事》以來的小說研討，兼及早期的古典小說論析，時間跨度頗長。

羅悅玲學妹教書、寫作，散文集《女人的四分之一》充分映現個人學養、生活歷練、理想憧憬，文采斐然。她多才多藝，操古琴，練書法。她漂亮的墨蹟常做成可愛的書籤，她的餽贈：「天地有情容我老，江山無語看人忙」成了我賞玩的最愛。大自然無言，提供了展演的舞臺，眾生平等，一視同仁，這是大愛無形，所以偉大。我能平安邁入老境，還能捧書悅讀，精神遨遊，渾然忘我；天地之於我，庇護周全，恩澤深厚，當然有情。我悅讀各種各樣文學作品，探掘其中曲折委婉的情事，人離不開情，萬事總關情。我想把這本多年積累的小說賞析，命名為：《有情天地的小說悅讀》。

這是一本很素樸的書，內涵卻挺耐人推敲的。書分四輯，未擬小標題，大略說來：**壹**、**蒼茫遼闊**：大格局、大歷史，楊念慈、彭歌為大時代錄音留影。黃春明寫出：活潑、開朗的美女，荒誕莫名的情節，揭開黑幕，既寫實又諷刺。《行過洛津》以泉州和臺南、對鹿港做為參照系，增強了小說的縱深與厚度。舞鶴的〈調查：敘述〉，沉痛地掃描二二八的集體記憶，多面疑似，卻一再消解。**貳**、**精緻幽微**：找到幸福了嗎？松鼠的記憶驚人，楊明逐層揭祕，薄情郎竟不識新歡原是舊愛。〈記得我〉運用了多重敘事的參差映像，呈顯小人物蒙冤受屈。韓秀摹寫吳珍珍堅實的愛情、無私的親情和無盡的溫情，曲折婉轉，處處驚奇。**參、憧憬・童言**：童心天真，童話、少年小說從兒少視角描摹，也引發成人省思的哲理。寶玉體貼周到，為黛玉編造了「耗子精變香芋」的童話。**肆、綜合論述**：劉大任的短篇小說，詩化之筆蘊藉耐品；魯迅的〈孔乙己〉，越劇改編別有一番風味。

張素貞
於臺北古亭
二〇二二年十二月

目次

輯參

輯肆

附錄

輯壹

楊念慈的《大地蒼茫》
——人如何安身立命？

為大時代錄音留影

素來對自己作品「管制」嚴格的楊念慈（一九二二—二〇一五），出版過二、三十部的短、中、長篇小說集。民國五十一年、五十二年，他的《廢園舊事》、《黑牛與白蛇》出版，一時轟動，不僅創下出版佳績，而且編為廣播劇、電視、電影。兼顧創作的深度技巧及通俗流暢，楊念慈不負盛名，確實是實力雄厚的小說家。

楊念慈出身富裕的地主家庭，抗戰時投筆從戎，曾在槍林彈雨中浴血衝鋒；來臺後解甲筆耕，做了十來年的職業作家；後來獻身教育，教過中學，也在大學教授小說寫作的課程。豐富的閱歷成為他寫作寬廣背景的最大資源。《廢園舊事》寫抗戰游擊隊，《黑牛與白蛇》則描寫土匪綁架勒贖，都是作者「抒發個人感情的懷鄉、憶舊之作。」[1]他的《犁牛之子》寫貧童

[1] 見楊念慈《廢園舊事》自序，頁八，麥田出版社，二〇〇〇年二月。

刻苦奮發向學而成功的經過；《風雪桃花渡》則寫活一對冰天雪地中趕路回家的兄弟，驚險刺激，堪稱上乘的鄉土小說。除了《金十字架》和《少年十五二十時》，以及散文集《狂花滿樹》是自傳體，[2]《罪人》也有濃厚的自傳色彩，流露自幼喪母、渴望親情的心情，令人悸動。[3]由於熟讀古典舊籍，又在大學裡教授現代小說，楊念慈的小說其實「處理人物、事件有古典小說的意境，從他的作品中可以找到從傳統到現代間發展的線索，亦為傳統與現代的交流與對話。」[4]

在公開場合少言寡語的楊念慈對於家國用情很深，愛國憂民，筆耕寫作，獻身教育，他一直有心要為動亂遭變的大時代錄音留影。民國七十（一九八一）年，他應《中央日報·副刊》孫如陵主編的邀約，撰寫了連載長篇小說《大海蕩蕩》。他有意藉著與民國同年的小說人物劉一民的一生所見所聞來展現民國締造以來的種種橫逆與民俗風情、傳統與創新精神。當初的構想，「原是採用三部曲的形式，第一部即以『大地蒼茫』為題，故事背景在作者的故鄉，

2 應鳳凰〈風格樸實的小說家——楊念慈〉，《筆耕的人》，頁二〇三、二〇四。
3 楊明〈濃蔭不老，狂花滿樹〉，《廢園舊事》頁十一，麥田出版社，二〇〇〇年二月。
4 李瑞騰語，曾意芳〈楊念慈五〇年代經典小說重新推出——《廢園舊事》和《黑牛與白蛇》情節動人值得年輕一輩一讀〉，《中央日報》十八版，二〇〇〇年五月十日。

時間從民國初年，經北伐、中原大戰，到抗戰前夕；第二部的題目是『烽火絃歌』，寫的是抗戰期間在漫天烽火中創立學校，以及師生們被迫離鄉流亡的經過，第三部才是『大海蕩蕩』。在〈中副〉發表的時候，卻故意顛倒順序，拿『大海蕩蕩』四個字當作全書的總題。」[5]當年因故寫作只進行了第一部分，現在「增刪修補」，便恢復原來的命題，理當稱之為《大地蒼茫》。作者的使命感與理想抱負，長篇小說《大地蒼茫》，應該是具體的實踐。我們期待作者以寫史的如椽大筆，改換悠閒自娛的心境，再接著把故事說完，那不僅是作者的功業，也是讀者的期盼。

本文的討論，即以三民新版的《大地蒼茫》為準。

《大地蒼茫》的時間跨度，是民初到北伐成功，國民政府統一全國的二十年，在末段稍加帶過數年，還來不及暈染抗戰前夕的風風雨雨。作者在鋪寫千頭萬緒的民國故事中，除了許多全盤性的敘說講解之外，技巧地選擇了小說人物劉一民的有限觀點。因為選擇人物視點的規範，運筆優遊不迫，可以集中焦點做細部的描摹，也可以避開過分龐大的枝節敘述；並且由於人物視角的限制，許多幼、少年不能理解的未知部分，就便於布置懸疑。劉一民跟民國同年，

5 見楊念慈《大地蒼茫》自序，頁一，三民書局，二〇〇七年一月。

年輕的生命接受傳統與新知，正好做一個借鏡，隨時映照檢討。在流暢的敘筆中，作者保留了傳統說書介紹人物的「報家門」筆法，有時也以變化方式在事件中插敘或補敘；而且常作「預示」，神龍露首不露尾，先行暴露一點點徵兆，倒也無損於懸疑，更能促發讀者殷勤的期待。這比較接近傳統小說的書寫手法。

一、宅心仁厚的醫道，土匪請醫、報恩

《大地蒼茫》可以從劉氏父、叔、子侄三人的主體敘述來分項觀察：以父親「劉先生」（劉大成）為主體的「土匪請醫」及家難；以小叔（劉大德）為主體的「革命軍北伐」及「冥婚」、「守望門寡」、繼嗣；以劉一民為主體的升學、教學報國，及延續「土匪請醫」的「土匪報恩」。在兵荒馬亂的年月，發生在故鄉曹州郜鼎集的事情，描敘起來就像鄉土傳奇。劉一民生長在中醫世家，「葆和堂」由父親主持，打五歲起，一民便跟著父親共騎大草驢四處行醫，兼做學徒、侍僕，度過視野開闊的歡樂童年。父親行醫和城裡的堂伯父對照，是仁心仁術，常常救濟貧苦人家，不辭遠程，不計診費。他曾在拜年途中被攔截先去出診，讓年幼的兒子自己先去堂伯父家，惹來堂伯父許多的批判；接著發生了「土匪請醫」的事件。劉先生被約請到清涼寺為老婦人看診，發現土匪是傳說中一表人才的朱大善人。是身受冤屈，被逼上梁

山，專和軍閥作對的土匪；卻是一位孝順的兒子。那位富貴人家出身的善心老太太，不齒兒子的行徑，已放棄求生的欲望；為了尊佛敬神，不肯臥寺廟的門板，寧願睡在鋪草的冷地板上。說是傳奇，在於作者安排許多情節自然在理，卻往往出人意表，《大地蒼茫》的情節設計值得讚賞。

劉先生哄勸了病人受診，又建議朱大善人把老太太送到劉家菜園一隅的偏院靜養，條件是：只准他一人到來隨侍，將來他有任何掠奪行動，必須避開郜鼎集方圓三十里。結果土匪接受安排，老婦人病好離開了。劉先生不肯接受兩百銀洋的謝銀或診費，因為來路不正，卻高興地收下一根家傳的鑲玉旱煙桿兒，並且隨身常用。事情看來功德圓滿，父子二人也保密到家。

然而四年之後，這件功德卻惹來破家大禍，劉先生被捉去坐牢，劉家被敲詐一千塊大洋，雖終究打九折，也耗盡窖藏，還幸虧平日廣結善緣，親戚助款，鄉鄰「還錢」，才湊足款項，換回一命。這件事對小叔與劉一民的衝擊非常大。原來認知的世界突然獰惡了起來，城裡的縣衙攬權者錢師爺予取予求，比土匪還可怕，靠著密告，從朱大善人不侵擾郜鼎集推論劉先生通匪，把那支旱煙桿兒當做通匪的證物，硬是像收稅銀一般地公然收取九百大洋的買命錢。錢師爺的權力來自軍閥督軍安排酬庸的縣太爺，這直接刺激劉大德放棄教職，離家去廣州投考黃埔軍校，而後隨軍北伐。他要打倒軍閥。聽到對方索銀的價碼，十二歲的劉一民看到小叔瞪圓眼睛，擰緊濃眉，「張著嘴，那神氣，好像聽到的是一件既不合人情，也違反天理、而又不得不相信的奇事，驚異、困惑、憤怒、憂慮，兼而有之，還外帶著一副作嘔要吐的樣子，彷彿被人塞了一嘴髒東西，吐不出來又嚥不下去，就那樣不上不下的卡在喉嚨裡。」血氣方剛的劉大德對於錢師爺的蠻橫、齷齪，既驚異又不屑，而又不免煩憂的神態，如在目前。

籌募款項的過程呈現了鄉民濃厚的人情、互助的精神；團長、保正還安排「鄉團」派出二十幾位壯丁護銀，有一層耐人深思的意義：這保衛的力量未必有多大，卻告知世人：這回交錢贖人，不只是劉家的事情，等於郜鼎集和附近幾十座村莊的事。這樁霉運讓劉先生深覺挫辱，以為愧對祖先，因而毫無食慾，也不再出診探病。直到被同一位班頭請去縣衙為太爺治病，回程與一民騎著大草驢，途中狂笑不止，簡直如遇邪中祟。原來他發現縣太爺是個隆胸駝背彎腿又低能的殘廢，他叮囑一民不能說出去，「有傷口德」，宅心仁厚啊！也許理解縣太爺縱容錢師爺無法無天的無奈，同情心釋除了自己的心病，此後劉先生又恢復四處看診的生活。他叮嚀兒子，不要因家難而懷疑人性，「要是你總覺得身邊有壞人，總覺得別人有壞心，往後這長長的一世，你還過不過呢？你還活不活呢？」厚重寬和，弘揚民間取於民施於民的醫道，「劉先生」的形象始終如一。

小說最後一章寫到一民二十歲結婚，有客人送了大禮就走，受禮的鄉親只模糊記了個姓氏；新娘子王正芳從諧音推想，一民猜到是朱大善人。新年朱大善人來拜年，說清楚他已接受招安，走了正路；劉先生於是開懷地收受了重禮。朱隊長交回那支家傳旱煙桿，補述：督軍失勢，縣太爺解職，返鄉途中他如何奪了錢財，取回旱煙桿，嚇破錢師爺和縣太爺的膽，殺了早犯淫戒的告密人。善惡到頭來終有報，「土匪請醫」的結局符合我們的業報觀。小說還帶了一筆：那朱隊長年年來拜年，後來還把母親請來，朱、劉兩家主母結拜，成了通家之好。關於土匪可愛，乃是被逼成匪，過後接受招安，步入正途，沈從文〈在別一個國度裡〉的描寫有異曲同工之妙。

二、亂世中的家國情懷

《大地蒼茫》第二描述重點，放在小叔劉大德身上，作者也藉此展現了家國情懷。劉大德憂國憂民，立意去投效革命軍，情緒起伏，往往跑到荒野，藉一支長笛宣洩情懷。他的同窗好友李叔叔找來，兩人議論滔滔，不時附耳說些密語。這年除夕，小叔表現異於往常的隨和，自動去祭拜祖墳，徘徊瞻顧了許久。吃團圓飯時，他宣布已辭去教職，破五就要動身去上海，跟徐老師做出版生意。他買了雙倍於慣例的一千頭的鞭炮，交代一民開始擔當放鞭炮的任務。這些種種，烘襯出小叔一去不回的堅毅心志。然而他並非不要返鄉，「今日的分散，就是為了將來的團圓——只要不死，我一定會回來的。」

小叔答應要寫信回家，然而一民等待到國曆五月底，才收到寄自廣州的信，沒有住址。給大哥劉先生的信，在葆和堂與小叔的準岳父陳爺爺一齊閱讀，四六駢文，一民有很多地方看不懂。只見兩個大人臉色不對，陳爺爺當場發飆，原來小叔要求退婚。陳爺爺是晚清的秀才，和「老劉先生」是好朋友，與劉先生年歲相近，因為賞識劉大德，主動把愛女陳二姑娘許配給他，訂婚當年，大德十六歲，並沒有反對。如今提出退婚，也許有苦衷，（革命軍人生死置之度外，哪顧得了婚姻？為姑娘家著想，退婚是好的。）但滿清遺老師心自用，哪能理解？

小叔後來來信多了，看那些郵戳，似乎是向回家的路上走，可又不時迂迴，還曾經踅回，風景描摹自是不少，疑點仍然很多。府城高小的包老師來訪，一民給他看信，包老師憑報載的革命軍訊息核對，推測小叔必是參加了革命軍。他警告不要隨便給外人看信，以免家難重演。一民對小叔更加景仰。但是信件卻斷了。兵荒馬亂，為了等小叔隨時可能回家，劉家也不逃反避亂，只在緊急時，讓一卿、一民兄弟躲入夾壁中，大嫂故意打扮得老相。為了大草驢被強行拉走，劉先生差些要替代驢子做勞役，柔弱的老婆怕躲在夾壁中的兩個兒子曝光，就鼓勇挺身而出，跟蠻橫的軍士力爭。在一個深夜，一民聽見動靜，以為草驢回家來了，或小叔回家來了，卻是李叔叔老遠騎馬送回小叔的遺物，小叔已在徐州陣亡八個月了。等到劉先生伺機告訴老婆這個噩耗，全家穿起孝服發喪，陳爺爺無論如何不肯接受死訊，跟著劉氏父子輾轉去徐州的雲龍山，親眼看到陣亡將士公墓，才嚎啕大哭，一發不可收拾。幸好劉先生隨身醫護，總算平安回家。他卻又邀集家鄉所有秀才、舉人公議，要求劉先生答應陳二姑娘守望門寡，將來冥婚，以一民為繼嗣等條件。傳統的鄉間，即使民國十幾二十年了，依然活存著傳統思維的人物。

描寫革命軍北伐的神聖使命之外，民國十九年三月間的中原會戰歷時半年有餘，戰火蔓延南北各地。透過遠房表叔的閱歷，說明馮玉祥「西北軍」中第二代的將領們冀望統一，有國家觀念、民族意識的已經不乏其人。這位宋家表叔追隨馮玉祥十八年，不忍見到倒戈，再把軍隊看做私人利益，而寧願告長假，返鄉終老一生。浪蕩子弟從軍做了軍閥的老實幹部，終究深明大義，誠心為國為民，宋家表叔做了亂世安身立命的示範。

三、新舊交替，教育、禮俗的多面描摹

以劉一民為主體的描述，一是升學，以備將來服務桑梓，啟發民智；一是結婚，藉此描摹各種婚俗。他娶了女教育工作者，推動他繼續升學；兩人婚前見過幾面，全仗包老師大力撮合，幾次會面，一民的心緒流動都描繪得自然感人。

教育辦學，也是楊念慈雖老而不忘的理想[6]。劉大德念茲在茲，期勉叔侄合力教學，為家鄉服務。在徐州墓地，殘腿的張班長轉述營長的意願：「只等著把軍閥打倒，全國統一了，他就要卸甲歸田，還回到家鄉，做他原先的工作。」他預立的遺書也叮嚀一民繼志述事。於是一民重新整理書箱，投考府城第六中學。或許經事長智，他的作文拿了高分，以第一名考取，學費又經包老師籌募獎學金，得以無憂無慮度過兩年。那以紀念劉大德為名的獎學金，到第三年年景轉好，劉先生就堅持禮讓出來，終於用家屬增加名額的方式，兼顧學校獎學金的運作，劉先生與包老師各有堅持，兩全其美。

包老師是老秀才接受新知的典範，他是公家機關之外府城裡唯一訂報的人。接受新知使他有能力破解謎團，看透大德是參與了國民革命軍北伐，他強調劉大德為國家奉獻的偉大精神，足以光宗耀祖，使家鄉增輝，以致後來他要以劉大德之名籌募獎學金。他關心教育，竭盡所能，甚至不惜路遠，造訪「葆和堂」，了解一民為何「家裡蹲」？劉大德可有消息？為了鼓勵一民繼續深造，不急著投入鄉間小學的教學工作，他勸導正牌「後師」畢業的外孫女——王正芳放棄城裡的好工作，接下鄉間小學教師的職務，並促成一段好姻緣。

---

6 石德華〈楊念慈——涉文學豈能真正淡然〉：「楊念慈一生的夢想是以自己的財力興辦中、小學。」《文訊雜誌》二二〇期，頁六十八，二〇〇四年二月。

《大地蒼茫》拿王秀才與包老師做對比，王秀才能吹笛，也有才學，但故步自封，主持鄉間小學，卻跟不上時代，以致學童外流。但他仍心心念念要物色接班人選，從劉大德到劉一民，老病了也不放棄。作者描敘知識分子為鄉里教育效力，不分新舊、老少、男女，極具深心。

劉一民大婚，小說的重點不在於抒寫浪漫戀愛，作者藉此一者續補「土匪請醫」的情節：土匪修成正果，報恩來了，而且往來不絕，和諧愉快。再者地方平靖，婚俗得以鋪張展示。一民對於繁瑣的儀節、過度的鬧房失去耐性，新娘見過世面，比他更有見識，卻知道「有些禮俗，都是流傳了多少世代的，想必都有它的道理。」新娘偕著新女婿回門，「旗桿王樓」的舅兄舅弟「報仇」，奇招百出。預知陷阱，小心防備，急智難得，最後仍在大兄長摟抱摸頸中，遭「金毛狗」暗算。過程歡樂而不傷和氣，楊念慈寫得靈活生動，熱鬧非凡。

《大地蒼茫》中，新時代舊禮俗也在新婚夫婦新春拜年中摹繪出來。上城給堂伯父拜年，意外發現年近六旬的堂伯父新添了小兒子。堂伯母不避嫌猜，讓老媽子抱出小少爺，「借」新人的喜氣，王正芳乖巧，把剛領的一封「見面禮」塞進襁褓中，得體地說了吉祥話：「給小弟弟添福添壽。」兩個女兒已二十多歲，為「乏嗣無後」而娶的姨太太，總算交了成績。這記錄一種婚姻的形態，在民國初年仍偶或可見。如果楊念慈的續書可能完成，根據預示，這位小小的劉一士四十年後將會和堂哥再見面，全憑這個同樣排行「一」的名字辨識。

四、以小說敘史的苦心經營

對於晚清官僚迂腐的習氣，遺老式的家族，楊念慈藉劉一民考試「中狀元」，居停主人半夜召見一民等借宿在偏院的師生來呈現。時髦裝束的「夫人」和兩個豔裝的大丫頭，主人做過「巡按使」，鴉片吸足，滿腦功名利祿，一味吹噓自己，一民恨他「無一語道及國事艱難，民生疾苦。」只反映「老官僚的可恨、可惱、可殺、可誅。」事後這批考生經過一家「善堂」，就把他給的「賞錢」都捐了。《大地蒼茫》中的老輩人物，即使有些迂腐，也能立體刻畫，優劣互見。王秀才、陳爺爺都有可敬可佩之處；相對地，一民對「巡按使」的激烈反思，映現了作者對迂腐官僚的深惡痛絕。

小說人物配搭，具見性情，各有情致。有關郜鼎集特殊地方風物，作者常選合宜的時地，附帶介紹。譬如：一民為家難奔走求助，一天未進食；由鄉間再度徒步進城去給父親安排牢飯，順路買個燒餅充飢，便細描六寸大的燒餅。一民等小叔來信，就介紹當年城武縣唯一的「郵政代辦所」。一民新婚拜年、回門坐的是「太平車」；他考完試返家，為侄兒小泥鰍買把「小關刀」，說是真桃木，能避邪，才過了母親這關。

小說在關鍵點，有時交代可考有據的資料：陳爺爺在劉大德墳前慟哭，寫得驚天動地，附帶介紹「哭弔」的禮俗；說到陳二姑娘要守望門寡，順帶「說古」：「根據咱們城武縣縣志記載，在宋、元、明、清這四個朝代，訂親未娶而夫死守節的烈女，就出過十多位。」更值得品味的是小說不時傳達的人生哲理。民國十八年是難得承平的一年，鄉民努力耕耘，土地不辜負人，「田地有收成，一家溫飽無虞，卻把這些都歸之於天恩祖德。……幾乎每一個村莊都在作『平安醮』，每一座寺廟都在唱酬神戲。」明明是自己血汗拚得，卻敬天祀祖，便是謙卑謹慎。張班長勸止陳爺爺的慟哭，說的是劉大德的話：「活著的壞人哭不死，死了的好人哭不活。」一合乎一位革命志士奮勵直前的積極精神，感受悲壯之情，是否也能激勵後死者為國為民的務實求是呢？劉大德把「一臣」之名改為「一民」，也自有深意。強調做「民」並不容易，要知道權利、義務，並抒發了一篇「讀書救國論」。叔侄既先受教成了知識分子，就要救國救民，喚醒國魂，啟發民智！

——《文訊》第二五八期，二〇〇七年四月

彭歌的新作《惆悵夕陽》
——兩岸知識分子的對話

六十年前彭歌避禍來臺。從抗日到逃共，正是他高小到大學的黃金歲月，回首故園，挫辱的慘痛記憶猶新，不免也要寫些傷痕見證文學。時移事往，從〈微塵〉（一九八三）、〈向前看的人〉（一九九三）及新作〈惆悵夕陽〉（二〇〇九）這三篇後期創作來觀察，少年求學、抗日逃共、在臺定居、留學美國，仍是作者愛用的經驗，不過，反共的意識消褪淡化，成為對共黨治下的大陸人民極大的悲憫與關懷，藉由兩岸知識分子的對話，仍帶著相當程度的批判。

〈微塵〉寫作的觸發點，應該是彭歌自己的長篇《從香檳來的》（一九七〇）中鍾華對安娜講的故事：一個勤奮的會計員在電梯故障中「孤獨的恐怖」。〈微塵〉的男主角在電梯的禁錮中也想起有篇文章「描寫現代人的孤絕感」。故障的電梯中有兩個來自海峽兩岸的中國人：來自臺灣的男子具有大陸生長的背景，在美國工作順利，開朗、不顧忌；來自大陸的少女奉命中輟留學，即將歸國，「似乎有太多的戒懼，像一隻小白兔遇到了敵人。」男子嘗試突破藩籬，跟同胞溝通，女子試探、好奇，兩人都為自己的地方辯護。黑暗中的兩粒微塵交會了，彼此似乎有一點了解。當光明到來時，少女答應男子邀請吃三鮮鍋貼，她想：「黑暗讓人恐懼、孤獨，但也給人勇氣，讓人多想一想，增強一個人掙脫黑暗的決心。人，畢竟不是微塵。」作者寄望遙深，在那還未開放戒嚴的時代，確信臺灣的民主必定能對大陸同胞產生作用。正因如此，本篇起筆故意不設定時間與空間，只是一個「極其繁忙又極其孤寂的地方」，為能達致讓兩岸阻隔的知識分子有互相從容理解的可能，必須是「異國的都會」。

〈向前看的人〉對大陸數十年慘重的政治劫難，表達了沉痛的關注。兩對夫妻，妻子是親姐妹，連襟是好同學。一對渡海來臺，夫妻都有工作，王燕生新聞系出身，由記者一直做到總編輯（幾乎跟彭歌一樣）；一對滯留大陸，夫妻都是高幹，胡之遙更是共產黨地下工作者、學運推動者，是功在黨國的人。當年兩個少年是球友，由於相聲演員急智詼諧的批判抗議竟致被捕，刺激了少年決心逃離淪陷區。他們向球隊教練徐中忱求助，徐安排了陳丹美、丹琳姐妹一起逃亡。四人安全到達了大後方，各自考取大學，王、胡的性向和志趣逐漸顯現分歧。最後見面是在上海，跟徐老師重逢，胡已擺出等待解放預備接收的姿態，王、陳與胡不歡而散。然後是四十年的暌隔，王燕生到北平後才具體了解胡之遙在文革期間被打壞了腿，丹琳有過兩個孩子，一個夭折，一個流產。徐老師自殺，他們不避顧忌，領養了老師的兒子徐剛。胡要求王燕生代徐剛留意出國的事。探親回來不久，天安門事件爆發，徐剛被關進監獄。

四十年後，要「向前看」，王燕生之子元元嚮往並實踐史懷哲服務非洲的大悲憫，深受胡之遙嘉許；徐剛雖未露面，他參與天安門抗爭代表「向前看」的精神，對未來美好的憧憬。

胡之遙記得年輕時王燕生講道理「爭得面紅耳赤的樣子，也想到丹美坐在一旁、低眉斂目的神情。」彭歌善用人物視點來描摹人物，精準的幾筆就把王、陳的特質呈現出來。描摹人情，作者也能平淡見真醇。陳丹琳想探知香港雜誌刊載的懷舊文章作者是否就是姐夫，胡不贊同搞「海外關係」，又怕是否「引蛇出洞」的陰謀？輾轉收到回信，丹美的筆調完全不像記憶中的「親切溫婉」，只是最平凡不過的「平安家書」，可以「公諸天下」，絕對挑剔不了任何毛病。這情節如實地交代兩岸微妙詭譎的政治環境，為對方，也為自己，都寧可謹慎小心，掩飾真情。最後徐剛出事了，胡之遙來信，勸止王暫時不必為徐剛的出國費心，理由是「此子性情執拗」，「我已送他回舅母處住一時再作打算……」，王燕生解說，是「關在監牢裡」了。「徐剛想必是為了天安門血案而被捕的。」有些話就是不能道破，呈現小說人物的實際境況，這樣平淡的文筆，不僅寫實，而且更能成功地醞釀那種危險而不安的氣氛。

〈向前看的人〉裡很多「向前看」的意象，尾聲中胡之遙的信說：「跳脫塵網勞形之上策，唯有放寬心境，一意向前而已。」信中還引述《路加福音》的兩句：「手扶著藜杖向後看的人，不能進上帝之國。」儘管王、陳沒有把握能完全無誤地掌握這些話的真正主旨，逝者已矣，不再追究過去，且承擔起屈辱和重負，不必問因由，看未來吧！堅決、貞靜、勇敢地懷著理想向前看，這和當年徐老師鼓舞的不服輸的精神正是遠遠銜接著呢！

〈惆悵夕陽〉添加了愛情的命題。一對舊情人（old flame）在男士定居美國的住所相會，女子剛以優良教師代表的身分參加了美國的考察旅遊，男士的妻子因事外出。〈惆悵夕陽〉的愛情，在抗戰時期的時代氛圍，是外表平淡而內心深摯的相契。余如海把幾經亂離收藏的幼少年家庭照片都交給汪寒雲，不能說不深愛；而後來她為求自保不得不燒燬了它，則呈顯了共黨治下的恐慌驚懼。一對眾人公認應該馬上結婚的情侶，因戰亂而分離；四十年後相見，業已經歷人生許多關口。彼此各自婚嫁，都因為大苦中受惠感恩。汪寒雲和老張結婚十多年，「可是各忙各的工作，兩人在一起連頭到尾不到一年。」這該是大陸許多家庭共同的不幸吧！余如海與康寧的婚姻，基本上是互相扶持，康寧做妻子兼看護，繼女和他親密和諧，他很幸福。但是，見到汪寒雲，他仍不免悵然若失。汪寒雲小心測探起對方情愛的份量。汪在最痛苦的時候，相信「他活著，我不能死。」余以元稹的〈離思〉表明心志，並強調：更愛後頭兩句。「取次花叢懶回顧，半緣修道半緣君」，曾經擁有的，再也沒有人能替代；為了思念無從排解，只有為你而修道，把你珍藏在內心深處，藉著修道來求得心靈的平靜。如此的愛情，暌違阻隔生死未卜，能再度相逢已經非常難得，而人事皆非，夕陽雖好，已近黃昏，怎能不惆悵？

關懷知識分子在政治運動中的遭難，是這三篇後期小說共同的特色。當年熱衷改革救國的青年，不乏真誠愛國，熱血赴難的刻苦志士。劉少奇有功而遭禍，最能呈現傾軋爭權有理難伸的慘狀。余如海的親兄弟余如山，就像〈向前看的人〉裡的胡之遙，是男主角最親近的人，都是曾在上海從事地下工作，後來逃不過文革小將的摧殘。余如山的下場撲朔迷離，描寫得更多，卻終究只是猜測，如此更能讓人感受到政治的迫害之嚴重。胡之遙、陳丹琳談到「三面紅旗」時鬧饑荒餓死幾千萬人。大男人挨餓受不了，曾經拿雜貨店久放變質的「調經丸」咀嚼，竟然沒有餓死。出乎常情的如實描摹，令人不忍置信的真實有效地傳達了特殊情境的震撼實感。〈惆悵夕陽〉中余如海談起某地下黨人寫下一生的總結：「以前如果有人說他幹共產黨是誤入歧途，他一定會翻臉；現在，若是有人誇獎他為黨犧牲奮鬥，有多麼了不起，他也一定會跟人拚命。」同樣是出乎常情的如實描摹，是幾經生死關頭，歷經多少政治風暴，到晚年才有的一番痛徹定悟。這些情節耐人省思。

〈惆悵夕陽〉的主線雖是愛情，關懷的層面卻很廣。情侶敘舊，談戰亂，談大陸的各種運動，也談論文革。余如海還談到學者的專精問題，「切香腸」挖深研究的訣竅。余、汪更談起兩岸的遠景：繼〈微塵〉的思考，臺灣即使近年有些混亂，畢竟是朝民主的方向努力，可以讓大陸借鑑嗎？大陸政權有可能放寬嗎？其次，許多人拿文革來比論臺灣的二二八，儘管範圍更大、時間更長、受害者眾多，「但追求真相的人卻是一代接一代，這個病竈不挖出來是不行的。」心繫兩岸，向前瞻望，可以說是《惆悵夕陽》的主題，兩岸知識分子的對話，反映了當代知識分子面對當代時事的深切關懷。

——《惆悵夕陽》序，三民書局，二〇〇九年十月

——《文訊》第二八九期，二〇〇九年十一月

《秀琴，這個愛笑的女孩》——笑臉揭開劇幕

黃春明，這位年屆八十六、多年癌症纏身的重量級本土作家，去年才出過一本小說；在疫情籠罩沉鬱的今年（二〇二〇）秋天又有新作出版。捧著《秀琴，這個愛笑的女孩》，我認真期盼著這本小說能帶來歡樂，就像當年遠景出版《鑼》一樣，噹噹噹地敲熱了文壇藝文的蓬勃氣氛。

一、美女靚麗，備受寵愛

原以為秀琴的角色塑造會是一個活潑、開朗、熱情、樂觀的陽光女孩，黃春明顯然無意於此。秀琴愛笑，不過是出於自然的生理反應，有時甚至笑得有些無厘頭，要讓人虧她一聲「三八」。秀琴長得漂亮，臉上常帶著笑容，討人喜歡，惹人憐愛。這位紅顏美少女，長養在優裕環境的獨生女兒，備受家人寵愛，理當有個美好幸福的未來；黃春明卻寫成令人驚駭的薄命紅顏。小說牽扯黑道、安全局，莫名其妙地多重「綁架」、強壓，竟把一個單純、愛笑的漂

亮女孩給逼瘋了。

這本小說著力點不在於美人的深度刻畫，黃春明其實是藉著羅東小鄉鎮太和酒家千金許秀琴的描繪，摹寫五〇年代臺灣社會臺語電影拍片的某種景況。他說今道古，早年臺灣社會的風土人情、傳統觀感、經濟狀況一一縷縷鋪敘。他善下小標目，融入許多俗諺、臺語、日語（日語臺語轉化），尤其在人物對白上，人物音容靈活妙肖。這篇小說相較以往的作品，方言使用的機率大了許多。

形容美女靚麗，古詩吟唱羅敷美麗得吸引過往行人、農夫、官長的目光，忘情而駐足、動情。在「倒勾齒的媚眼」一節，黃春明以醫生家的公子騎摩托車回頭看她，竟撞上電線桿的情節來具體推衍。醫生家、摩托車都是小鎮稀珍。美女「回眸百媚生」，鎮上人交頭接耳說是「駛目尾」有著「倒勾齒」的。連帶類比說明：秀琴長養在富足的商家，備受珍惜寵愛，她是幸運的；有些天生麗質的女孩成長在貧窮農家，可能「被生活環境的折磨和大小病害，也給浸（侵？）蝕了他們的好模樣。」大環境的鋪寫，顯見黃春明胸懷天下，關懷面深廣。

秀琴生來快樂順遂，唯有那麼一點煩擾，那是傳統社會、爺爺奶奶的重男輕女。許老太太鄉野粗俗、蠻橫，她對兒子許甘蔗多次叮囑，有時還不惜哭鬧：秀琴是獨生女，必需招贅，「抽豬母稅」。連帶抱怨：媳婦差勁，沒生男娃，美麗有什麼用？許太太碧霞聰明賢慧、圓融、冷靜，孝順、慈和，小說中這位相當完美的民間婦女性格的勾勒鮮活突出。

二、荒誕的情節，駭人的寫實

許家有女初長成，既天生麗質，賞心悅目，生意人不懂得該當韜光低調，就讓她掌櫃，坐上櫃檯，進而登記店主之名，必要時也出面和貴客周旋打招呼，如此招徠，料理店生意好上了幾倍。這天打烊時刻，進來一隊電影拍攝人員，白吃閒搭，秀琴讓鄭文斌導演驚艷。離開時，輕描淡寫地說：酒錢下回一起付，撂下一句：還有貴公主秀琴（拍電影）的事要商量。

秀琴要拍電影了，小鎮小道消息傳播得很快，電影院做配音說明的賴辯士來太和吃宵夜，提及：「臺灣電影界是烏陰天多過出大日。」預示可能遠景並不樂觀。消匿了一段時間，許家只當做遭到訛詐霸王餐，也沒什麼了不得。鄭導演未先告知，突然又出現在太和料理店，帶來製作人北投人稱雷公蔡的、三個年輕人、還有一位油滑的中年人業務吳有友副總。許老闆覺得他們是生毛帶角的一群。本地南門大和得力打手兩刀流的三郎也參與了。據說三郎能喬事，憑真功夫，也因有黑道兄弟進入警界做刑警。並未徵詢同意，許家在完全不了解的情況下，就被羅東、北投兩幫黑道掐緊綁架了。說是採用秀琴做女主角是她的福氣，老早兩方都已開始保護她了。三郎冷酷帥氣，被秀琴觸動了，說起去北投拍電影不習慣，會害怕，他嚴肅地安慰：

「許小姐，要是這一點你免驚，我三郎讓你靠，一根頭毛都沒人敢碰。」隔兩天，南門大的帶三郎和一位林代書來了。代書哄騙兼威嚇，許家必須承擔一半的投資，建議可以抵押房子向銀行貸款，也可以去地下錢莊借款。秀琴不拍電影總可以吧？那還不成，得負違約的責任。惹了黑道，到法院提告，可能「讓你們斷手斷腳，或是讓你們秀琴破相。」唯一的辦法是：籌款，秀琴儘量配合。這樣天降橫禍，好好一個愛笑的漂亮女孩陷入痛苦的深淵，變成愛哭的、花容失色的陪酒女侍。

荒誕的情節，卻是驚人的寫實。秀琴沒有任何演藝的訓練，被安排的角色是和她相去懸遠的酒家當紅酒女，必須陪酒和多位男人周旋、撒嬌、裝癡、媚惑，要有肌膚之親，行挑撥離間之事。對於從未有社交經驗的千金嬌女，涉及歡場取媚，再勉強努力想配合，也是千難萬難。從迎新酒攤起，吳副總安排每晚都有公關性質的酒宴，美其名是給秀琴實際體驗，讓她逐步融入扮演的角色中。但男女雜坐，男人毛手毛腳，把秀琴和幾位女孩都視同陪酒的酒家女／妓女。低俗、污濁，逼良為妓，秀琴怎料想得到竟會被驅趕著拍電影，這樣的拍法，這樣的威逼？

最具威嚴、最有經驗、最有實效的蕭導演多日折騰，已看出秀琴欠缺演藝方面的可塑性，教也教不來，面對鏡頭就僵化的秀琴，肯定無法擔當艷紅的角色。退而求其次，換了鄭導。吳副總勸撫，要求讓秀琴休息幾天，至少先讓哭腫的眼睛恢復清亮照人。他勸說演戲不過是表演，演完了仍是自己。他建議秀琴「要是你能喝點酒，讓腦筋有點昏醉，就不會太在意演酒家女艷紅了。」這招有效，酒攤中，她可以被動接受男人的摟抱撫摸了，「原來凝重不堪的壓力竟然蒸發」。終於，她遭遇到安全局的于局長，要來不來，突然又來了。吳副總交代，讓秀琴多喝點，醉茫茫到不省人事的秀琴被安排去侍寢。天亮醒來，她就驚嚇過度，崩潰瘋傻了。

三、以惡懲惡，痛快？痛心？

安全局的于局長把酒醉睡死了的艷紅／秀琴玷污了。秀琴還是未經人事的處女，最珍貴的千金之軀，為了許家已被綁架借貸，一心努力配合，料不到竟然要這樣犧牲。于局長登場之前，黃春明耗費不少文墨，藉人物的交談，烘托出安全局辦事的神祕、嚴密和恐怖。他說來不來，次日突然又要來，來時也經延宕，讓人等待再等待，而雷公蔡、吳副總等人對他始終畢恭畢敬，不敢怠慢。局長喝酒時也曾大言：「匪諜就在你身邊」、「寧可錯殺一百，也不能漏掉一個。」一文中隱隱涵蘊著作者揭露沉冤、多少怨怒不平之氣。糟蹋了秀琴，毀人清白，他似乎只有欣喜得意，毫無愧疚。事後安全局擺出拷訊匪諜的折磨人的調查、審問，將拍攝《午夜槍聲》相關一干人等輪番審訊，黑道大咖受到懲罰，所有契約一概作廢，許家的財務壓力頓時解除。這樣使出非常的手段，不合理的契約慶幸得以毀棄，作者神來之筆，令人驚奇的布局調置得切實合理。讀者不免覺得有些快意，卻也排遣不去尷尬的痛心。可憐秀琴整個人癡傻了，不時還在緊張地打著她獨特的「兩手中指勾搭食指」的手勢，喃喃自語：「配合，配合……」，她心中一直都還傾瀉著狂猛的暴風雨。于局長派人來羅東許家提親，願意負全部責任娶秀琴做姨太太。五〇年代的臺灣法律容許一夫多妻嗎？沒有名份，年齡也相差太大。但如果可行，許家會願意委曲求全的。來人是位優雅的女士，于家的英文家庭教師，許太太流著淚領她看過秀琴之後，她哭著告辭了。這期間，小說特意著墨，三郎來過許家重申保護之意，特別跑一趟北投，帶兩斤羅東蜜餞和許家口信去看望秀琴，鄭重申明護她安全的誠意和義氣。安全局開始整肅拍電影一干黑道人物時，小說也特別交代：二刀流的三郎得到警署熟人的訊息，連夜「在東澳搭小漁船，往距離臺灣最近的琉球列島的伊那國奔逃了。」看來黃春明有心塑造三郎既狠戾、冷酷，卻也富有愛護美人的騎士精神，做為鑑照黑道俠義的英雄，愛惜他，連安全局的小折騰都要為他避開了。

四、深廣度的環境掃描

小說在敘述秀琴陷入圈套、勉為其難拍電影的悲劇之餘，也就五〇年代的環境，掃描了幾個事件。「神風特攻隊」談到：駐進宜蘭機場的軍官李營長和指導員私下交易，把機場尚存的十二架日本神風特攻隊的戰鬥機賣給臺北五堵廖錦德的鐵工場。他們連著三個月在太和菜館的包廂套房談成的生意，太和也得到好處。秀琴和李營長近乎互相傾慕，許家唯恐他們談起戀愛，相當緊張。後來軍官調走了，碧霞慶幸，還祭拜、辦桌宴請親朋好友。廖董有婦之夫不放棄追求，一直送禮送溫情，對秀琴保持關懷；直到邀請秀琴去觀看在迪化街很古雅的老家祖厝，這才驚醒了董娘。但廖董娘婆家、娘家周遭親友納妾的不勝枚舉，她不好拈酸吃醋，只說許家很熟，不妨有時也帶來家裡。後來安全局也盤查到廖董，幸好不曾掀出違法把戰鬥機當廢鐵買賣的舊帳。作者藉此揭露：當年軍隊軍紀敗壞，擾亂百姓、草菅人命的事也所在多有。

「央三託四」則寫盡許家受黑道勒索綁架，掏空家產，還需借貸的窘境。想盡辦法託人請求西皮子弟戲的團主丁財，引領去見羅東南門大。無奈對方只和丁財招呼，談品茶，不理許氏夫妻。好不容易談及正題，南門大的竟然說：「你說現在在酒家當酒女的人，哪一個是出生就會當酒女？都是生活所逼的，遇到了只好面對了。」秀琴被比論為酒女，安分守己的好人家，只因為長得漂亮，就被訛詐設陷，傾家蕩產，毫無道理。〈賣油郎獨占花魁女〉中莘瑤琴的淪落都沒有這麼悽慘。羅東和北投兩股黑道勢力早已串連欺壓許家，去求他紓困，真是與虎謀皮。

「頂煎下迫」一節，描寫許氏夫婦既送秀琴去北投拍電影來回奔波，太和料理店三天歇業，第四天不知是否要開門應市？家裡兩位老人也不知該如何面對。想起老婆婆總是「香火」、「招贅」、「豬母稅」地「碎碎唸到令人抓狂」，還會鬧著「好！好！讓我們兩老死了算了！」許甘蔗比碧霞還要害怕。兩老暫安置在弟弟家，夫妻倆決定滷碗肉、做幾樣菜，去探望，一起吃晚餐。又想秀琴若打電話回來，必需有人接聽，碧霞便留在家裡，讓丈夫一人去。她清掃大半天，正準備吃點東西，許甘蔗帶了兩老一起回家來了。老人家喜歡這裡，在那邊吃不下睡不著，一回來就餓了，要求煮麵吃！看著兩老走進臥房。「碧霞無語面對牆壁，用額頭輕輕叩個不停」。她趕夜車回來，調理食品，送走丈夫，又忙碌打掃房子，此刻還沒進食呢！她疲於奔命，真的累壞了，快受不了啦。

在電影公司的酒攤和秀琴一起做公關的三位女孩，她們的對話交代雷公蔡一批人如何糟踐年輕女子。原是徵選演員，卻全從身材樣貌著眼，起初也是陪做公關，喝酒後就被睡了。此後應召來去，甚至不如妓女。她們愛護秀琴，盡心照顧她，還沒敢當面道破，秀琴已著了道兒了。黑道經營的電影公司，所有從業人員根本不把女孩當人看，更談不上尊重。當艷紅／秀琴受辱醒來，披頭散髮，癱坐在角落，失神混亂的樣子，嚇壞了的服務小姐向鄭導演報告：「艷紅……被睏了。」鄭導的反應是「被睏了有什麼好大驚小怪！」可見這些惡質的人，老早預期秀琴終究會被糟蹋了的。

媒人為興大木材製材公司的少東說媒，吹噓羅東的松羅檜木都由他在經營，外銷日本和其他國外。許氏夫婦趕搭末班夜車回家，「夜晚的空氣帶著檜木的香味，充滿車廂，睡著了的羅東人，一個一個聞香味醒過來。……火車就快到羅東了。」黃春明細膩刻畫羅東檜木散發香氣，能使睡著的鄉人聞香醒過來。多麼詩意，多麼溫馨。家鄉的美好，或者能沖淡許氏夫婦無奈遣送女兒進入險域的悲苦。

五、詼諧，誇飾，閩南書面語

《秀琴，這個愛笑的女孩》這篇小說在秀琴的笑臉下，揭開五〇年代臺灣特殊環境的一些黑幕，黃春明小說卻仍然營造詼諧的趣味性。秀琴有意無意的「愛笑」，時不時就製造笑果。那些小標題充滿詼諧，俚諺俗語的不時穿插，也增添許多諧趣。人物對話大致精簡、精采、詼諧，如許甘蔗夫婦情感不錯，個性相異又互補，對話都很有趣味。本書閩南語大肆流行，「許」閩南語又諧音「苦」，許太太就常常用來打趣丈夫。姓「苦」又偏名為「甘蔗」，甘苦對立，自有諧趣。小說中許多閩南書面語，往往有意造成詼諧效果。如「塞奶」（撒嬌）、「旺來」（鳳梨）、「阿啄仔」（外國人、美國人）。俚諺俗語運用得恰到好處：「歹竹出好筍」許甘蔗先用來謙稱女兒長得好，不像自己這麼醜；活潑的碧霞指著丈夫說：「那是你說的。」話鋒一轉，「你們看我，我是好竹或是歹竹？」這一來大家鼓掌，樂了。夫妻為了籌錢借貸煩愁，她害怕，但沒那麼絕望，引用諺語：「時到時擔當，沒米煮蕃薯湯。」丈夫抱怨，她怪他該說話不說，回頭跟老婆又「牽牽拖拖，圓圓纏纏，纏個不完。」他罵：「武則天。」她回嘴：「因為皇帝無能，皇后只好取代啊！」甘蔗的多慮猶豫，碧霞的明快開朗，人物個性很自然在言語間呈現。看他難過，賢良的她又安慰說：「嘴跟舌頭再怎麼好，有時也會咬到。」趁機做了不露形跡的道歉。一對琴瑟好合的夫妻，黃春明寫來鮮活感人。

日語轉化的臺語，書寫時也不忘製造諧趣，如「穿西米洛（西裝），又結內褲帶（領帶）」。許甘蔗說：「秀琴當頭家，……客人來了，不管認得不認得，都得去愛砂子（日語『招呼』的諧音）打個招呼。」在太和菜館，雷公蔡問吳副總：「你不是說『撒不老』（日語『三郎』的諧音）要來嗎？」日語轉化音近有趣。又如「也有不少人，半諷刺的將Taxi用臺語叫做『拖去死』。這也是貧富對立的語言軟鬥爭。」末句連帶勾勒出一種底層人憤忿不平的語言背景。英語轉臺語書面語也一樣製造諧趣：「有什麼起厝（kiss）小孩不能看的？」「地動山搖」一節談到賴辯士放電影時翻譯解說，常加油添醋，製造趣味，帶來歡樂。因為他「嘴巴破相歪斜得像名牌耐吉Nike一勾的標記，小鎮的人都認識他叫賴歪嘴。」詼諧過度，往往誇張，他聽到人們褒獎，「樂得歪斜的左嘴翹得接近左耳，讓人一時不好意思正視他。」小說中，媒人婆誇飾男方的優越條件，女方有意者多了去，吹噓：「大概從這裡排列，可以排到火車站那邊去了。」事實上媒人總會不停地努力說服適婚男女方，「媒人婆把人家的戶檻踩到垮。」有點誇張，修辭倒相當生動。許甘蔗安慰老婆：「這種話又不是現在才唸。已經唸唸幾年了，妳已聽到耳朵都長繭了。」修辭上的誇飾同樣可喜。至於描摹美少女發育良好，胸部豐滿，教官訓練立正挺胸，「把胸挺出來」，秀琴深深呼吸，用力一挺，「制服胸部的銅扣子，搭的一聲，像子彈往教官蹦出去。秀琴自己嚇了一跳，馬上臉紅低頭抱胸，還爆笑一聲。」笑果顯得誇張過度了些。

黃春明在這部小說中，大量運用閩南方言入文，不止在對話中摹擬人物口吻妙肖；就連敘述文字鋪陳，也精心編排進許多方言。有些閩南書面語，因為過分強調，詞語運用便不盡流暢，表達也不很完善。有些對白很精到：「臺灣電影界是烏陰天多過出大日。」字字對應，表達清楚。電影界相當複雜，爭執不少，有烏雲的陰天比出大太陽放晴的日子多很多。變化多，不太平順，可能有災難，有困擾。練句相當精切。但「拜託你定著一點好不好。」中「定著」意即「穩定」、「穩重」一點。「聽你掛說明」，「掛」意即附帶、補充、添加。「呷便領清」意思是：有的吃就不客氣地吃，吃了東西該領的也領了。這一類句式就必須閩南語言嫻熟才能領會個中三昧。至於「咱們多少算是有單薄緣分」的「單薄」，依照閩南語的音義，應該用「淡薄」比較妥當，意思是「不多、少量」，但也不算「太少」的意思。重點放在「不算太少」上，詞義有點反話正言，很有深度的。「妖壽」一詞，無論音義都可能要寫成「夭壽」比較合適。

黃春明這回苦心斟酌不少閩南書面語，擺放到醞釀許久的小說中，大概五〇年代的羅東小鎮人們的言談約略如此。但閩南語彙非常豐富，存有不少現今沒法表達的詞語，書面文字往往隨人任意落筆，文字文法也參差有別，容易寫成坑坑洞洞不得順暢，其實仍待斟酌，很有商榷之必要。再說以方言入文章，若沒有同種方言的背景，隔閡橫亙，讀者便無法領略其中的奧妙，這等於畫地自限，阻絕了更多的欣賞，妨礙作品的傳揚，終究可惜。

——《中國語文》七六三期，二〇二一年一月

施叔青的臺灣歷史小說《行過洛津》

施叔青（一九四五－）在臺灣現代小說史上是一個重要的標竿。她從少年時代就寫作，而今作品更形豐富多采。她的歷史小說香港三部曲《她名叫蝴蝶》（一九九三）、《遍山洋紫荊》（一九九五）、《寂寞雲園》（一九九七），《寂寞雲園》被金石堂文化廣場列為「一九九七年度最具影響力的書」，一九九九年香港《亞洲週刊》進行「二十世紀中文小說一百強」活動，《香港三部曲》獲選列入，排名第六十。基於熱愛鄉土的使命感，一九九七年回臺之後，施叔青既撰寫聖嚴師父的傳記《枯木開花》，也如願以臺灣為題材，寫了紅酒入題的《微醺彩妝》（一九九九）；再次，則是有自傳成分的《兩個芙烈達・卡蘿》（二〇〇一），接下來便是臺灣三部曲之一，清代初、中期鹿港的故事《行過洛津》（二〇〇三），這是另一部匯融龐大史料的精心巨構。在鋪陳鹿港的發展過程中，她用心加入了泉州和臺南兩座具有歷史文化背景、對鹿港深具影響力的大城做為參照系，增強了小說的縱深與厚度。

仍然是以小搏大的寫作策略，她選擇社會底層的伶人、歌妓做為縱線，寫情細膩婉轉，粗俗人事也驚心動魄。但關於鹿港財源、政治、經濟、文化發展及風土民情的大敘述卻是另有龐大的格局，從容舒緩的筆調，一些奇人異事渲染，自有施叔青擅長的細緻而又突梯滑稽。另一方面鹿港廟多、信仰複雜，清初移民男多女少，民情慓悍，或詭祕幽微，或強烈震撼，施叔青採行的仍是今昔錯綜的變化，駕馭文字的功力，情境鋪描，氣氛醞釀，令人讚嘆。她所專研的戲曲，包括南管及通俗曲詞、歌謠，因為伶人、歌妓的角色之需要，也獲得很大的發揮。

一、清廷殖民，階級嚴明，種族歧視，明朝餘緒

先看大的格局，施叔青點明：清廷統治不脫殖民形態。康熙二十二年（一六八三），施琅攻臺，臺灣隸屬福建，歸福建巡撫管轄，設一府三縣。洛津屬彰化縣，設海防同知，即最高長官。洛津海防同知朱仕光隻身上任，「害怕台灣風土惡劣，不願攜帶家眷」，一來就盤算要回家。林爽文之變（一七八六）後，朝廷增設游擊一名，率領兵丁防守海防。兵丁都由福建各地營伍抽調，合併成軍，渡海而來。三年輪調，以免坐大；不准攜眷，留為人質。不准招募臺人守臺，唯恐叛變；亦唯恐臺民據城屯兵，不准建造城垣。臺民只能自求多福，廣建廟宇，祈求神明保護。後來，一府三縣才被准許用木柵圍城，柵城外遍種莿竹，以防盜賊、番人襲擊。洛津無城門可守。海盜橫行，竟然有免劫票照的傳聞。萬合行石家如何積累錢財？青暝朱就斷說

是：「賊來迎賊，賊去迎官的角色。」

其次是階級嚴明：府城階級限制嚴明，官府營建的大天后宮、祀典武廟，每年由官員仕紳舉行祀典儀式，即使在平時，也不准苦力工人、雜役、女人入內祭拜。勞動者只好自立神廟，五條港南邊的開基武廟，奉祀關公，格局雖小，據說很靈驗。洛津人愛看戲，卻瞧不起戲子，戲子和歌妓都是下九流的底層人。蔡尋愛上善歌的珍珠點，甘願當她的弦仔師，卻因此被趕出正聲齋，即使音樂造詣一流，獨領風騷，也難逃階級觀念的整肅。在種族方面，漢人不得與番人結親，烤牛舌餅的白膚男孩阿欽一直受人歧視。施輝見過施長齡（即他崇敬的大善人先祖施世榜）騙詐山地的地契，「才懂得，為什麼平埔族夜祭阿立祖，哭祭大海的嚎海，會那麼哀慟欲絕了。」「除了祭祀死於海難的先民，應該是在悼念失去的土地。」明顯有著歧視與壓迫。

《行過洛津》中有個標題：「有人豎旗造反」，對於百姓的明朝抗清餘緒多所著墨。朱一貴叛亂（一七二一），服飾是：頭戴明朝帽，身穿清朝衣。書中描繪：北頭郭厝似有迷魂八卦陣。民為回民，是鄭氏先鋒郭義的後人，性情慓悍，青布包頭，掩蓋了額前蓄髮。莊中有一家老者正在生死掙扎，做兒子的正在舉行一種明朝滅亡後、與大清不共戴天的儀式，而這時滿清入關統治已有一百五十多年之久。

阿婠到府城夢蝶樓「飲墨水」時，曾遇到慣講明朝故事、對她憐愛有加、卻不及色慾的朱姓長者，「因不肯遵循滿州人薙髮結辮的習慣，才梳了個道士髻。」他述說：在府城當監軍的明宗室遺族寧靖王朱術桂，在鄭克塽投降後自縊殉國，死守漢人髮式。府城人受他的精神感召，清廷入主後幾十年，孔廟的祭典儀式仍然堅持採用明朝制度。府城三月十九日祭祀太陽星君的誕辰，家家戶戶用綠豆糕做成九豬十六羊的形狀拿到戶外朝東方上香點燭祭拜。原來是明崇禎皇帝生日，九豬是久朱，明朝有十六位君主，羊、陽，明也。所以是十六羊。曲折寓託，遺民懷念故國，深情感人。

二、伶人、歌妓的苦情、愛戀

施叔青鋪描情感細膩婉轉，深入探掘，精采絕倫。我們單就主線許情與阿娼的情愛來論析。男女主角是社會底層的伶人、歌妓，身分較一般勞工、漁人還更卑微，受人鄙視。他／她的學藝過程，演歌生涯，其中的艱辛掙扎超過常人數十倍。許情與阿娼的愛情，有蔡尋與珍珠點做對照。癡情男許情如何用情？能許多少情？許，閩語發音同「苦」字，苦情？許情用情之深之苦，很耐品味。

泉州戲《荔鏡記》（陳三五娘）前後貫串情節，許情是小旦，飾演五娘的丫鬟益春，和飾演五娘的玉芙蓉兩人，前後被萬合行石三公子、同知朱仕光拘綁過。他們把飾男旦的小童伶當做卑賤的女性戲耍狎弄，完全不當人看待。

許情被裝扮成女孩子，跟著烏秋去如意居探訪老相好，看到阿婠被纏足、哀哭，「哭到後來，連哽咽飲泣的力氣都沒有了，攤手攤腳，整個人癱了一樣，」「看起來像一具沒有生命的傀儡。」他同病相憐，感同身受，「也有過那種痛，痛到徹骨之後，變成一個無知無覺的傀儡木偶。」他和阿婠都是受人擺布的傀儡！體認到一種被擺布的命運，是被擺布的生命，那麼承受痛苦時，也把自己轉化成為被擺布的傀儡，既不具生命，便渾然忘卻疼痛。許情飾演女角，被烏秋調弄得女聲女態，假男為女，幾乎顛倒錯亂。在長時間相處中，阿婠流露的女性之美，喚起他的男兒自覺，他恍然大悟：阿婠女性自然的美麗動人，遠非戲子模擬作態、偽裝假扮所能比美。許情應承阿婠教她〈益春奪傘〉的戲，他說：「我就是陳三。」在阿婠面前，他要以真正的男性身分呈現，重新找回自我的願望何等的莊嚴。

三、人性的自覺，活出尊嚴來

許情第二次來臺灣，是隨泉州宜春七子戲班到府城演王船戲，他回復男兒身，是正籠，管理戲服砌末道具及樂器；他同時是副鼓師，也能一鼓定全臺。而阿婠去府城夢蝶館「飲墨水」，妙音婉轉，能書會寫，打扮得錦繡輝煌，艷名遠播。許情難忘意中人，但他自慚形穢，沒有勇氣敲門，只能和蔡尋一樣倚牆聽歌。

近五十歲，許情第三次到洛津來，以泉州錦上珠七子戲班鼓師的身分和才藝來教戲，有意長住下來。當然是為了阿婠。老來的許情，教戲的餘暇，難以排遣，便不時去找和他同是情種、同樣憂愁的老蔡尋聊天。蔡尋看他：細長的眼睛顧盼之間，還帶著並不相稱的嫵媚女氣，看人時，漫不經心地飛著眼風瞟人，男旦習性未改。他拒絕相信後車路有關阿婠的傳言，但很懷疑：那出殯行列裡，穿著喪服扮孝女歌哭的老歌妓，那麼眼熟的姿態，會不會是他朝夢夕想、無時不刻總在他念中的那個人？

其實，許情自始至終不曾有機會向阿婠表達傾慕的深情。即使少艾時期，兩人多次私下相處，彼此體膚探觸過，也只是悉心輕柔地為阿婠清洗小腳，新奇而唯美。許情情深意重，卻不知多年長時遠距的隔離，對曾經風靡一時的阿婠來說，是否有強韌的愛情力量，讓她在此後三十年還能偶或思念起寒酸卑微的許情？更別說，萬一這份款款深情不過是許情單向的苦戀呢？試看許情回復男兒身，力爭上游，二、三十多年後，終能苦練到技藝超群，獨立自由而又有所成就。當男童伶變音、破相被殘酷地趕出戲班，他沒有淪為乞丐，或淪為潦倒的成年優伶，反而努力奮進，轉為成功的鼓師、有威望受人尊敬的教戲師傅，其間多少曲折艱辛，他憑著毅力和努力走過來了。反觀阿婠，曾經名噪一時，卻不知珍惜，她並沒有花魁女的遠見，也不識有情郎之難得可貴。她自甘淪落，人財兩失。她甚至不知許情二度、三度回來洛津，都是為了時時刻刻在思念她。而終究，她果真淪為歌哭的老歌妓。這分情愛，也許只是許情自作多情，他的深情，竟是苦情。

如果拿阿婠和香港三部曲的黃得雲相比，同是施叔青塑造的小說女主角，同是在歡樂場中打滾的卑微女性，黃得雲身為賣笑的娼妓比阿婠這位艷名遠播的歌妓略遜一籌。黃得雲懷上英國人的混血種而遭遺棄，在殖民者歧視混血兒女的混亂香港，卻能洗盡鉛華，從頭過日子，到「公興押」當鋪謀職，自食其力。她不想再被當奴僕使喚，只專門侍候十一姑，穿扮自理，不肯給當下人看待。這個轉捩點點出黃得雲女性自主的契機。後來兒子黃理查致富了，孫子黃威廉又得貴了，當起第一位有華人血統的法官。女性的自主意識多麼重要。女性唯有自重自主，才能活出尊嚴來。

——《中國語文》第七〇一期，二〇一五年十一月

——《鹽分地帶文學》雙月刊六十二期，二〇一六年二月二十九日

掃描二二八的集體記憶
——舞鶴的〈調查：敘述〉

臺灣目前隱隱約約的族群疏離甚或對立，有識者每每不能不憂心，追究其因素，大約不能不溯源到二二八事件。在此之前，臺灣小說中不乏同胞冀盼終止殖民統治、重投祖國懷抱的訴求；曾幾何時，不明因由，重重的誤解，一再的誤殺，冤獄鬱積為怨氣，多少受難者枉死，引發了統治／被統治的對立，概約化為外省／本省的省籍情結。直到半世紀之後，即使和平紀念碑樹起，許多事件已獲得平反，社會族群的問題卻常常被挑起，二二八，什麼時候人們能平心靜氣地來論斷這段歷史公案？

舞鶴（一九五一－）寫於一九九二年的短篇小說〈調查：敘述〉，收入雷驤編的爾雅版年度小說選，及王德威主編的三十年年度小說選集《典律的生成》，同時收錄在作者的第一本小說集《拾骨》，及二〇〇一年由麥田出版的小說選集《悲傷》中。〈調查：敘述〉正是以二二八為背景，就一個受難事件，在四十年後透過調查／敘述試圖加以還原。雷驤曾經質疑篇名加「：」的原因，筆者則是越讀越驚悚。舞鶴刻意採用那樣平和的語調來敘說，拿現場喝珠露茶、吃訂婚喜餅不時穿插，那些無比沉重的往事仍然帶來無可迴避的悲愴感。舞鶴企圖把二二八事件中可能遇到的災難都在這篇一萬一千五百字的小說中掃描出來，荒誕得奇詭的敘述，往往又被他逐一質疑消解，最終仍是一團迷霧，卻更增添冤抑、冤憤之氣。

二二八的傷痛，由於隱匿忌諱，撲朔迷離，竟成了大眾的隱疾，變成苦難的集體記憶，不時被喚起，傷口灑上鹽巴，潰爛成難以癒合的創傷。〈調查：敘述〉的敘述者接待尋上家來的兩位調查員，遺憾十歲時所知有限。小說現行的時距很短，現場人物的調查／敘述，配合禮貌上的客套應對，有不少篇幅是各種事件的回憶兼轉述，今昔錯綜，還適度運用潛台詞、潛對話，老調查員的意見比較多，中年調查員職司記錄。調查員開場說，到了平和的時代了，「有淚——如果還有淚也允許公開的流」，四十年多少人事滄桑，以前有淚只准偷偷地流，現在還有淚嗎？終於可以自由自在地宣洩了，真是歷史的傷痛，怪不得作者要安排那隻八哥學舌，重複著光說一個字：「痛、痛、痛」。

一、該當何罪？

二二八的傷痛之所以成為集體記憶，讓人反覆去重複描述那些悲情，有部分的原因是，許多蒙冤枉死的受難者，根本沒有具體的犯罪實證，有些又生死不明，讓家屬飽受折磨。細讀

〈調查：敘述〉，釐清今昔交錯的敘述、回憶、逆溯鋪陳出來的情節，歸納疑似真相的敘述，計有七項之多：

（一）父親結拜好友說：父親是府城數一數二的糖果專家，事件發生，糖果專家代表果糖業列名地方處理委員會。敘述者破解：前幾年無意中看到資料，那個處理委員會名單上並沒有父親的名字。努力尋訪那位父執，他否認說過這樣的話。經商出色，難道也是罪過？

（二）那父執再補充說：可能父親在什麼會開會時講過什麼話。

（三）老調查員排除前二種可能，說：有個受訪者指出：有位仿如父親身影的人帶頭衝入警局派出所。遺屬抗議這種無能證實的指控。

（四）多年前，有位自稱父親密友的女人上門來，哭著說：是她嫉妒的丈夫趁亂告發了父親。她被母親趕走了，母親說：父親不是那種偷有丈夫的女人的男人。

（五）上海糖果師傅被殺，可能在事件第二天清晨。他有無可能是地下工作人員，父親跟隨他，替他掩蓋？

（六）長工怠工，自言是特攻隊員，卻在父親被捕的當天黃昏復工，連著幾天趕完大戶人家預定的喜糖，晉升為管家。他後來另外開蜜餞店，還競選民意代表。他清楚記得父親那頂白氈帽。白氈帽衝入一間警察派出所，用殖民國的語言喊口令。

（七）糖果作坊幫傭的一位婦人，兒子夜半被帶走，可能這土水師（水泥師傅）和某記者同名，受了同名之累。父親也是這樣吧？

第三、六則一樣，是暴動中領頭闖入警察局，這是嚴重的罪名。母親說父親並沒有白氈帽；水嬸印象中只有吹死人鼓吹的人才戴白氈帽。如此明確推翻了父親可能領導政治暴動的嫌疑。父親被捕當天有人來找「沈福基」，名字是陌生的，要捉的人卻可能是他。這個名字後來復現成為母親的磨難，而事實真相卻仍是不得而知。

二、不知閃避

父親受難，最重要的關鍵是他根本沒有想到禍從天上來，突然會有什麼罪名加在身上。舞鶴運筆細緻，特意安排了船頭家和母舅向他提出預警。他被捕的當天清晨，船頭家打門，說有異狀，小西天（竹溪寺）的佛祖面色悲苦；寺內師父眺見軍用卡車出沒墓間小路，一再叮嚀：「該避的趕緊避。」自東洋讀書回來的母舅來交代：有人來問最好說半年以上沒見到這個人想來根本就不認識這個人（長句傳神地表達了迫促的語調）。他發現教書的學校不平靜。當年有多少學校的教師突然被捕？這也是一項掃描，為什麼他們覺得父親該「閃避」？是怎樣的環境使得人人自危？或是母舅與父親真的曾經從事什麼危險的活動？

父親已經「閃避」出去了，卻又折了回來。水嬸一聲「頭家」，暴露了形跡，她後來自責這是一生最大的「破相」，惋惜他那樣老實憨傻，只要翻身跑入天后宮的巷弄，外來的兵哪追得到？他折回來竟是因為：「口袋沒錢怎麼坐車？」關於口袋沒錢，母親說是怕佣人出入走動褲袋掉了錢；老水嬸偷偷告訴敘述者：當年母親習慣掏光父親的口袋，怕父親在外頭養女人。綜合前頭有所謂父親密友的女人，相信水嬸的話比較接近實況。那麼，母親似乎間接害了父親。母舅一週後回來，怪自己提及偷渡，誤導他坐車去沙鹿；否則他可以直接出北門去玉井山區。

一日，同樣由中洲來做生意的堂叔帶了一筆錢還母親，說父親一向在各處放錢生息，「最可能是順道到遠處收利錢去了。」作者有意要呈現人性幽微隱密的複雜性，堂叔的話語事實上顛覆母親管制父親用錢以防他在外養女人的可能情事。即使母舅惋惜父親沒能遠走玉井山區避難，也有鄰人漱竹居的老先生持不同的看法，甚至用了「世故」的形容詞，剛巧和水嬸所謂的「古意憨傻」成為對比。

三、生死未卜

敘述者一方面說：「他們在某個獄場槍斃了家父，可是沒有判決書，沒有死刑通告，沒有收屍。」一方面卻又鋪展母親無盡的追尋：

（一）同是二二八受難家屬的律師夫人說：沒有親眼見屍就有希望。當時曾避難濱海小鎮的老調查員證實：有人失蹤了，後來卻在山區出現。

（二）透過民俗的觀落陰，借助於尪姨，想溝通陰陽兩界，與父親對話，並未成功。

（三）母舅勸母親死了等待的心。他不知哪裡聽來、讀來許多的傳聞隱密處理「消失」了的例子。

（四）東嶽帝廟的童乩傳達了父親叮嚀母親：「不要傷心傷身，要顧好家庭子孫」的口諭。（這些話語其實也是最最通泛的安慰詞。）

（五）十六歲時，母親領著孩子去申報失蹤戶口，轄區警員說了「早就列入死亡啦還申報什麼碗鍋啥」等含糊的話。

（六）四姑婆在花蓮療養院發現有個瘋子長得像父親，母子倆趕去辨認。

（七）母親臨終前告訴兒子，父親被捕後第一百五十六天，就收到父親被斃在土泥上的照片，她把它吞入肚內。

第七則顛覆了以上各則的追尋，受難家屬頑強對抗運命只是徒勞。妙的是，最後中年調查員告訴敘述者的話，又顛覆了母親臨終話語的真實性。既然那是另外的人——運河尾某造船世家的人的兒子的故事，便又成了二二八的集體記憶了。作者運筆，仍以平和的客觀冷靜的語調，再作人性悲慘而又溫馨的偉大的父愛的描摹：「我微笑說我知道，那位先生受刑前還逐日畫下他妻腹中兒子或女兒一分一寸成長的模樣。」

四、遺屬的苦難

死者已矣，生者何堪？受難家屬承受冤屈，不能伸張，尋尋覓覓，生死未卜，飽受驚惶，百般不得結果，未免消沉。敘述者在高二的歷史課堂上，聽到老師拿二二八事件來和南京大屠殺比論，說：「小巫見大巫嘛根本不值得小題大作。」小說的蘊意是：或許這是一種更開闊的視野，但內亂和外侮是不能比論的，二二八原是可以避免的傷痛；而切身聞見的殺戮無論如何也不能和遠在南京、早在二十年前的災難比論。

更大的災難發生在母親身上。消沉的婦人，聽說有人自報當年聽過的關鍵性姓名，相信此人真能提供訊息。結果金飾存款被搶劫，還被強暴，並且受到惡性虐害。諷刺的是媒體把受難婦人形容為不能自加檢點、招蜂引蝶；更反諷的是，半年後媒人上門，母親與人有說有笑。

聽到這個受難的報告，老調查員提及「瘡嘴仔仙」，似乎要以那悲苦受難形象來淡化母親的苦難。看看那些年有多少政治受難者？受難的何止是父親、母親？「瘡嘴仔仙」「拿苦難哪標在臉上，臭瘡了的芭樂樣的一張臉，時時刻刻要人瞧那苦難。」起初是兒子，看著兒子受盡苦難，父親「即時變成另一隻瘡嘴。」可能是被逼供的政治犯，「夭壽死喔他們拿他電擊百次千次」，只給鹽巴拌飯吃，後來只給鹽水溲，他只好喝廁坑中的腐水。然而中年調查員感慨瘡嘴先生其實可以擺脫苦難，像屠戶肉攤王仔，殺了妻子和姘夫，卻盤起兩條腿，「在苦難中坐成一尊佛仔。」又是試圖寬慰性的舉證。然而虛枉與實罪還是有區分，這樣冷酷的比襯，其實更顯現超越虛妄之不易，更增添二二八苦難的深重。

母親的深層苦難，在於得了癌症，並且自懲式地不要嗎啡止痛，苦苦地承受穿嚙的痛苦。丈夫被捕後五個月，「她爪嚙（他死亡的）照片掐成子彈一樣吞入肚內」。二十三年後她得病，是否像符咒一樣，她以長期緩慢的癌痛去體貼年輕丈夫猝死的驚惶的刺痛？這段文字見出母親無盡的深情及長久的磨難。

五、無解的歷史創傷

創傷已造成，調查只是徒然的揣測。舞鶴掃描二二八某一事件的真相，羅列出來的種種因素都有它成為事實的可能；但也都有對反的證見足以沖刷掉那種可能。讀者願意相信後者的論證更具體可信，那就形成敘述上的自我顛覆。在本文第一章節裡，（二）解構了（一），（三）又顛覆了（一）、（二）。至於父親是否有女性密友？水嬸說母親怕父親在外養女人所以掏光父親的褲袋，似乎有了呼應。然而中洲來做生意的堂叔又否定了母親掏光父親口袋之必要。第三章節，（七）顛覆了以上各則的追尋，它本身又被顛覆掉。不過，二二八的集體記憶中，似乎也未必不容許同樣的事例在不同人物身上再現。這樣不斷曲折敘述而又再次顛覆、重組，表面看來好像不過是枉然的鋪陳，卻自然呈現真相荒誕無解的悲愴性。

這篇小說的主體敘述，重點在二二八事變真相的探尋，事件是主體，人物是烘襯，為了加強事件的複雜性，多種可能的事件中，難免如〈阿Q正傳〉一樣有拼湊的形跡，人物的刻畫未必能完全拼貼為「家父」的形象，因為有可能它是不同時期不同人物的事跡。舞鶴以現代主義的手法描摹鄉土的歷史題材，鋪寫臺灣臺南府城地緣環境，為求典雅，他嘗試採用舊時的地名。人物說話口吻及敘述語調借助閩南方言的運用．有些風土人情也在筆下自然展露。篇中兩度提到事變中大陸人被殺或挨打，適度還原了當時本省人／外省人雙向暴亂、犧牲的場面。白先勇曾經批評施叔青處女作《約伯的末裔》寫的多為死亡、性、瘋癲；舞鶴的鄉土現代主義手法似乎也離不開這些，而還有暴亂。試圖讓人物複雜化的作法，使那個糖果作坊的上海師傅與長工都有性愛的描繪，長工涉案的可疑性很大，他與妻子的纏綿恰好反映暴動後的不安。那個長得很像父親的瘋子、渾身是蝨子的暴露狂，寫來近乎恐怖。王德威說：「調查者與報告者竟一起發明過去，遙擬悲愴，合作無間。」[1]「虛擬／實寫，關於上海師傅有無可能是地下工作者一段，最能突顯這個特色，雷驤質疑的「：：」也獲得解答了。短篇小說能如此涵蓋多種層面的問題，誠屬不易。情節的鋪展又衍伸出不少的小個案，凝聚成一長串無解的歷史傷痕，懸疑未解，正是二二八的集體記憶。

——《中央日報・中央副刊》，二〇〇二年三月十六日
二〇二二年十一月八日修訂

1 王德威〈原鄉人裡的異鄉人——評舞鶴《悲傷》〉，《眾聲喧嘩以後：點評當代中文小說》頁一九九，麥田出版，二〇〇一年。

細論張愛玲的〈相見歡〉

張愛玲的〈相見歡〉最初發表在一九七八年十二月號的《皇冠》雜誌，久負盛名而已沉寂多年的張愛玲復出，一時引來許多關注，也招致不少或褒或貶的討論。張愛玲自己說過：〈相見歡〉與〈色，戒〉、〈浮花浪蕊〉幾個短篇都寫於五〇年代，而幾經「徹底改寫」[1]。我們無法找到幾度修潤的資料來比對研究，就目前的文本來看，小說敘事平淡而自然，配合題材，以迂緩的語調進行，藉由現場人物的對話及個人內在的思維，再輔以作者全知的貫串，展現出平淡中的波濤暗湧，達到探尋人性繁雜幽邃的深層面向。

討論張愛玲的作品，應該撇開固有的成見，或者自我主觀期待的心理，從仔細閱讀文本做起。論者多數喜愛《傳奇》（《張愛玲短篇小說集》）的戲劇性情節與穠麗精緻的采筆，不

1 「張愛玲全集」（小說）《惘然記》序：「這小說集裡三篇近作其實都是一九五〇年間寫的，不過此後屢經徹底改寫，〈相見歡〉與〈色，戒〉發表後又還添改多處。〈浮花浪蕊〉最一次大改，才參用社會小說做法，題材比近代小說散漫，是一個實驗。」皇冠文化出版公司，一九八三年。此序後收入「張愛玲典藏」12（散文）《惘然記》，頁二〇五，皇冠文化出版公司，二〇一〇年四月。

免對張愛玲復出後的作品期待落空。我曾經談論張愛玲的《半生緣》，在辭采上可說是作者創作歷程的分野，由短篇集《傳奇》的絢爛穠麗轉趨於《秧歌》的白描樸實[2]。我的想法是樸實白描的手法未必就不如絢爛穠麗，甚至還可能藝術成就更高。李後主的許多詞，如那首〈虞美人〉：「春花秋月何時了，往事知多少？……問君能有幾多愁，恰似一江春水向東流。」真是「不假辭藻之美，不見著力之跡」，卻能達致「神秀」的境地[3]。那麼，為什麼一定要看小說中故事的熱鬧，忽略小說更豐富、複雜的內涵呢[4]？平淡自然風格的小說或者更經得起細細品味。

亦舒批評〈相見歡〉：「一點故事性都沒有」、「一開始瑣碎到底，很難讀完兩萬字。」[5]這話說得很沉重。沒有故事性，是否等同於沒有情節？沒有情節，也可以描摹情境，

2 詳見《細讀現代小說》，頁一六九，東大圖書公司，一九八五年十月。

3 見葉嘉瑩《迦陵談詞》，頁一二五，純文學出版社，一九七〇年一月。

4 余斌《張愛玲傳》：「張愛玲在寫〈留情〉、〈阿小悲秋〉等小說時，無疑已經對早先小說『傳奇』味道過重，對讀者只看故事的熱鬧，忽略小說更豐富、複雜的內涵感到不耐。」張愛玲追求平淡自然，也許在寫《半生緣》之前已見端倪。晨星出版社，一九九七年三月三十日出版。

5 〈閱張愛玲新作有感〉，原文：「整篇小說約兩萬字，都是中年婦人的對白，一點故事性都沒有，……一開始瑣碎到底，很難讀完兩萬字。」見宋以朗主編《張愛玲私語》，皇冠文化出版公司，二〇一〇年四月。

能善寫情境，是否也是好小說？或者，〈相見歡〉並不見得「一點故事性都沒有」，在小說的現實層面，它淡化了情節，但人物內在的思維卻涵融過去、現在，豐富而複雜，這些枝枝節節也是情節。而在題材選擇上，兩個從小親密的中年婦人閑話家常，既是生活化的，對白自然難免瑣碎，否則就不符合角色的必然狀況。這篇小說究竟如何？

〈相見歡〉的本事

〈相見歡〉原來是詞牌名稱，張愛玲借來做題目。乍看兩個情誼深厚的表姐妹在豪華的客廳久別歡敘，多少有些歡慶的氣息，讀完之後卻是反諷性的蒼涼之感。小說現場四個人物：荀太太和伍太太是同年、月份相近的表姐妹，客氣互稱表姐。還有伍太太的女兒苑梅、荀太太的丈夫荀紹甫。丈夫在上海有了工作，荀太太跟著從北京帶了小兒子來，租下狹陋的房子過起小家庭的生活，長胖了。她年輕時漂亮能幹，如今美人遲暮，丈夫愛她，她卻總怨恨婆家清貧、婆婆苛刻，心中積怨難消。如今她怪丈夫把有限的金錢隨意借人，而有沉默的掙扎：在丈夫的薪資一有多下來的時候，趁早自己搶先把錢花掉，急急忙忙地隨意買些衣料、家用什物。她哀怨又積鬱，對丈夫疏淡了，發願將來丈夫死後，絕不回婆家，也不依附兒子，要自己獨立生活。環境優裕的伍太太已和有外遇的丈夫分居。她「從前是個醜小鴨，遺傳的近視眼，」姑娘慣梳劉海，「架上副小圓眼鏡就傻頭傻腦的。」陪丈夫出國留學，伍先生嫌她長得醜，不善家務又不會應酬，但她書讀得多些，「悶聲不響的，笑起來倒還是笑得很甜，有一種深藏不露的，不可撼的自滿。」「對自己腴白的肉體還有幾分自信」。她體諒丈夫從未短少家用，現在還隱隱期盼丈夫回頭，也能平心靜氣安享獨居的生活。伍太太和荀太太有點同性戀的情愛，兩人近在咫尺了，便常約了來家中閑聊。小說的現場，便是相隔幾個月，由冬寒到春暖的兩次伍家豪宅客廳的四人登場演出。冬天的篇幅長，春天的只作映襯，比例是二十五比二。

人物與情境

〈相見歡〉描摹人物，常常是敘描兼譬喻，幾筆就勾繪出特殊的形象，偶爾還附帶一些人情練達的雋語，依稀可見獨一無二的張愛玲風格。張愛玲解說這篇小說是採取傳統小說的全知觀點，兼有小說人物的有限觀點[6]。「政治地緣的分居，對於舊式婚姻夫婦不睦的是一種便利。」伍太太很懊傷不愉快的「分居」，被作者全知觀照揶揄成為差強人意的「便利」。後文

[6] 見〈表姨細姨及其他〉，回應林佩芬在《書評書目》的評析：〈看張愛玲〈相見歡〉的探討〉，提及觀點：「我一向沿用舊小說的全知觀點羼用在場人物觀點。」「張愛玲典藏」12（散文）《惘然記》，頁一三〇，皇冠文化出版公司，二〇一〇年四月。

也解說伍太太「倒很欣賞這提前退休的生活」，「提前退休」活潑俏皮而又切體。但這段進入伍太太的心緒思維，使用「欣賞」這兩個字，就又嫌太過豁達超俗了一些，掩藏不了作者貫串的意念。

荀太太登場，先說她發胖了，可能小家庭的生活比較安適，把北京大家庭的陰霾掃空了吧？「織錦緞絲棉袍穿在身上一匝一匝的，像盤著條彩鱗大蟒蛇，兩手交握著，走路略向兩邊一歪一歪，換了別人就是鵝行鴨步，是她，就是個鴛鴦。」別緻生動的描摹：即使發胖，衣服有些過於緊繃，荀太太的麗姿步態，仍然與眾不同。接著描繪她的頭臉：「她梳髻，漆黑的頭髮生得稍低，濃重的長眉，雙眼皮，鵝蛋臉紅紅的，像鹹鴨蛋殼裡透出蛋黃的紅影子。」美人輪廓，頭髮稍低，仍展現了整體的美感。用「鹹鴨蛋殼裡透出蛋黃的紅影子」來比喻臉頰的紅暈，絕妙高明。後文藉伍太太與苑梅的視角，更烘襯了荀太太過去及現在的美麗。伍太太的知己孫太太每每牽念她的美麗與安詳幽嫻，伍太太甚至回想當年她若有外遇，也不怪她。再看荀紹甫，剛結婚時：「黑黑的小胖子，長得楞頭楞腦，還很自負，脾氣挺大。」這時在伍家客廳：「在昏黃的燈光裡面如土色，有點麻麻楞楞的，像一座蟻山矗立在那裡。他循規蹈矩，在女戚面前不抬起眼睛來，再加上臉上膩著一層黑油，等於罩著面幕，真是打個小盹也幾乎無法覺察。」自少年至老大的「楞」、「黑」、「黑油」，有其一貫性，而「蟻山」，以及不能分辨是否盹著的誇張描寫，掌握了人物的神韻。至於伍先生，留學的時候「生就一副東亞病夫相，瘦長身材，凹胸脯，一張灰白的大圓臉，像只磨得黯淡模糊的舊銀元。」張迷讀者會記起〈金鎖記〉有名的月亮意象：「年輕的人想著三十年前的月亮該是銅錢大的一個紅黃的濕暈」，那「銅錢」，這「銀元」，都譬喻得生動而特出。

表姐妹倆互相翻檢頭上可有「一根半根」白頭髮？「荀太太慢吞吞的，她習慣了做什麼都特別慢，出於自衛。」婆婆不斷差使她做事，她以怠工消極對抗，放慢動作，反正不能讓人看見「閒坐著」。她向伍太太撒嬌訴苦：「看這肩膀——都塌了。」抬箱子抬得扭了肩膀，「原是『美人肩』——削肩，不過做慣粗活，肌肉發達，倒像當時正流行的坡斜的肩墊，位置特低。」冷冽地把美人肩物化為低塌的肩墊，令人觸目驚心。生活折磨讓荀太太原有的美麗、身體與性情都變了質。伍太太對女兒說：「你沒看見她從前眼睛多麼亮，還有種調皮的神氣。一嫁過去眼睛都呆了。整個一個人呆了。」荀太太為妻為媳，做到了溫順。她對付婆婆從來不還嘴，幾個媳婦中老太太還是情願跟她。她對紹甫照顧周到，得空就關心準備的飯菜是否吃了？她隱忍著不滿不曾發作，但卻是自有脾性，內心並不舒坦。她怨婆婆加給她太多折磨，她也怨丈夫不夠體貼。荀紹甫在南京故宮博物院工作，日本人來了，她正好帶孩子們回上海娘家，他只顧把公家的古董裝箱帶走（無庸置疑，保存文物，他是盡責的好公務員），她的一些照片、衣裳、皮草都沒留下來；多年來她的一些首飾、手鐲、翡翠別針、紅寶戒指也都給變賣了。現在有限的薪水，除了家用，寄到北京之外，竟常借人。她不斷回溯這些瑣碎細事讓她焦慮。她抽煙，紹甫來了就不抽，換了平日應酬的姿態。她說：「坐馬子薰得慌。」當年到北京以後，沒有抽水馬桶，才抽上的。細細看來，一者荀家環境不佳，二者，她或者坐馬子坐得久，是為了紓解焦慮，或許像〈紅玫瑰與白玫瑰〉中的孟煙鸝，為了逃避現實，寧願在廁所裡多待一些時間。

荀太太先前住在南京，抗戰以後，丈夫隨著機關到重慶，她帶著孩子回北京婆家，勝利後又等一年，荀紹甫才重新在上海找了事。現在表姐妹二人同在上海，久別重逢。伍太太丈夫不在身邊，彼此住得又近，總想常邀約老姐妹來家中閑敘，可是荀太太似乎不能輕鬆自在地安享這種樂趣，貧富的強烈差距使她心理有負擔。她「在電話上總有點模糊，說什麼都含笑答應著，使人不大確定她聽明白了沒有。派人送信，又要她給錢。她不願意讓底下人看不起她窮親戚，總是給得太多。寄信……這次收到回信，信封上多貼了一張郵票。伍太太有啼笑皆非之感。」由於境遇的懸殊，荀太太既自尊又自卑，唯恐被人看輕了，「她連郵局也要給雙倍。」絕妙的雋語點出她過度的自我防衛。情誼深厚的好姐妹，一方心緒複雜，無法坦然相對，另一方也難免尷尬敗興。閨中密友相處、說話，不再是過去的歡鬧，竟也虛應敷衍起來，伍太太便覺得：跟她「實在不大有話說了。」如此一來，試問：相見何歡之有？

參差的對照

做為主人，伍太太圓融而周到。她愛惜荀太太這個表姐，有一點超乎尋常的情愫，或者可以說接近同性情誼更深一層的同性戀情。據說在男女戀情之外，人們天生會對同性付出相當深刻的情感。尤其在中國，女性受到傳統習俗的多重約制，即使結了婚，也少有機會真正戀愛、體驗戀愛；在她極為狹窄的社交圈中，閨中密友就成為她付出與接受情感的重要對象，和閨中密友的情誼，便填補了女子單調匱乏的情感世界。伍太太與荀太太的情感與交往跟同志小說中的熱烈戀情相去甚遠，但這種深刻的同性關愛確實相當微妙而深厚。

伍太太很為表姐在荀家受到苛待抱屈不平，婆婆的瑣碎折磨，丈夫的憨楞大意、不夠體貼，她的「恨」與「氣」，伍太太靜聽她傾訴，都能感同身受，並適度地呼應撫慰。「『從前的相片……，丟了就沒了。』伍太太雖然自己年輕的時候沒有漂亮過，也能了解美人遲暮的心情。」覺得荀太太應該可以過得好些，總主動盛情招呼。過去伍太太把表姐和孩子從南京接來上海住一兩個月，給她裝扮，教她打牌、跳舞；現在伍太太有點擔心她意氣用事，總匆忙買些未必實惠的東西，「出於闊親戚天然的審慎」，不免要提示可以購買些什麼，希望「表姐花錢要花得值。」荀太太因為「賢慧」而做的「沉默的掙扎」，丈夫完全沒有解悟。她藉除夕不該吃「白魚」，說家計「白餘」了，紹甫也沒聽懂。紹甫很佩服伍太太，伍太太確實智慧，她了解紹甫的魯鈍樸厚；也感嘆：荀太太「難道到現在還不知道他（丈夫）不會聽出她話裡有話。」紹甫說：「小劉屬狐狸的，愛吃白煮雞子兒。」伍太太讀過《醒世姻緣》，知道白狐轉世的女主角愛吃白煮雞蛋，荀太太不懂，只是陪著笑。不錯，是伍太太更了解他。張愛玲喜歡把古典小說寫進小說中，《小團圓》就寫到了《金瓶梅》和《歇浦潮》[7]。

原本就「學貫中西」的伍太太汲取不少新知，談話中盡是維生保健的先進知識：「那魚容易消化。說是蝦子就膽固醇多。……說是雞蛋最壞了，一個雞蛋可以吃死人。」微妙的是，伍太太才說到雞蛋的害處，紹甫登場，一雙手鮮紅，他竟然剛剛與人打賭剝了四十個雞蛋吃掉。正反對襯，智愚、清明與昏濁，盡在不言中。

荀太太年輕時漂亮，現在發胖，臃腫了，也昏昧了。她記著自己因為美麗而被跟蹤，反覆敘述而不自知；令人聯想到她是否也像魯迅〈祝福〉中的祥林嫂那樣不斷向人複述兒子被狼叼走，幾近精神迷亂[8]？對昔日美麗的沉湎回顧，不能消解積怨，「沉默的掙扎」竟是既痴且愚。伍太太姿色平凡，家務不熟，年輕時陪丈夫留學在外，「一個紅燒肉，梳一個頭，就夠她

7 「張愛玲典藏」《小團圓》，頁一〇三、一七八。皇冠文化出版公司，二〇〇九年三月。

8 收入《彷（徬）徨》，「魯迅作品全集」2，風雲時代出版公司初版，一九八九年十月。

受的。」但她多讀了書，自信自滿，夫家經濟環境優裕，她過著平穩的日子。丈夫回國飛黃騰達後有了外遇，她自我調適，仍然感激他即使戰亂生意蝕本，還「按月寄家用來」，她安享自我掌控的「提前退休」生活。她把滿腹才學發揮來跟丈夫寫「情書」，謹慎下筆，「提起家產以及銀錢來往的事。」她不想讓表姐知道，「顯得她太沒氣性，白叫人家代她不平。」

如果從比較高標的水準來看，這對表姐妹都不太幸福，或者可以說不幸。彼此年輕時互通衷曲，由於喜愛對方，自然都為對方抱屈；而歲月悠悠，她們邁入了中老年，老來各有心事，談話各有保留，慢慢覺得話不投機了。不過伍太太從不多想懊惱不痛快的事，不像表姐儘回憶一些煩苦的過去。她對於留學不快樂的事從來不提；苑梅也知道：荀太太重複敘述，母親例行敷衍，可能「實在憎惡這故事，……排斥在意識外」了。她似乎不斷在接受新知，能適應世局的變化，身體心境都好，「倒是也不見老，……，皮膚又白，無邊眼鏡，至少富泰清爽相，身段也看不出生過這些孩子……」苑梅說：「這就是健美的了。」相對於荀太太美人遲暮兼臃腫，伍太太是醜小鴨老來俏了。

我們在〈相見歡〉這一對表姐妹的描摹上，見出了張愛玲參差的對照[9]。荀太太美麗，善

9 張愛玲〈自己的文章〉：「我是喜歡悲壯，更喜歡蒼涼。……悲壯則如大紅大綠的配色，是一種強烈的對照。……蒼涼之所以有更深長的回味，就因為它像蔥綠配桃紅，是一種參差的對照。」

家務、善烹調，柔順使她婆婆情願跟她，丈夫對她的愛始終如一；可是她優柔、不乾脆、拙於處事處人，不能消解積怨，只做出沉默的掙扎，並且磨損了她對親人的信心。她老了，身材發胖，不再美麗；而疑慮多，意氣、慌亂，真的變得呆板而沒有神采了。伍太太年輕時沒有荀太太的優點，卻能發揮自己的長處。丈夫另組家庭，她成了棄婦，卻沒怨天尤人，她維持一個富豪之家的常態，自己則保持了「富泰清爽」的「健美」模樣，她「老」得優雅、漂亮了。這兩個角色互相映襯，細細品味，欣喜不過是一點浮面虛飾，歡樂的氛圍是沒有的，感受到的則是淡淡的蒼涼，讓人興發感喟，淡淡的，張愛玲就這樣寫出了人生的樣態。

苑梅這個角色在〈相見歡〉中屢次提供了另類的視角，有代言的便利，如：安排她看到荀家上海租屋的粗陋，讓她批判荀太太重複敘述的荒誕；她也呈現不同世代的差異觀點，她的思維、她的生活觀和長輩大不相同。林佩芬揣測過：苑梅喚荀太太表姑，而不是表姨，可能兩個表姐妹除了親戚之外還有婚姻關係。張愛玲特為答覆，撰寫了〈表姨細姨及其他〉[10]加以解說。大意是：自己有許多表姑，表姨一個都沒有。母親的表姐妹也是父親的表姐妹。再其次，河北人忌諱「姨」字。既有這些考究，張愛玲應該多做說明。另外，〈相見歡〉的情節，提到

10 同註6。

伍太太聽到荀太太發願：將來丈夫死後，不住婆家，也不跟孩子住。一邊覺得寒心，「一時也想不出別的寬慰的話，只笑著喃喃說了聲：『他們姐妹幾個都好。』」從前後文看來，荀太太有二子一女，女兒排行老二，慣例母親不會跟女兒住的，那麼「姐妹」是賅含「兄弟」的了？初疑小說原文是否有錯，張愛玲或有特殊的理由，原來上海的方言就是如此。

〈相見歡〉在張愛玲的小說中，取材比較特殊。王德威以〈張愛玲再生緣——重複、迴旋與衍生的敘事學〉來詮解張愛玲晚期寫作有不斷「重複、迴旋」的特色[11]，相當切要中肯。不過，唯獨這篇〈相見歡〉是個例外，並非重複少作。運用兩個人物在臨場的有限空間對話，人物的憶想卻開展無窮的時空，今昔錯綜，最後又輾轉回到現場，這種筆法在張愛玲的小說中也是獨特的。其實這種技巧在現代小說中並不稀奇，白先勇的〈冬夜〉和〈夜曲〉正是[12]，而同樣精采。白先勇的〈永遠的尹雪艷〉起筆就這麼寫：「尹雪艷總也不老。」[13]「總也不老」在小說中可說是關鍵詞，據說他揣試了許多種句式，好不容易才選定最妥適的字眼。我們再看看

---

11 王德威〈張愛玲再生緣——重複、迴旋與衍生的敘事學〉，見《王德威精選集》，九歌出版社，二〇〇七年。

12 〈冬夜〉收入《臺北人》，晨鐘出版社初版，一九七一年；爾雅出版社，一九八三年。〈夜曲〉收入《紐約客》，爾雅出版社初版，二〇〇七年。參閱拙作《續讀現代小說》，頁三三三，東大圖書公司，一九八五年十月。

13 〈永遠的尹雪艷〉收入《臺北人》，晨鐘出版社初版，一九七一年；爾雅出版社，一九八三年。

張愛玲形容伍太太「倒是也不見老」，名家采筆，都扣緊了小說旨意。伍太太經歷了時間的考驗，而尹雪艷就簡直是超越時間的影響，兩相對照，耐人尋味。

——《中國語文》第六五八期，二〇一二年四月

王安憶尋根
——《紀實與虛構》中的英雄之壯美

最近細讀王安憶的《小說家的13堂課》和幾本小說：《叔叔的故事》、《長恨歌》、《紀實與虛構》、《遍地梟雄》、《處女蛋》，後二本和復旦大學十三堂授課紀錄是新世紀之作。王安憶享有上海新世代張愛玲的美譽，她的小說描摹功力確實獨到，但女主角往往毫無來由的頹廢淪落，總讓人覺得經營不足，深廣度不夠。倒是《紀實與虛構》中關於母系先祖的英雄豪壯之美，意蘊繁富，別有一番天地。

《紀實與虛構》的寫作，一半摹寫自我移居上海的成長經歷，一半尋根探尋母系茹姓家族落籍江南的可能線索。兩大部分交錯呈現，不時以現在的視角摻入過去的敘事，頗具後設小說的筆意。兩股敘事時空寬廣，而在尾聲中縮合為一，無疑是王安憶相當特殊而頗為成功的作品。本文試就複數章節的尋根虛構來討論，這是她的突破創新，書中許多可愛可敬的英雄人物，譜出令人讚歎的豪壯事蹟。

本來《紀實與虛構》初擬名《上海的故事》，新的題目更能曲盡作家撰述中如何在紀實與虛構之間徘徊的景況，尤其是描繪歷史中可能的先祖形象，王安憶運筆雄渾開闊，前所未見。她單挑母系茹姓極為罕缺的族譜去尋根，大異於一般尋根作家以紀實為主體，而是可以不受史地實況的拘絆，盡情發揮。史料越少，虛構越多，甚至無中生有，一再消解、重構，作者的創作旨趣更能寓託。最為具體的應是母親記憶中與外祖母一起度過的往昔種種。卻不斷以母親年齡幼小、老小的記憶模糊，外祖母講述的種種可能有失誤等等，來做為虛構或者必須是多重映現之必要。作者自己不置可否，想當然耳，讀者何妨自己判定。本文討論先把重點放在北魏至隋代一統的柔然（蠕蠕、茹茹）這少數民族的歷史推述上，檢視王安憶小說紀實與虛構的概況。

嚴格說來，歷史的撰述即使紀實，也難免虛構。目前我們暫緩精微的詭辯，姑且認定史書為真確紀實，據此探測王安憶對遠祖的虛構情景。從母親茹志鵑追溯先祖出自柔然，應是確實可信。以母系尋根而完全抹煞父系（除了父親來自南洋華裔，其他無可查考），一反常理，藉此標新立異，也集中命題；茹姓推原究委，柔然這北方少數民族，素來大眾所知不多，創發性高，也便於虛構，王安憶的選材很精明。柔然，《魏書》、《北史》寫作「蠕蠕」，《北齊書》、《隋書》作「茹茹」，《宋書》、《南齊書》作「芮芮」，都是一音之轉，不過「蠕蠕」則有輕視之意。《魏書》、《北史》都闢專章做列傳，《舊唐書》、《新唐書》則是以「突厥」闢專章，因為同樣是當朝最大的外患，《新唐書・突厥》仍帶一筆：「突厥……臣於蠕蠕。」《北史》也有「突厥」的專章，已預示這民族未來的發展；而《舊唐書》、《新唐書》又年月久長，當然詳盡許多。柔然這少數民族在北魏初期，聲威遠超過漠北的匈奴和西域各國，高車、突厥都曾隸屬，任憑使役。柔然與北魏為敵，經常伺機「犯塞」，屢戰多勝；其後東、西魏，北齊與北周爭霸，也爭著拉攏柔然。南朝的劉宋、蕭齊常向北魏稱臣，而又意圖通使柔然以便合力抗魏。王安憶著重描寫柔然的開國始祖「木骨閭」、軍經大才「車鹿會」以及歷史上創始稱號「可汗」的政治奇才社崙，他們都是控弦馳騁、縱橫草原的不世出英雄。王安憶摹寫他們豪壯的英雄氣概，充滿景仰崇拜的孺慕之情。

木骨閭是劫餘的棄嬰，輾轉流浪，被拓跋魏俘虜做了奴隸，因為頭髮只長到眉毛，就叫他「木骨閭」，意思是禿子。由於音近，子孫就以郁久閭為姓氏。王安憶鋪排木骨閭的成長、背叛、茁壯，草原英雄弓刀和坐騎，如何有奇異的神蹟和巫術，如何以血指染繪的羊皮建立了旗幟。他的兒子車鹿會創用了「柔然」的族名，懂得組織游散的兵勇，有政治謀略，發展經濟。他的馬種優良，皮件精美。他施展外交手段，向魏求和、進貢，以做為保護。王安憶更大肆鋪描第七代領袖社崙，足足十二頁的篇幅，虛構鋪排，遠遠超出史書的具體資料。社崙兼集木骨閭與車鹿會的才智英勇，有預知之能、果斷、理性。從叛逃親附大魏的父親（同時也是叛魏）、投奔政敵伯父的陣營，再反控伯父的部眾，向伯父學習觀測天象、了解部族歷史，終究殺了伯父。他收攏柔然壯勇，稱霸漠北，號稱丘豆伐可汗（縱橫大漠的最高領袖），事事出人意表，卻在在顯現草原英雄再度崛起的軒昂豪邁。社崙建立軍制，收服高車，讓他們為他建造堅實的戰車。他善用外交手段，和後秦姚興和親，以便牽制北魏；他擊潰來犯的匈奴，解救被大魏攻打的素古延，儼然雄霸北方，與北魏抗衡。魏道武帝拓跋珪稱帝四年後，西元四〇二年，社崙自稱可汗，成為首號「可汗」的北方霸主。次年，他趁北魏征討姚興時犯塞侵擾，被驅逐北遁；後來又屢屢侵犯邊塞，使威武的拓跋珪忍無可忍，率領十萬兵馬大舉親征。驟興乍滅，不曾敬重謀士厚植國力的社崙，英雄一死，柔然就此消亡。王安憶無比沉重傷痛地描繪柔然部眾三千人投奔西魏，宇文泰討好新興的突厥，竟交出降服的柔然殘部，全數在西安青門外被斬殺，柔然就這樣「滅宗滅族，銷聲匿跡」。

突厥曾是柔然的鐵工，西元五四六年，柔然主阿那瓌悍拒突厥求婚，痛罵突厥主土門（伊利可汗）：「你是我的鍛奴，怎麼敢說這種話！」他沒想到，東、西魏爭強，各自與柔然和親，同樣也爭著對已強盛起來的突厥懷柔。多次交鋒，柔然漸居劣勢，突厥顯見勝過柔然。五五三年，柔然被突厥擊潰，阿那瓌自殺，兒子、堂弟、侄子奔逃到北齊。齊文宣帝高洋庇護奔來歸附的柔然，北討突厥，安頓柔然的新主（阿那瓌的兒子）菴羅辰。才不過兩年，菴羅辰叛離，文宣帝親討，菴羅辰父子大敗北遁。經一年三個月，一再追擊，大大嚴加懲罰。突厥趁機多次攻擊，柔然殘眾轉向關中奔逃，冀望求得西魏的庇護。想不到突厥仗勢追索，也是局勢大異，西魏還和東魏對峙，也不想得罪強勢的突厥，這些柔然人就被犧牲，亡國滅種，這年是西元五五五年。殘酷的是，二十二年後，突厥與北周合縱，終於滅了北齊高氏政權。很明顯，柔然國勢衰微之後，被強國利益交換，做了犧牲品。領袖人選果然關繫一國一族的存亡。王安憶遍觀柔然英雄，精選三位天縱智勇、飛揚雄健的領袖，大肆鋪排描摹，寫足了草原英雄豪邁壯闊而又神奇、拓創發展的行跡，這樣的紀實性虛構，鋪張揚厲，令人激賞。

柔然英雄社崙與北魏抗衡，號稱丘豆伐可汗，稱霸漠北；直到被魏軍追擊，死在逃亡的馬背上，不過短短八年（西元四〇二－四一〇年），燦如流星。草原英雄死在馬背上是宿命，王安憶的鋪描讓人感動，沒有人會迂腐到把他看做所謂北魏的叛離者得到懲戒，我們肅然起敬，要讚揚這位不世出的柔然偉大領袖。不過，他生命的終結者並不是道武帝，而是繼位的太宗拓跋嗣。王安憶集中筆力安置在同一位帝王身上，可能是去其枝蔓，想求得更好的戲劇效果。社崙之後，領袖都稱號「可汗」；直到柔然覆亡，有整整一百四十五年不長也不算短的時間。其實，柔然並非一如王安憶所述從此走了下坡，而是斷斷續續仍然有些傑出的領袖在漠北縱橫馳騁，與大魏抗爭。北方民族一貫地駿馬奔馳，倏忽不見蹤影。或朝貢，或犯塞，全看雙方情勢，非常機動。勝衰強弱，影響反叛獨立或順服朝貢，形勢所逼，其間曲折，如大檀、醜奴、阿那瓌各有因應變通之道。當然，這些陳跡沒有前列英雄昂揚奮厲的萬丈光采，王安憶完全略過不談，或許是小說虛構之必要；可是我們推溯史實，也不妨再細按討論。阿那瓌和菴羅辰父子，王安憶書寫成「阿那環」和「庵羅辰」，「庵」、「菴」音義相同，不傷大雅；「環」則是「瓌」字誤讀，譯音音義全差了。最終在西安青門外受斬的領袖，據《北史・突厥》所載是柔然另一支系的「鄧叔子」，乃阿那瓌的叔父，並非菴羅辰。或許為了戲劇效果而精簡小說人物，王安憶做了紀實中的虛構。

北魏第三任君主世祖拓跋燾在位時期，北方最大威脅的蠻族仍是柔然，世祖多次親征，聲勢大過道武帝、太宗許多。名士崔浩曾舌戰群臣（包括世祖的保母保太后在內），辯論要不要無視江南劉宋北侵的疑慮，大舉親征柔然？世祖堅毅拍板：「若不先滅蠕蠕，便是坐待寇至，腹背受敵，非上策也。」這是西元四二九年。柔然領袖大檀（社崙堂弟）一再率眾犯塞，多次交手。之前四二四年世祖親征，三日二夜至雲中，「大檀騎圍世祖五十餘重，騎逼馬首，相次如堵焉。」這情勢凶猛嚇壞眾軍士，難為世祖英勇，神色自若。結果是柔然因內亂而撤兵。次年，世祖五道並進征討，直逼到漠南，大檀駭驚向北奔逃。四二八年大檀派兒子吳提率領一萬多騎兵進犯邊塞，殺掠一番遁走。四二九年世祖親征，打定主意猛追猛趕，大檀帶了部眾，焚燒廬舍，沿途滅跡，向西遁逃，無影無蹤。世祖征戰兩個月，東西五千餘里，南北三千里。高車趁機殺了大檀逃難的親屬，前後歸降的柔然殘眾有三十餘萬人。兩部族夙世恩怨，高車趁火打劫，北魏看不過去，大軍揮掃。高車幾十萬人望軍歸降。世祖蕩平北方，大有斬獲。他是魏室的嫡長孫，生來特異傑出，早被道武帝看好可以成就大業。平心而論，大檀悍猛，圍困世祖五十餘重、不斷挑釁的豪壯之氣，不失草原英雄本色；可他遭遇的是英勇的世祖，棋逢敵手，大壇的英雄氣概被掩抑了。推究根本原因還是柔然內部未能整合，大檀欠缺政治才略。此後，柔然衰弱了。兒子吳提繼位，向北魏卑屈朝貢，並求和婚。他娶了西海公主，妹妹被納為夫人，進位左昭儀。三年卻又侵犯邊塞。看來形勢所迫，和親不過是外交手段。四四三年世祖四道大舉遠征漠南，直追到額根河。柔然大衰，邊塞仍不平靖。後來國勢大不如昔，請和議親也受到孝文帝、宣武帝拒絕；到了醜奴為可汗，善於用兵，西征高車大勝，稍稍強盛，遣使入貢，孝明帝還責備柔然藩禮不夠完備。等到阿那瓌繼位，使出軟功，親來朝貢，先在政爭中請求庇護，求乞兵馬，五二〇年魏主封他為朔方郡公、蠕蠕王；並護送他回北邊當可汗，給萬石粟米做為田種。可一鬧饑荒，他的部眾就又入塞劫掠，引致魏兵十萬討伐。等他緩和下來，倒也能協助大魏，率領十萬騎士敉平沃野人的反叛，再受封賞，而來朝貢。魏主理解：柔然反覆無常，不得不攏絡，又不能輕忽防備。五三二年他為長子菴羅辰請求公主和親，西魏文帝應承了。東魏高歡也派人遊說，強調東魏才是正統，他也求婚公主，更要求女兒嫁與高歡。阿那瓌放軟身姿，在亂局中巧妙地以和平婚媾維繫柔然的權位，勉強維持北方一統的霸主局面，已是難得難為；當然，比起先祖剛猛馳騁征逐的草原英雄形像，遜色多多。

歷史無情，柔然國力趨弱，相對地，突厥逐漸壯大。阿那瓌知道要以柔和的方式與東、西魏保持平衡；卻忽略北方周邊各國——尤其是突厥的拓展，未能善加因應。昔日的「鍛奴」已經強盛，凌駕北方各族，東、西魏都爭相結納，阿那瓌還沉醉在過往的光環中，竟然以淘空的霸主威儀拒斥突厥的和平求婚。等戰鬥大敗了，這才猛然省悟，悔恨交加而自殺。兒子菴羅辰真是弱者，放軟姿態以保全生存也做不到。既然投齊，得到庇護，妥善安置，齊文宣帝很夠雍容大方了；他並不曾儲備戰力，卻又再叛離，竟不堪一擊，大敗而逃。齊軍追擊，柔然伏屍二十五里，妻子及人民三萬多人被俘虜。這一點都不能怪北齊出手狠辣。強鄰虎視眈眈，突厥又伺機出擊，另一支部眾只好投奔西魏，悲慘地竟被出賣成為突厥的祭品。王安憶描繪這一亡國滅種的情景，淒美慘傷。柔然滅亡的種種因由，說來淒慘，歸根還在後期的領袖柔懦無能。阿那瓌三十年的領袖期間，為了生存，採用沉潛柔弱的手腕，從某些角度論析，不失為策略，勉強仍可以說得上是用心的領導。但國際現實殘酷，一味苟全求生存，沒能積極具備競爭實力，己弱則敵強，以致突厥後來居上，柔然這一族只有黯然讓出政治舞臺。真可惜啊！想當年，木骨閭、社崙在草原縱橫奔馳，倏來忽往的身姿，多麼雄闊、豪壯而又優美！

——《中國語文》七五八期，二〇二〇年八月

輯貳

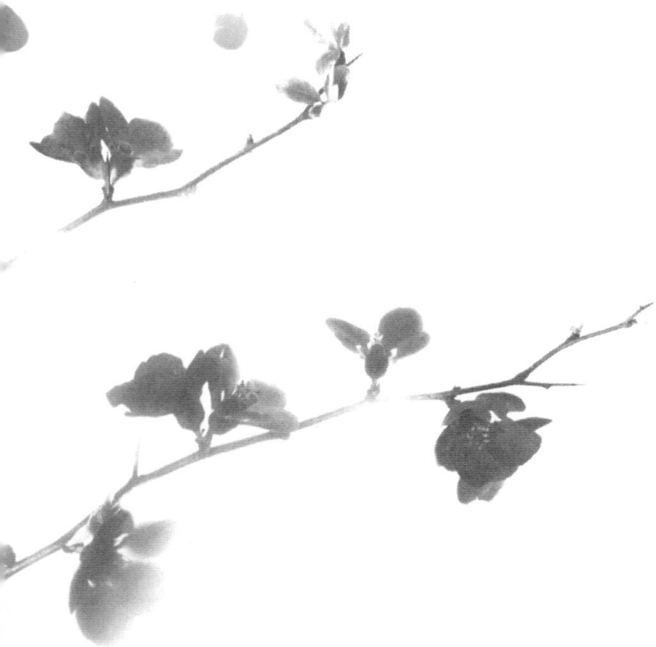

找到你的幸福了嗎？

——蒙迪安諾《在青春迷失的咖啡館》

諾貝爾文學獎得主、法國小說家派屈克・蒙迪安諾（Patrick Modiano）的《在青春迷失的咖啡館》，是一本探討生命究竟如何安頓的文學經典，也是一本令人百讀不忍釋手、心思千迴婉轉的悲情生命之書。譯者王東亮，曾經為允晨文化公司特譯莒哈絲的《情人》，廖志峰老闆鄭重請聘，書出版後風評極佳；王先生賞鑑推薦《在青春迷失的咖啡館》，廖先生再度出版了好書，連自己都愛讀，深受撼動。

一、參差對照的複調呈顯

蒙迪安諾的《在青春迷失的咖啡館》採行四位敘述者的複調呈顯，多位關係人從不同的角度交代露琪（雅克琳・德朗克）青春迷失的短暫流動動線，譜出一個繁雜、濁亂中有著清淳的人間世。書中的人物，許多有著難言的過往，寧願採用假面重新在「中性地帶」生活，他們的漂泊浮動，有幾位忠實、誠懇的現實人物撐持、守護，映照一個複雜的、困擾的，卻自有生存之道的世界。

小說四位敘述者：咖啡館徬徨的大學生、私家偵探、離家的露琪、作家羅朗，不同的觀點，殊異的語調，布署了迷離的情節，有待逐步揭露各面的細部情景，參差對照，才能理解整個來龍去脈，不覺掩卷長歎。巴黎的特色之一，是咖啡館特多，而又別緻，各具風格。故事從交通便捷而又讓人自在、便於隱藏的孔代咖啡館說起。第一位敘述者是在礦業學校勉強混著的大學生，他常到孔代咖啡館，注意到露琪不同尋常，連名字都是常客們為她「洗禮命名」的。露琪很美，很有魅力，但她總喜歡靜坐在小廳的深處，似在躲避著什麼。她不定時來此，一位攝影師拍攝咖啡館的群相，她很聚焦。這是左岸，「多數人都生活在文學和藝術的氛圍裡面」。可是，其中混雜著不少假面，身分經過變造，除了幾位年齡稍長的「波希米亞」逍遙自由派，大多為十九到廿五歲的年輕人，大家只顧當下，沒有人願意談過去，談回憶。她顯得特殊，手邊一本《消失的地平線》，隱喻著她不斷在追尋一個幸福的世外桃源——香格里拉。

二、真正的生活

私家偵探凱斯利，接受讓・皮埃爾・舒羅的委託，尋找失踪兩個月的妻子。親臨現場，看到虛有其表的房子，空蕩、貧乏的布置，囁嚅、乏味的丈夫。幾經探尋之後，他同情起露琪來，決定放棄委託案。他想故意攤手，讓露琪順利擺脫追尋，擺脫不堪的過去，重新奔向嶄新的生活。露琪十五歲就有兩次警局登記有案的夜半流浪記錄，當然事實可能更早、更多。說來也是，任何人都有權利憧憬未來，「編造一個全新的人生」。在孔代幾位高尚的作家、醫生，偵探明澈之眼都識得他們有著不同或截然相異的過去，露琪、羅朗也知道一些。露琪和丈夫相差十五歲，認識兩個月就結婚，一年之後離家出走。離家之前她抱怨：「真正的生活不是這樣子的。」婚後兩個月，她的女友冉妮特來探望，訝異於夫妻倆竟分房睡。她稱呼丈夫一直用全名，他也用敬詞「您」稱呼她。他就像父親一樣待她，總說是為她好。他常出差，而露琪透過他青少年時期的朋友介紹獨自去參加一個講座會，經常近半夜才回家，他從來不陪同或接送。露琪不善表達，「從不找人傾訴」，母親、母親的好友居伊・拉維涅也沉默寡言，丈夫更是拙於言詞。她內心的糾葛、煩亂、不安，雖有一段自述，仍然頗費推敲。她十五歲第二次在警察局做筆錄，詢問的警員和藹、親切、富有同理心，她就說了許多，說完如釋重負，很想就此抹消過去，「從今以後，由我自己來決定自己的命運」。一次凌晨在外遊蕩，被警車拘走，報出母親紅磨坊夜間工作查證屬實，警車送她回家，她從樓上看清車子略做停留再開走。她焦慮起來，感覺自己孑然一身，無依無靠，沒有人能救她，心裡真冀盼那警察就一直這樣守護著。若有適度的關懷，她也會敞開心胸的。她覺得母親已經對她絕望、放棄她了。遇到舒羅對她一見鍾情，雖然年長些，對他了解有限，對方有工作，有房子，就應允匆促成婚。她必定有意告別流浪浮動的日子，有過一番美好的憧憬。想不到竟一年也熬不過，她就堅決出走。羅朗見識過，她常在外頭消磨，到了固定非離開不可的時間，一次比一次更難於回到丈夫那裡。她只帶走自己的衣物和幾本書，沒帶錢。出走以後，幾次撥電話回家，「聲音變得沉穩自信」，即使拮据困頓，也不肯回頭。

三、如何救贖？

書中有一位持恆照顧露琪（雅克琳・德朗克）母女的汽車修理工居伊・拉維涅，以往母女的房租都是他幫襯付清，母親夜半在紅磨坊當領位員的薪資似乎微薄得可憐。母親和他每年復活節之後的星期六，總要帶著她去特羅納廟會，走過長長的林蔭道，一直走到萬森林園的邊界處。母親過世之後，逃離丈夫之後，露琪遇到困境，也還會去找他。小說從未讓他正面露臉，這位靜默的父執，是待叩的大鐘，在多變的人物、地理背景中，他沒有移動過地點，始終如一，是她一直保持聯繫的救贖人物。另一位可能更直捷影響到露琪的救贖人物，是開設講座的居伊・德維爾。他熱誠地談些哲學、文學，借書給來聚會的人。她細讀的就有《消失的地平線》、《虛無的露易絲》，她慚愧自己不甚了解，眼光卻滿是求助、探詢、渴望。在這閱講會，她遇到作家羅朗，這人也有痛苦難堪的童年，用了假名，他們是「同樣無依無靠的邂逅」，在街上漫步談話，感覺互相契合。羅朗感覺似乎和她前世相識。他研究「中性地帶」，兩人的漫遊，逐漸讓露琪突破了以往畏縮、避忌的區塊，以往只是逃避，她現在要求自由，希望發現生命的意義。羅朗感同身受，「對我們人生伊始階段遇到的那些並非由我們自己選擇的無關緊要的人物，我們能把他們怎樣？」羅朗「還是不願在過去的街區多做停留」，他曾被不快的回憶糾纏，「恨不得揮揮手一下子將過去斬斷」。結識露琪以後，他勇敢起來了，他勸導她：「對待過去最好的方式就是直接面對它，讓它的陰魂在自己的眼前消失。」他也逐漸實際有了改變。但對露琪來說，知易行難，她認識的「死人頭」冉妮特，連帶相關的黑暗人物與酒色、毒品，要想「永劫回歸」，切斷聯繫，不再焦慮、恐懼，何嘗容易？

四、找到你的幸福了嗎？

露琪是困境長大的人，想過必得自己鎮定、堅強，若是垮掉，人們照樣在克利希大道上行走。她曾跟著冉妮特吸食「雪面」、乙醚，消除了焦慮和虛幻感；但她也多次找藉口逃避冉妮特一夥人。她常到克利希大道那間開放到凌晨一點鐘的書店。老闆經常埋頭閱讀，任由她消磨到打烊。露琪想買《無限之旅》，老闆乾脆送書給她。偶爾會對她說句話：「怎麼樣，找到你的幸福了嗎？」親切又神祕。露琪出了書店，喜歡向上爬坡或爬樓梯，爬多到三十級便覺著得救了。後來讀《消失的地平線》，講到爬上西藏的高山，走到香格里拉去學生命與智慧的祕訣。她覺得這樣走在蒙馬特科蘭古街的坡道就夠了，她「第一次真正的呼吸」。她逃離冉妮特的康特爾酒吧，想切斷聯繫，她覺得沉醉？狂喜？迷醉？只想「跳向虛空」，「追求失重的感覺」，覺得「多麼的幸福啊！」

「隨著夜幕降臨」，孔代咖啡館「成了某個感傷派哲學家稱為『迷失的青春』的匯聚之地。」逃家／逃婚的露琪在孔代刻意藏躲，後來不免和群體打得「熟絡」。並非真實深心的交往，但無疑她是受歡迎的。攝影師拍照，她總是最搶眼；老闆娘沙德利太太最喜歡的人，就是她。她有時也和羅朗一起來。最後幾個星期，孔代來了一位鮑伯・斯通，他喜歡上了他們倆，招呼他們為：「困境時的夥伴」。他曾遞過來一個信封，說是他在西班牙某島的房子的鑰匙，請他們去那裡住幾個月。羅朗陪她去看望居伊・拉維涅，他在外面等她，她邁步走過來，「看上去舒緩自如，一派超然物外的氣度」。羅朗「感到很幸福，並且很輕快」，「還感覺到了某種醉意」。

但是，這天羅朗寫了幾頁文稿，依約來到孔代咖啡館，毫無預警，竟聽到不幸的消息。在醫院，私家偵探凱斯利告訴他，露琪最後跟「死人頭」冉妮特在一起，她突然到陽臺去，冉妮特試圖阻止她，已太遲了。她「彷彿在自言自語，為自己鼓勁：『好了，走吧。』」小說在此煞尾。她的語調，有著「努力夠了，很不錯，可以了」的意味，難道自我嘲諷嗎？羅朗百思不解，為何真情歡快的聚合竟以悲劇收場？回想早就發覺露琪和冉妮特之間似乎有著潛隱的祕密，可惜他未曾對這露琪人生的陰影有所防範。或者「死人頭」的綽號，並不全是「她臉部瘦小與豐滿的體型對比強烈」，而是暗喻她是個足以令人喪命的極度危險人物。

多年以後，羅朗在巴黎大街上被居伊・德維爾叫喚住，兩人暢敘過往，居伊・德維爾還記得羅朗「研究中性地帶」，執迷「永劫回歸」。臨別，終究提到了露琪，他一反常態，激動地字斟句酌：「當我們真正愛一個人的時候，就應該接受那人身上的神祕所在……也正是為此才要去愛。」他仍然有意開示，要羅朗不再煩苦，即使兩人相知相契，有許多互相賞識的特質，仍然是不同的個體，有著未必完全能擺脫的過去，對未來嚮往的圖景也未必完全相符。當某種幽微的魅影再度來襲，或者在某種藥物迷離的狀態，也許就想「跳向虛空」、「追求失重的感覺」？羅朗業已掙脫不快的過去，露琪仍有「神祕」未決之處。是啊，「真正愛一個人的時候，就應該接受那人身上的神祕所在。」

——《中國語文》第七六八期，二〇二一年六月

《倘若時間樂意善待我》藝術編
——當藝術置入了小說

《倘若時間樂意善待我》這本由時報文化公司於二〇一九年十一月出版的小說集，是韓秀鍾情於藝術的映現。五、六年來她全力投入藝術家故事的撰寫，沉緬其中，巧心妙手，許多藝術家相關的掌故、習性就適切地置入了小說情節。她以〈倘若時間樂意善待我〉代跋，綜談寫作的種種事緣，祈願的前瞻遠景是：繼續像這樣寫作，一邊撰述藝術家的傳記，一邊書寫著與藝術關係非淺的小說。我們期待觀察：韓秀善用小說物件的取材，小說的藝術經營與人生觀照又是如何？

一、從傳統到現代

〈千島〉以女角「玫」（May, Rose，蘿斯）前往邁阿密，再折返紐約，和尼古拉．羅斯托夫承包千島一棟豪宅壁畫工程為主線，沿途結識一群「波希米亞人」藝術家團隊人員，家人般的熱情溫馨融化了悲苦，兩人即將締結連理，大家正合力建造他們的「家」。

尼古拉・羅斯托夫名同托爾斯泰《戰爭與和平》的人物，經紀人謝爾蓋，姓普希金；擅長繪製神話故事的拉斐爾，名字難念，以綽號為名。「波希米亞人」裝潢公司承包千島豪宅的游泳池四壁裝飾，房主要求繪畫邱比特與賽姬，原擬由拉斐爾主事，他分身乏術，蘿斯便加入了。臺灣留學生第二代、美國出生的蘿斯，羅馬學藝，素描讓人驚異。長途驅車，輪流駕駛。蘿斯叮囑：在啟動引擎之前，請先關閉手機。第一站是米歇爾的俄國傳統藝品工作室，金銀絲鑲嵌，每粒墜飾都是獨一無二的創意設計。她得到一條鑲嵌法貝熱彩蛋的K金項鍊。安娜的美食，回家的溫馨，晚會的音樂舞蹈，她用素描畫下尼古拉的俄羅斯民間舞姿。第二站是阿廖沙的蕾絲、髮網手工作坊。博物館等級的藝品，她也各得其一。第三站是許多波希米亞人家庭聚集的營地。小說交代：蘿斯曾有車禍喪子之痛；俄籍的尼古拉和她一樣是克羅埃西亞球隊明星莫德里奇的球迷。

進入工地，兩人相輔相成，默契十足。蘿斯設計繪圖，尼古拉描畫風景線、裝飾、邊框圖案。選擇顏料考究，一如塞尚；蘿斯落筆，不需草圖，兩人衣衫、地面白色帆布整潔，就像卡拉瓦喬。繪畫用具代理商向女主人讚譽：「他們真正懂得古典主義的設色。」尼古拉繪下拉斐爾風格的爾比諾風景線；蘿斯繪出奧林帕斯山頂上的婚禮，尼古拉在命運之神的臉上看到安娜的笑容，朱庇特是米歇爾，阿坡羅是阿廖沙，心緒複雜的邱比特有著謝爾蓋的神情，女主人笑得燦爛。另一幅右上側的邱比特，專注的神情正是素描中的尼古拉。牧神有著莫德里奇堅定沉著的面容。畫面群像走在最後的那位女子面容悲戚緊抱著襁褓裡的嬰兒，再度映現蘿斯的創傷。以今人置入古典題材，正是拉斐爾、卡拉瓦喬的強項，而蘿斯竟像卡拉瓦喬一樣，能在瞬間收拾心情回到創作。

他們的繪圖非常成功，藝術設計的家即將落成。迥異於某些藝術家的落魄、頹唐，韓秀筆下的「波希米亞人」藝術家團隊，各自身懷長技，互助合作，溫馨和樂，簡直就是現代理想的烏托邦。

〈姐妹淘〉中的主角梅爾琳身分多重複雜，交往各色人等，慣稱女性朋友為：my dear sister。未雨綢繆的她安排多位遺囑執行人，八十套餐具送給她生前最喜愛的餐廳，在此宴請朋友們，「歡喜道別」。她的豪宅交付管家、園丁出售，那位常年與她結伴去米蘭添置衣裝的高傲女士宣稱：她把百分之七十的豐厚遺產捐贈給母校牛津大學阿什莫林博物館。摩根律師造訪，蘭蕙也是遺囑執行人之一，梅爾琳骨灰分送五個地方，南歐三份關係到私人事務，請摯友Lan親自遞送。摩根贈送一只茶碗，原是梅爾琳收受蘭蕙的禮物，與家中一只配對成雙；蘭蕙回贈一對鴛歌茶杯，風雅之事。

蘭蕙正是韓秀的投影。南歐，達文西、米開朗基羅、弗朗西斯卡、拉斐爾、卡拉瓦喬都在這兒活躍過。在席也納一場「達文西的寫實主義」小型討論會，有位女學人抨擊卡拉瓦喬，蘭蕙聲援辯護的義大利學人，差點發生衝突。現在，她的任務中一項，湊巧收受人就是這美麗的米開朗基羅研究者。身著男人白襯衫，極細黑領帶，黑色長裙，精緻黑色高跟鞋。臉色青白，低垂眉眼，深深的悲傷，她們同性相戀二十年之久。蘭蕙順道探訪席也納教堂的洛鐸神父，聽他談起女學人的迷失，也驚見那幅拉斐爾身在其中的巨幅畫作《庇護二世蒞臨安科納》。他們共餐，談到二〇一四年卡拉瓦喬名畫的復出、修復，最後一批畫作失而復得，完整保存。

第二項任務牽扯一段婚外情。雅典老版畫畫廊的主人已逝世，女主人留信，贈送一幅美麗的雅典老地圖，拒收骨灰，閉門不見。雖曾相交莫逆，蘭蕙既驚駭也同情，不能相強，遞進一只第凡尼的石榴石別針，石榴石是她的生日石。蘭蕙拜訪以前的房東，一家三口在此住過三年，梅爾琳同住一棟樓。房東太太說起這段婚外情，那妻子早已知道，丈夫早說不會離婚另娶。「任何一個希臘男人不到萬不得已都不會同一個外國人結婚」，更何況他條件那麼好？第三項任務，要託考古學家索蒂洛斯博士把骨灰和一筆捐贈轉交伊拉克利翁考古博物館。她在克利特島的西北部哈尼亞見到索氏夫婦，他與泥塑藝術家卡瑞特娜各失配偶，重組了六人家庭。書架散置著綠色泥塑藝術品，唯獨長沙發上的牆面裸露著，巨大圖表標示出斐斯托斯圓，四千年前無解的米諾安文字符號、排列方式，這是索氏鑽研的成品。梅爾琳曾駐節雅典四年，索氏當時參與克利特遺址開發工程，威尼斯這一層急需搶救。梅爾琳有意幫忙，後來擱置了，看來她還記得。他們談論斐斯托斯圓，索氏說：西歐、英倫專家側重於天文、星座、日期，我們傾向於祈禱，人們祈禱女神的護佑。蘭蕙把梅爾琳付與的差旅費轉贈做為結婚賀儀，使此行更顯圓滿。卡瑞特娜贈送一串克利特島的忘憂珠，琥珀色的珠子鑲了銀飾，古樸典雅。蘭蕙心中醞釀著如何撰寫出生在伊拉克利翁的藝術家埃爾・格考雷的故事。

〈新阿姆斯特丹〉藉由荷蘭藝術家林布蘭特繫聯起父系的家族親人，盈滿驚疑懸念和藝術品味。韓秀從事文學創作近三十年，自身坎坷經歷業已篩擇淘練多遍，唯獨父系親屬少有觸及，這篇小說是兼顧多面的大豐收。

從舉世聞名的現代美術館MoMA，和自己同姓氏的那位資深藝術史專家M. H. 又寄來包裹。初次是精緻、富有現代感的一盞燈；後來是復活節禮物，鑲嵌在鏡框裡的荷蘭德爾夫特的手繪瓷磚，看來有百年以上，淡藍色的線條優雅、細緻地勾勒出一個男孩推著鐵環快樂地向前奔跑著。「我」再度回寄卡片，選的是給朋友而非親戚的那種，刻意保持著距離。上網查閱，發現關於林布蘭特有些疑慮的兩個年代，她和我的看法居然一致。樂得很想立刻通信談論。現在禮物又寄來了，是一個精細的木頭製作的小模型，凹凸有致，可以放在門楣上的藝術品。米黃色三層樓典型的阿姆斯特丹建築風格，大門上方有秀麗的牌匾：阿姆斯特丹飯店。模型的反面標記著：建於一六四八。這是林布蘭特的時代！查閱地圖，地點就在林布蘭特的住宅和凡‧隆醫生的診所中間。難道當年林布蘭特破產後住過的小旅館，就是這家阿姆斯特丹飯店的前身？

來到一家很不錯的義大利館子，和同棟大樓的有錢老婦人共餐，聊起阿姆斯特丹飯店與自己的遲疑，老人家說：「遲遲早早，你總得相信人。」對方很可能是善意的。「不要怕，就算我說得不對，相信你也有能力化解。」於是預訂了房間，真去了阿姆斯特丹飯店。意想不到，同姓氏的大堂經理親自招呼「你回家了。」他是同祖父的堂兄。更驚訝的是：家族累代相繼，閣樓極力保存的竟是林布蘭特當年投宿的原貌，為此，現代化擴建也不肯改變主體建築，寧為四星級旅館。只接待近親的三樓，有相當寬大、舒適、多種用途的房間。六層的點心架，擺出的點心都是韓秀描寫過的美食；書櫃裡，依照出版年月排出了她所有的作品，多樣不同版本的也毫不缺漏。談起手繪瓷磚，是翻修壁爐留存，「新阿姆斯特丹」用了一些，餘下的便分給家族成員。「新阿姆斯特丹」就在紐約，離自己住處不遠，就快開幕了。當年林布蘭特魯曾運河旁的小房子拆掉重建，曾祖父買下那裡的石頭，「新阿姆斯特丹」巧妙地用來裝飾。那邊的下午茶，風味和荷蘭的本店一樣，都是她熟悉的美食。

太溫馨、太完美了，很像是編織出來的美麗憧憬。

二、藝術品與身後事

一本米開朗基羅的詩集，〈球季〉中的資深高齡保齡球員——九十二歲的維妮遺囑義賣的皮面精裝書，遙接藝術家的藝術品味。只知道維妮球藝高超，成績輝煌，球齡超過半個世紀；她也是赫赫有名的傑出開刀房護士，退休後直到八十五歲中風昏倒，一直是著名外科醫生指定的特約人員。再也沒想到她居然還是位義大利文書籍的藏書家。老人睿智，遺囑把這些珍藏的貴重書籍交給費郡圖書館公開出售，賣書所得用來貼補圖書館購買新書，她親自制定書價。「我」邂逅一位姓米開朗基羅、和維妮參加同一個藏書家俱樂部的老紳士。他建議買這本米開朗基羅詩集，十九世紀版本，小羊皮封面，有一幅插圖是米開朗基羅的素描，藏書票則來自佛羅倫薩的有限量版畫製品。有了詩集，米開朗基羅就被稱為雕刻家、畫家、建築家同詩人。

〈球季〉中的兩位資深績優的長者，另一位九十三歲的瑪芮安也是睿智老人，她們都把身後事預先做了完善安排。她們豁達、積極、豐富，熱愛生命，照顧弱勢。她們都獨居，離去時身邊沒有人，早早火化，沒有告別式，也沒有葬禮。維妮西西里人，骨灰請朋友夏天度假時「順便」撒在地中海；瑪芮安交代同鄉朋友探親時「順便」撒在密西西比河裡。

瑪芮安身體虛弱了，還照養滿園的玫瑰；她是軍人眷屬，一家子成員占全了美國軍隊的全部兵種。兒子、女兒犧牲了，她卻奔波在許多軍眷中安慰、鼓勵著失去親屬的人們。她每天到受傷軍人的復健中心做義工，九十歲的老人鼓勵裝了義肢的年輕人勇敢邁向新的旅程。她把滿園盛開的玫瑰贈送給受傷軍人的復健中心。

瑪芮安預留的告別信，預知這球季她們兩人退役必定輸球，但不忘激勵年輕許多的隊友：「讓我們重新來過。……最要緊的，我們衝鋒陷陣，而且樂在其中。」睿智老人自始至終都在引領年輕人積極奮進，勇往直前。

〈洞悉〉中的關鍵物件「惡魔之眼」，既是犀利而詭異的古希臘神話中的神眼，也是趨吉避凶的吉祥物。男人看中一隻惡魔之眼，想給太太掛在梳妝檯上；女人喜歡小玻璃鑲嵌的藍綠花瓶，但一向是男人說了算，她不敢爭取，難掩如怨如訴的回眸眼光。

男人喜歡女人在家待著，又不喜歡她呼朋引伴，她只有兩週三小時上教堂當志工的小工作。男人衣著考究，要求她做的家務，光是每天漿洗熨燙的襯衫就高達十四件，二十年下來，她成了專家，可也累出病了。牆上沒有一幅畫，一張字，只有壁紙；室內沒有花、葉，沒有任何生命的跡象。女人費力鏟雪，遇見雪堆中探出頭的小草，一時欣喜，很快又捧雪細心地蓋好。這麼勞苦無味的日子，女人迷上汽車廣告中的美麗圖片，車子有趣，兩隻大燈和水箱柵如兩眼一張嘴，各有表情。她覺得「福特金牛的表情最善良，看上去最是喜人……」

梳妝檯上的惡魔之眼靜靜望著她，似關心，帶著暖意。女子動念，雪天開車，在遲緩的車流中，她細細審視著對向一些車子的表情。天黑了，雪花飛舞，車燈變柔和了，她想調頭回家。她看到和自己車身成直角的一部車子，「兩隻大燈圓圓地仰起，如同嬰兒的雙眼，閃著無邪、快樂的光芒。」她迎了上去。顯然午後她已失去自制，擅自在惡劣天候驅車出門，男人不知要如何動怒。車子出事，福特金牛的年輕車主受到驚嚇，卻看到女人臉上凝固的笑容，她看清楚是輛鐵灰色的福特，真美。

觀光景點以玻璃質材製作的大眾化飾品，價格高低懸殊。年輕人開著福特金牛和女孩去賞花，也在舊貨市集買到一隻惡魔之眼，四十七比六，價差不小。從無辜轉為警戒、促狹，難道洞悉一切的惡魔之眼果真詭異，或者是境隨心轉？遊戲人間的到底是人，還是惡魔之眼？那個被禁錮的可憐女子，是被丈夫，還是被惡魔之眼愚弄了呢？她笑了，是快樂了？掙脫束縛了？

〈營業中〉，在十九世紀建築的小鎮一家「百衲被小鋪」居然掛著中文書寫的「營業中」白底藍字的小牌子。闖進小鋪，抱著期望遇見藝品同好的「我」，是五年來第一位認識牌上字義的人。女店主留客用餐，講述起這「營業中」牌子的來歷。事關兩段婚姻的波折、療傷、感喟，重要的一段經歷是在臺北，關於一家小咖啡館和年輕店主。

安娜的丈夫是美國禁毒局的律師，那次香港毒梟向美國禁毒局的工作人員及其家屬展開瘋狂而血腥的報復，丈夫和剛滿月的兒子遭難。她出門不到一個鐘頭，回來看到殘酷的慘狀，崩潰了。她不願回美國，便被安排到臺北一個月試做調適。第一個難眠的夜晚，投向仍有燈光的咖啡館，年輕人貼心地為她烹煮水果茶做養身湯。聊起古中國的烹茶傳統，兩人互相交換學習中英語言。她終於放鬆自在，可以睡個幾小時，安然無夢。第二天她來此喝了長久未喝的咖啡，欣喜年輕人居然能調理出上品義式好咖啡。她看到年輕人的敬業，看到他漂亮的女友，也聽他說女孩被寵壞了。他們無所不談。那天，一部巨大的哈雷機車停在門口，魏德邁進門來，安娜發現年輕人的英語會話相當嫻雅、流暢。他們在一個雞尾酒會中見過，他說去公寓找她，又轉來這裡，請她一起去兜風。於是，安娜的身分成為：咖啡店主的英文老師、魏德邁的女友。魏是美東的商人，滿有價值的單身漢。他求婚，強調彼此不問過去，她應允了，跟他回到美國。可是安娜受騙了，他早患不治之症，一病不起，三位前妻、若干兒女、許多親戚都知道，就只瞞她。他財產豐厚，覺得相聚時日不多，給她這個鋪面很可以了。其實她還年輕，百衲藝術外行，勉強度日罷了。心情舒暢的時候，便把離開臺北時向年輕人索求的「營業中」掛出來。十年了，難得有機會讓她傾吐過往的不安與不甘。

臺北盡在不言中的關愛，若有若無的情愫，療癒了安娜深創的心靈；短暫的熱情，引入短暫的婚姻，長留的是孤寂悵惘。百衲藝術品，可精可粗。身為百衲藝品愛好者，又是奮進百衲藝品製作高手，「我」悲憫心發為有效的激勵方案，她們商議著怎樣著手推動起來……，前景看好。

——《中國語文》七五五期，二〇二〇年五月

《倘若時間樂意善待我》世情編
——愛情、親情、溫情、奇情

《倘若時間樂意善待我》這本小說集，韓秀有著鍾情於藝術的映現，也有著人情練達的觀照，洞見人生百態中的尋常與異常，種種千絲萬縷的複雜糾葛。作者筆下的角色，有些是傳奇怪異，也不乏優雅慈善、奮勉勉人、體貼溫馨的人物。各色人等擺放在龐雜的現代環境中，今昔交錯編織，因著各人的氣稟差異，又是怎樣的樣態？

一、愛情、親情、溫情

〈老房子〉中的上校孤僻、怪異、偏執。透過新來屋主的視點，逐層揭示上校的種種行事。房子相當好，他堅持不肯繳納尾數極小的一筆欠款，銀行法拍，敘述者「我」僥倖購得。但電路纏弄得一塌糊塗，玻璃也有殘損。太太健在時，他們與芳鄰兩家交往密切，情誼深厚。可是妻子一死，他便把自己禁錮在屋裡，變成怪人。芳鄰男主人也已逝世，獨居老婦很久未見上校了。她似乎對他很有感情，她常從一扇窗戶窺望這棟老房子，她知道上校保留妻子主臥室的窗簾，是期待離去的女兒會回來。

上校的信件仍然多，請郵局退回，卻一再寄來，使「我」覺得上校一直都在老房子裡。院子有人推著割草機剪草，原來上校和「墨西哥園藝公司」簽約，一簽就是十年，還有五年服務不必收費。這筆錢不少，尾數極小的欠款他為什麼不繳納？一棵奇醜的日本楓，是他和女兒一起種的，他捨不得砍。週末清晨，「我」整理上校的信件：來自「退伍軍人協會」、「越戰陣亡、失蹤、傷殘軍人基金會」、「血癌患兒救援基金會」，也有銀行、保險公司、信用公司……。見有人來，猜是上校，他說：從越戰帶傷回來，就想要個家，漢娜卻食言了，未曾努力和死神拚鬥就撒手走了。難道他想把一些小小的雜務留著等妻子一起完成嗎？「我」進門接到電話，經紀人說：昨日參加上校的告別式和葬禮，他女兒沒有出現。會中有些老戰友表達對他的敬愛，還有許多基金會的代表一致感謝他多年來的支持。他為這些基金會捐了他所有的錢。本篇多處以魔幻寫實的手法交代情節、釀造詭異的氣氛。孤僻的怪人，因為妻亡女離越發冷漠；為了不到一百五十元的信用遭人譏諷，形象毀損，竟會是位長期大愛善心的捐獻者。這精神，自然可以與這棟老房子同其不朽，上校確實並未離開。

〈珍珍珠寶店〉摹寫吳珍珍堅實的愛情、無私的親情和無盡的溫情。來香港以前種種，採取珍珍的有限觀點今昔錯綜鋪展，詳實感人。書寫得這樣傳奇，這女人大度、智慧、堅忍，出國以後幾近以客觀的筆法層層緊密地推動情節，她的內心糾葛描摹不多，卻自具震撼的效果。

這對情侶偷渡來港，最後幸靠珍珍的泳技才能成功。陳水生換名亨利，機靈、敢於冒險，他賺錢、用錢，珍珍從不過問。從豆製品攤位到珠寶店，珍珍不但學得專業，經營有方，還提攜、培植豆腐坊小妞阿香成為珠寶店的接手人，並且是高檔次、高資歷。愛情受到考驗，是女顧客鄭小嫚變成英文助理、出訪汶萊皇宮的女經紀人，再變而為已有身孕的未婚妻。陳亨利和她結婚，準備移民加拿大，他為珍珍申請了保姆的工作簽證。他還是慣常地動作穩健，兩人在一起十年，幾句話就勾消了。

珍珍竟然接受了。她相信沒有學不會的事。亨利和小嫚去汶萊時，她就開始學英文。飛機上她讀著英文版的《育兒大全》。孩子生下來，第一個抱起的是她這個「姑姑」。此後夫妻倆出門做生意，她竟日同小寶一起，她知道小寶的需要，她教小寶說話，她和小寶最親。四歲教游泳，都用英文指令。利用夫妻倆去拉斯維加斯的較長停留，她買二手車，騰挪時間學會駕駛。她開車去幼兒園接孩子，老師誇讚Thomas的泳技，請她當游泳教練。她帶小寶一起上課。小寶不僅功課好，又是游泳班的班長。

日子並不平靜，夫妻倆從事賭場生意，因故被追殺，車子滿是彈痕，小嫚憤然離去。房子重新隔間裝修，小寶搬到樓下，獨立的臥房、書房，人也一下子長大了。他請姑姑多陪他兩年，八歲他就會去英國的寄宿學校。兩個月後，亨利重病送醫，律師交給她數目龐大的支票簿，請她安排人事照顧。一年後，亨利二度中風，在家療養。律師來預告遺願，他要有尊嚴地離去，請她把骨灰帶回當年香港上岸的海濱，撒入大海。除了幾筆慈善捐助，小寶的教育、立業基金都已安排。臨終，專業看護傳達：病人有話要說。他眼睛有些微的笑意，指點她拉開抽屜，抽屜後面膠帶黏貼了四個銀行的米色小信封，示意她收進口袋，這才伸出五個手指，搖了搖，臉上浮現萬分欣慰的微笑，他就這樣去了。

回到香港，她在熱鬧的中環商場開了「珍珍珠寶店」。阿香經營恆聚很上道，轉來汶萊皇家銀行的一筆錢。銀行信封讓珍珍領悟水生哥最後的手勢，她會有第五個信封，這樣篤定。他為她安排這麼許多，踐履了當年的諾言。他要回到初來香港的海域，他認定珍珍是畢生相互依存的人。珍珍的行事透顯著生活的智慧，她願意犧牲。她大方捨財，把珠寶店無償讓給阿香，贊助阿香進修；她離開加拿大，把支票簿還給律師；從香港，她捐錢給旅居八年的加拿大社區健康中心的少年游泳訓練項目。她拋不開的是愛情，她犧牲奉獻，全為了愛，為他，她深愛小寶，沒圖什麼回饋。捨財而守愛，天佑善人，陳水生畢竟也是個通透的、深知、摯愛珍珍的有情人。

〈紅鶴〉敘寫旅店主人長年關愛的溫情，讓遭受親情折磨的衰殘婦人在絕望之餘看到了希望。前段鋪展四位婦人的餐敘談話，茱蒂兒子的婚禮跟她一樣可能門不當戶不對，但親家、親家母化解危機的大方、體貼，對比她女兒糟糕的姻緣，女兒女婿謝絕她住宿、拜訪，她與親家不相往來。她無奈到只得自欺欺人，說些漂亮的謊言，製造和樂的假象，掩飾沮喪的心情。這一回，她決定面對真實的處境，對〈紅鶴〉店主坦白了真相。半年一趟，專程探望女兒的事不做了。店主其實早已了解一切，六年來，每回婦人說要去某城，不一定回來投宿；他總是把固定房間備好，那兒有窗戶可以望見她女兒的住宅；現在他用輪椅把她推送到房間。他懇切地聊起自己和越南兒子阮知道的種種，相信她必定有難言之隱。他傾聽她訴說，見她傷感，突然轉移話題，建議明天兩人一起去小西城參觀花展。規畫好了，有不得不去的充分理由。而且他要把她的車掛在車後，看完花展之後，連車和人一起平安地送回家去。人，真的無需斤斤計較，當親情屢屢扣關不應，難得有這樣的社會溫情，何不樂得盡情享受？

二、異常與尋常

〈墨鏡〉看似尋常小品，推敲起來頗耐人玩味。遮擋強光的墨鏡戴在臉上，若配搭得宜，可以展現大異平常的丰采。探尋美感的背景設在陽光燦麗的希臘名城雅典。她樣樣美麗，妝扮、儀態、品味都是一流。她樂於在混亂、緩慢的車陣中，為一位希臘男人擠出空間，讓他先行駛過。她著迷的是：「搭在車門上的那隻手，骨骼亭勻，像煞了米開朗基羅筆下亞當那隻手指修長的手。」錯車而過時，年輕的笑臉、黑亮的頭髮、墨鏡下英挺的鼻子，頑皮地揮手致意，讓她欣喜。「米開朗基羅筆下亞當那隻手指修長的手」，是指《創世紀》那幅精美畫作？的確好美。不知其人，再度見到，是在亞曼尼精品男裝店，服飾不同，兩人都未戴墨鏡，她認出他，欣賞著「那隻年輕的手彈性十足，停在領帶上卻如同古希臘大理石浮雕，端凝、優雅。」直到最後結完帳，她戴起墨鏡，露出迷人的微笑，他認出來了，臉上立刻轉為神采飛揚。第三度見到，她開車緩緩駛過店門前，年輕人快步橫穿馬路，她又禮讓他通過。她看到另一張不苟言笑的臉，無暇旁顧，勇往直前，令人喜歡。

兩個女人一起喝下午茶閑敘，男士和孩子們圍過來了。墨鏡擺放在桌上，她搭挽著先生、兒子，說笑著。「一張挺平常的臉，歲月的痕跡在陽光下一覽無遺。」遞給她墨鏡，陽光晃眼。她只笑笑，把墨鏡掛在襯衫領口上。她沉浸在家常歡快的氛圍，平常的臉不需要特別的妝扮。原來墨鏡也是藝品，往往把平常裝飾得非凡。前此的耽美描摹，營造這女子美麗異常的幻象，正為她其實長相平常而鋪設渲染。但深究起來，人間的美，原不在樣樣精麗；而巧者整妝美容，本就可以增色較妍。這篇小說耐品，正是能從尋常處著墨而呈現異樣的光采。

〈在路上〉的場景是在一輛開往費城的火車上。有著驚竦畫面：少年回憶中的塞爾維亞恐怖組織行兇的慘況，以及他在火車上默默較勁，守候在廁所門邊，靜靜等待裡面那個凶惡的殺手死亡。小說採用了兩個視點，除了少年凱伊，前後串聯的大視角，是義大利男子攝影師貝里尼。他對面的雙人座上是一位東方老太太和十四、五歲的男孩（就是少年凱伊）。那駝背、灰黃臉色的瘦削男人走來，和少年隔著走道坐下。車行中，少年發現那男人的右耳有著他夢魘中的ㄟ形紫色傷疤。他移座到男人後面，仔細再看，確實就是。那個大火的夜晚，小鎮有六十四人被殺，母親在內。父親和姐姐失去消息，他跟著鄰居逃難，在阿爾巴尼亞、馬其頓難民營待過，總算聯絡上費城的舅舅，來到美國。男人外形變化很大，有病的樣子。但這疤痕曾離他非常近，太恐怖的創傷，他不會認錯。他盤算著怎樣弄死他。

火車因積水淹沒軌道停了下來，必須等候清除，才能安全啟動。東方老太太拿出自做的肉餡包子請客，那駝背男子邁進洗手間，防雨的風衣依然搭在座位上。五分鐘後，凱伊去敲門，門開了一條縫，那人臉色灰敗坐在馬桶上，喃喃出聲：「……藥，藥，大衣口袋……」凱伊瞪視著他，他再度痛苦地哀求，這次是塞爾維亞語。凱伊輕輕拉門，門關住了。他坐到門邊的椅子上，看看沒有任何動靜的門，取下墻上的《時人雜誌》翻看了起來……

直到車子再度行駛，乘務員走過又回來，怎麼還在這裡？老太太核計，「可憐的孩子，足足等了四十分鐘。」乘務員敲門、開啟，「一個人倒了出來，……腦袋正巧倒在凱伊的腳跟前，ㄟ形的傷疤變成了淺灰色，不再顯眼。」他死了。正巧倒在腳跟前！眾人催凱伊去另一頭上廁所，反身鎖門，他覺得暈眩、兩腿酸麻。想起逃到難民營時，醫生用藥膏揉搓他凍傷的腳，也曾痛麻、暈眩。他看著鏡中那張年輕端正自信的臉，笑了。幾番波濤暗湧，全在少年心中。步出火車站，凱伊已隨著人流走遠。攝影師觀察到少年的一切，覺得似乎漏掉了什麼，有點蹊蹺，脫口說出：「他等了四十五分鐘，這孩子的耐心很不尋常。」經過戰爭，親人死亡離散，少年有那樣母親慘死在眼前的痛苦經歷，確實不能以常情來論。見死不救，而且守定不讓旁人有機會搶救，這仇恨多麼濃烈！他做得自然而然，無懈可擊。然而嚴格說來，這畢竟是違反天和的罪過，他只能收藏起來，即使內心竊喜，告訴親友將會大快人心，他也只能終生守著這不可告人的祕密。奇情凶殺，經過內心激烈的掙扎，這個異乎尋常的少年鎮定地步出車站，投入尋常的社會。在舅舅家，妹妹來團聚，有女人理家了，他們即將過起尋常安定的日子，他決定什麼也不說。

——《中國語文》七五三期，二〇二〇年七月

嚴歌苓的《小姨多鶴》

——委屈湊合底事忙？

一、買日本姑娘來傳宗接代

清初李漁名作《十二樓》中的〈生我樓〉，有一段兵荒馬亂中軍隊把擄來的女子裝口袋論斤售賣的情節，嚴歌苓的《小姨多鶴》正是這樣開始。很宏大的歷史背景，二次大戰結束時，日據滿洲「墾荒」的幾個村落撤離不及，代浪村一批老弱婦孺逃亡途中，不斷被追殺，物品奇缺，老病的自我了斷，多鶴背著三歲的久美奮力逃離久美母親的「毒手」。十六歲的孤女多鶴被張家人買下，中日之間的國仇家恨與男女情愛從此糾葛牽纏。

買日本姑娘來傳宗接代，是父母的意願。這個故事原可以不必發生，張儉失蹤的哥哥後來證實是抗美援朝的烈士，而且有兒有女。小環懷孕時被日本兵追逐而流產受傷不育，張儉深愛妻子，誓不離婚；多鶴非妻非妾，是生產的工具，是奴隸，是無給的女傭，盡職、能幹、有巧藝、愛乾淨，從不多言，很能吃苦。局勢敏感，多鶴生產多次，為藏隱日本身分，認做朱小環的妹妹，張儉由老家遷鞍山，再搬江南小鎮（未指明是何地），一住二十年。處於嚴厲互相督察的共產社會、嚴酷生活壓力的革命年代，隱匿多麼艱難！嚴歌苓對張儉與小環的人格特質做了濃墨勾勒，兩人都不平凡，情節常常出人意表，複雜的環境、人物，寫來活潑詼諧，處處可見人情練達的深度。小環善與人套交情，熱絡慷慨；平時懶洋洋，興緻來時很有慧心，做餐點有巧思，做衣服設計新樣。她愛張儉而愛孩子，也為張家而照顧多鶴。為了家人，為了多鶴，她跟人吵架，尖牙利嘴，潑辣的罵街遠近馳名。她的機智應變更特出：三言兩語，擺平了小石要賴意圖告發多鶴；張儉與多鶴在工人俱樂部的後臺幽會被發現，小彭來告密，她立即一口承認就是自己和丈夫在一起；張儉的吊車砸死小石，她打大孩逼出彭司令（小彭），舉證辯護。

張儉對小環的愛，容不下另一個女人，他對多鶴只能是履行任務。小環深愛張儉，危難時張儉和父親唱反調，看重她勝過子嗣，更讓她銘感在心。但多鶴做妾之後，也許是傳宗的壓力，小環對張儉變成母性的憐愛多於夫妻的情欲，她自悲自悼，對多鶴似乎苛刻而實是關照。二女一男已成為不可分割的實體。

二、假身分，真性情，湊合包容

多鶴不能有所求，她祈願：透過生產，養育許多的後代，私下結盟，成為代浪村的縮影。

丫頭優異，被挑選為滑翔訓練學校的準軍人，卻因為編造假身分，夢中說日語洩了底被開除，大受刺激，潛回東北老家；因張儉殺人判刑及日本血統，兩個雙胞胎男孩常被欺凌。大孩乾脆投奔小彭做紅小兵，擺明「抗日」，排斥甚至踢傷多鶴；二孩學二胡表演出色，受辱便與人摔跤洩憤，自願下鄉做了十五歲的小農夫。

張儉沉默寡言，經常半睜著駱駝眼，一副與世無爭的好人模樣。小環知道他心地特軟，但也有驢起來的時候。為小彭私約多鶴看電影，他與小彭「對審」，讓小彭見識了他的俐落簡賅而厲害。張儉郊遊時遺棄多鶴，死裡求生的磨難造成流產不育的後遺症（日本兵和張儉各自對中、日婦女造成不可挽救的傷害），住院時說出逃亡的悲慘經歷，張儉因憐恤（也因為消釋了懷孕的壓力）而熱烈地愛戀起多鶴來。他模仿時髦青年的求愛手段，反常地不惜借錢揮霍，私下在各種地點幽會，以致在放映電影的工人俱樂部後臺被公安緝獲。這糗事小環以機智解決了，卻大為傷心。他的大難還在於吊車砸死小石，人人相信他有充足的理由和動機，連多鶴都誤認了他壯烈的英雄氣概。

小環這個中國母親保護著日本母親。大孩與二孩的接生場面放在野外山上的夜晚，險象環生。對於孩子，她視如己出。在張儉被判刑拘囚、家中斷糧絕餉的日子，她提振精神，要無中生有，便拎著多鶴巧藝編織的竹籃，扣著大大的搪磁碗，上市場去「打獵」。不同於多鶴以往在市集散場時分去收撿一些勉強可以加工變用的食材，小環當家機變偷來許多時鮮物品。她提心吊膽地跟著黑狗去廢棄的礦場尋找心萌死志的多鶴，不露形跡的熱絡家常談話化解了多鶴的自殺念頭，原來兩人相依互諒，困中求存，日子湊合著真的還能過下去。

二十多年來，多鶴逃過一次，被丟棄一次，最後都自己回來了，都是為了孩子，天生本能的母愛。她竭力克制，但也有性氣，小說摹寫她兩次大發脾氣：被棄那次，歷盡艱難，死裡求生，才回到家就與張儉撕扯，不是恨他拋棄而是他居然出言冒犯她神聖的母親天職；另一次是為在鋼廠加工刻字多賺微薄工資，而背負沉重的工具袋回家，張儉騎車經過卻假裝沒看到。她的手指因過度工作而顫抖，脫鞋困難，卻見張儉與小環在陽臺上說笑，不時和樓下的熟人打招呼，多鶴痛恨自己是個完全被蔑視的隱形人。多變的人事，也讓她絕望，幾度萌生自殺（也殺子）的念頭。多虧小環湊合著包容，發揮高明的處世智慧，消弭了危機。

三、日本因果，中華血脈

多鶴的人生轉機，在日本首相田中角榮到北京訪問，久美做隨行護士，積極打探竹內多鶴的消息。曾受保護而倖存，久美要把多鶴當做親人接回日本。大孩的態度一百八十度大轉彎，多鶴五年後回來，接了張儉去日本治病，又接去丫頭一家及大孩。只有二孩留在中國，他回軍中康樂隊，隨調去雲南，成了家。嚴歌苓把雙胞胎塑造得截然不同，二孩外形最像多鶴，執拗好鬥可能是外祖、舅舅的遺傳，沉穩寡言、體貼周到一如張儉，而他學的才藝非常中國，中國的倫常禮法也由他來向大孩嚴格要求。他教訓大孩偷窺小姨、編造中國長工爸爸與日本小公主的愛情故事。張儉坐牢、小環與多鶴苦撐的時段，二孩在宣傳隊只吃饅頭，省下錢貼補家用；後來他還幫忙小環籌措大孩赴日的經費。就張家延續的血脈而言，日本成為紓解困境的出口，有些簡化了。雖然由東北而西南，落腳在異鄉的雲南，畢竟留守故土，二孩的優良特質跟大孩的膚淺成了鮮明的對照。

小彭與小石是兩個對多鶴日本身分的窺伺點，也是不同型態、個性分明的角色：小彭的暗戀，有尊重，有理想；小石則知道有可以要挾威脅的條件，立即耍無賴，吃豆腐。嚴歌苓細描多鶴的日本特質，白皙、髮梗、體毛，她的多禮而深度的鞠躬，她特好整潔衛生的習慣與辛勤刷地的姿態，她做的食物，和孩子們對話中夾帶的日語，一直是跟孩子們在廚房吃飯……等等，看在這兩位老鄉又是家中的常客眼裡，充滿疑竇。小彭對多鶴的追求也跟張儉超乎常態的熱戀一樣，寫得過分浪漫，而又多些政治大起大落的緊張氣氛。多鶴雖是小說的敘述主體，但無可置疑的，朱小環在小說中刻畫靈活，鋒芒畢露，分量極重，關鍵性大，她神采飛揚，使整部小說分外精采。湊合著求生，究竟誰受了委屈？為多鶴抱屈的大有人在，我卻對小環肅然起敬，她始終是強者智者，她從不曾讓人覺得她委屈了。最後，小環仍是自力更生，只有又老又瞎的黑狗陪著她。張儉死後，她和牠等著多鶴和二孩的信，多鶴的中文完全學著小環的語彙，她造就了多鶴。

——二〇〇九年二月五日成稿

婉曲藏閃，逐層揭祕
——談楊明《松鼠的記憶》

楊明，東海大學中文系畢業，佛光大學文學碩士、四川大學文學博士。目前任教於香港珠海學院中文系。她已出版過三十種以上的散文、小說集。她得過獎，做過報社記者、副刊主編，攻讀學位之後，又在大專院校教書，但文學創作一直未曾中輟。她的讀書、教課、寫作已成生活的定規，加上散步，原是休閒輕鬆的活動，有時卻會是思索寫作細節的調理時光。她的作品精緻細膩，婉曲含蓄。小說慣常採行單一的有限全知視點，構思玄妙，出人意表。她也常在字裡行間藏閃著許多人生的智慧。她新近撰寫〈一九四九年大陸遷臺作家的懷鄉文學〉、〈那些年他們在香港——南來作家的浮動與駐留〉，展現了非凡的周備、深刻卻又清簡流暢的功力。不知攻讀學位前後，她的創作是否受到一些影響，有沒有什麼改變？

一、繁複的多線情節，婉轉曲折

短短一年，小說集《松鼠的記憶》（二〇一八年七月，聯合文學出版社），繼《別人的愛情怎麼開始》（二〇一七年五月，九歌出版社），又讓人驚豔。九篇小說，寫於香港或稍早的杭州，其中活躍的各色人物及各種情境，映現普遍的人性觀照。楊明喜歡鋪設繁複的多線情節，採行小說某特定人物的有限全知觀點，婉轉曲折，隨著單一的觀點敘事，讀者只能在相當範圍內理解事件和人物心理，全盤的認知有待情節推動中逐步揭示，以此營造出既具驚異效果，也可能更貼近人生的書寫。有時設題不過是一種況喻，選用為書名的同題小說〈松鼠的記憶〉，其實是諷刺薄倖男子的嚴重「失憶」，而以松鼠的記憶做襯比，前後綰合。女人對薄倖郎的報復手段不可謂不激烈而過分。我們跟著主角轉悠，見他所見，知他所想，真相曲折藏閃，層層探窺，直到最後才能具體了解。原來他完全記不得這位前女友的種種生活細節（包括做愛）、偏嗜，以致無法辨識眼前的新人竟是舊人。猛然聯想到韓劇《妻子的誘惑》，劇情相較，也就並不見得多麼荒謬。十幾年前，臺灣有位新聞名人爆發與多位名女人劈腿的緋聞沸沸揚揚，一樣勾魂致命也保命的法寶是：跟情人纏綣消魂時口裡一律喃喃地呼喚「寶貝」；這篇小說，同樣的情境則是喚她為希臘海神Aphrodite。難怪那女子要堅持報復得那麼徹底。

主角的有限全知觀點敘事，便於布置懸疑，許多意料不到的轉折，讓人在連串驚奇中滿足於猜謎玩索的樂趣。〈足音〉的揣探布線最具代表性：從事翻譯工作的章煦，不斷感受樓板傳來窸窸窣窣細碎而清楚的聲音，幾經周折才弄清是一隻狐狸狗的足音；而這隻狗後來被她收養，陪著她寫起一群高中故友的故事。其間穿插章煦與編輯小越的對話，主題是追尋愛情；內心反覆的則是高三畢旅的車禍慘痛心理創傷，曾有過的如今已不能再追尋的暗戀或初戀，以及負約而倖存的愧疚、事後逃避。小說光明的片段則是另一倖存者不停在臉書中曬出訊息，車禍駕駛的遺族尋獲，三人在無國界料理餐廳晤面，章煦終於闖出內心的困境。料理可以「無國界」，人生怎能被「過去」永遠綑綁？

小說中有位二十幾歲的男士，在一而再、再而三更換女友的戀愛中學習、探索，至於婚姻，慢慢再看；而女孩們大多盤算著如何以結婚為前提去談戀愛。〈如果明天遇見你〉男女愛情觀大不相同。何曉天的人物塑造有些特別，純情的異性朋友、良性朋友，似乎很難實際存在，以致主角一度懷疑是否為幻影。在後記〈遇見藍花楹〉，楊明說：「偶遇相識的年輕男女沒有愛戀，卻親密相伴過，成為此後人生裡一段珍貴且唯一的記憶。」作者塑造一個對照性冷靜、客觀、理性的角色。當愛情沖昏了頭，失戀的挫折、打擊，人最感性、脆弱的當口，何曉天總是適時出現。無話不談，陪著宣洩哀怨，開導安慰，重建信心，再度投入情海中奮鬥。她陪著，薇茜之後，他愛戀過涓涓、若葭、文琦，因為文琦工作忙碌的狀況剛剛好，「可以留一點時間陪我，又可以留一點空間讓我獨自去做自己想做的事」，曉天分析：「她不見得比你過去的女朋友更適合你，而是因為時候到了？」他們決定結婚，而何曉天就消失了。「我存在是因為你」，如此大愛無私的友誼，不覺得有點像俠女或仙女？

二、自私和看似無奈的殘忍

曉天這樣溫馨的人物絕無僅有，楊明描摹人性，多的是自私和看似無奈的殘忍。〈後來〉中愛慕虛華的萩菱，怪罪貧窮的養父母而逃家。遇司機小梁半哄半誘而跟著跑車，生下女兒。自己是棄嬰，她竟狠心拋棄初生的女嬰和丈夫，再度離家出走。滿心憧憬灰姑娘變身，做餐館服務生時，幻想能遇到白馬王子；卻碰上惡客訛詐，吞吃一隻蒼蠅，還倒賠二百元。再度被矇騙去SPA館為人推脂按摩，結果白做三個月，SPA館惡性倒閉。她勇敢地追求更美好的生活，轉向濱海的城市。十幾二十年流逝，她「跟著另一個男人又開始了跑車的日子」，不覺間陷入多年前同樣的人生軌跡。「後來」，是充滿期待的，期待可能是不著邊際的虛華。她的青春已逝，體態變了，跑車過去是一山過了又一山；現在看到的是海，一大片的海，一波又一波的浪。終於她遇見了那個來到小鎮讀書的女孩，那個被自己遺棄的女兒。溫馨的結尾，給出一個映照：相對於萩菱好比無頭蒼蠅，徒勞亂轉，青春消磨，終歸步向初時的道路；幸好小梁不僅固守本分，獨力撫養女兒長大，還鼓勵讀書，指明將來出路會更好，他是難得務實的好爸爸。

與棄嬰性質相近的殘忍，是把女嬰送人，讓外地人帶走，從此不聞不問。〈雙生〉中一對雙生的姐妹，由於奶奶重男輕女，剛出世就被送走，父親回來時已無從打聽下落。故事從紐西蘭長大的卓依依回到中國寫起。原本養父母極為愛護，不料車禍喪生，寄養大姨家，受盡歧視苛虐，卻也領略人情世故，讓她從事演藝工作，更能摹擬實境，表現出色。拍片的小島有個女孩長得跟她極為相像，驗明是同卵雙胞姐妹。宋家養父不忍捨離女兒，宋琦也喜歡漁家的生活，真相沒有揭露，她幸福地過著知足的生活。卓依依因演藝而成名，親生父親和弟弟努力親近，弟弟卻驗DNA得知並非親生手足。這才揭示：當年母親怨恨委屈，竟出軌懷孕，生下非本家族血脈的男嬰，得到全家族的寵愛。看著婆婆百般寵愛著毫無血緣的男嬰，婦人有著報復的快感。楊明不惜編造案外案，在複雜境遇中考驗著人物的生活智慧。偉明名如其人，愧疚妻子生產時自己不在家，女嬰送人無從追索，多年來一直未放棄。他憐惜妻子怨惱之情，直覺以為當時在醫院抱錯了孩子；兒子很有才情，事業成功，這麼完美，他珍惜父子情緣，不想為追究血緣而煩惱，只想和雙生女兒團圓相認。宋琦那邊宋父也推說妻生產時不在場，而宋母業已過世許久。那時原當童養媳收養，後來視如親女，他知道宋琦有雙生妹妹，但選擇不道破，維持現狀，大家喜歡這樣的人際關係，寬容與接納，讓許多人覺得幸福。

〈年頭〉鋪寫某山坳村落的百年人瑞專訪。自古以來，人們企求長壽而不可得，總以為人瑞或有養生祕訣，城市文明人以為是水好，空氣也好，沒有污染，所以村裡的人能長壽。村長看到了商機，囑咐王二順要「往光明的道上說」，訪問中不時搶著發言。依王二順的意思，「世上想不明白的事多了，……這世上的許多事之所以發生，之所以存在，並不是為了讓人想明白的，……採訪他，是因為他活得比別人久，而一個人能活多久，並不是自己說了算，所以這訪問說穿了，一點意義沒有」。他自己住，平日吃飯總有鄰居做好給他送來，牙口不好，喝點粥，吃點茄子豆腐。村長有時也送雞湯、魚尾巴。他不做運動，從小放牛，八十歲以後，牽不動牛，只在家待著，曬曬太陽，吹吹風。他喜歡吃蹄膀，但沒錢，大多吃豬頭肉。水果？「要有得選，寧願吃肉」，不好說出口的是，山村和別處不一樣的，「不就是山坳裡生活苦些」，他琢磨出一句頗富哲學意涵的話：「用別人用過的時間。」

山坳村落僻遠，與外界隔絕，落後至少二十年。村人只關心能否吃飽飯，一家人無災無病，他們留著髮辮，直到民國二十年外地來了小伙子。他幾日後走了，說要去後方讀書，將來好抗日。然後是有小伙子來，教他們：「革命無罪，造反有理。」王二順相信有地獄，據說那是迷信。再後來鄧小平改革開放，鄧麗君很美的聲音，村人都比別人晚知道。人們開始用電腦，村子裡卻連電都沒有。他們確實是「用別人用過的時間」。不知長壽的因由是不是因為落後，辛苦勞動，生活單純？奇妙的是，楊明轉筆另起一大段科技、學術的相關研究，單純的事體變得艱深了。高教授把人瑞的格言「用別人用過的時間」放在英國物理學家斯蒂芬・霍金「時光之旅」的實踐上，企圖藉昂貴的儀器找出時間做為第四維前行或後退的路徑；山坳村落或許就是能讓時間後退、緩慢下來的地點。他申請經費做科學研究，而「尋找慢速時間流」，正是壽命延長的研究，足以讓他成名，並且獲得延期退休，他目前急需多賺取一大筆錢。五年前他貪戀一位博士生，她取得學位之後勒索大筆的分手賠償，手上握有證據。楊明布設高教授採科學研究去說明再平實不過的人瑞感言，已經是匪夷所思；研究「時間放緩一倍，人類壽命增長一倍」，竟帶動了房地廠商進駐小山村。王二順吃著紅燒蹄膀，還附帶小護士照料飲食，提醒他吃保健品，想不到村外有人「如此在意他能否繼續活著」。荒謬的是，高教授帶來這一切，竟源起於一場不倫之戀欠了大筆情債，本質上根本是個冠冕堂皇的騙局。

閨蜜，很多人都有親暱、可以傾訴衷情的閨蜜；閨蜜死忠，往往是其所是，非其所非，悲欣甘苦都可以共嘗。楊明的〈我在你身邊〉，卻寫出了閨蜜的複雜矛盾。舫雲對康苒幾度施展黑手。康苒的視角：她哄騙、撒賴，使康苒無法踐約送行；二年後，疑慮冰釋，她又突然現身，輕輕一句：「她有男朋友了，是土木系高材生喔。」便打散了一段純純的初戀。半年後，康苒與學長男友分手，大學後兩年，幾次火花，無疾而終。畢業後曾陷入不倫之戀，由於儒弘的追求而擺脫了，積極籌備婚禮。不料臨時爆出儒弘多女劈腿，於是退婚，然後發現自己並不愛他。她再結識沈盟，彼此投緣，沈卻疏遠了。康苒打聽才知道：舫雲曾對沈盟暗示她無意交往，把他們的約會解釋為「基於禮貌不好意思拒絕和心理其實不喜歡」。不必明點，詭祕的動作必然直接間接、或多或少對康苒造成傷害，影響到後來結交男友屢有波折。舫雲要結婚了，堅持要求康苒當伴娘。她聊著過去種種，說起自己交往的建築系學長對康苒有好感，她才另外給他介紹女朋友，「害怕失去你」；挑撥沈盟，因為「他不適合你」，而且當時康苒還未走出心裡的陰影。初戀被破壞的事，想當然也是為了她好。這位閨蜜心思複雜，頗有主見，有點自私，相當跋扈，不太懂得尊重人。她雖不是最好的閨蜜，也有她的體貼，在婚禮中安排了一位英挺大方的伴郎，看來是「誠意推薦」。把單純的事件寫得龐雜，本來就是優秀小說家的強項。楊明鋪展情節大抵都還入情入理，顯然還是優點。

三、極靜極動的對照

〈暮雪〉和〈小姨〉兩篇極靜極動，一個暮氣沉沉，一個青春活潑，很有趣的對照。非關年齡，全在心態。這兩篇的情境略為浮誇：〈暮雪〉中的珏筠，父親滯留大陸另外婚娶，母親和她受爺爺的控制，她連遠足、看電影等權益都被剝奪。住在老房子裡一甲子，「自己是一個從出生便已經老了的人，……她的生命裡只有蒼老」，送走爺爺奶奶之後，荒廢了人生的母親對她是另一種溫柔的束縛。過去懦弱，不敢為女兒爭取應得的權益；現在是依賴、撒賴，推託一切都是時代、命運的緣故。她這樣被「親情綁架」，到了母親離世，剩下她自己時，她只想過自在安靜隨心所欲的生活，但除了養貓，她完全嘗不出旅遊、烘焙、拼布、陶藝、烹飪的任何趣味。「她不知道自己看起來比那房子還要顯老」，「多年獨居，她幾乎沒有機會笑，……眼神卻反倒銳利起來」，楊明做了深度描摹：「從小與老為伴的她，老是她生命的底色，這底色太濃太厚，青春的鮮麗一筆也畫不上去。」一般書寫老處女的苦境，多局限在婚戀的錯失，楊明鋪寫的卻是人生種種體驗的匱乏，戀愛結婚不是重點，根本不曾經歷已成為過去。

相對的，〈小姨〉呈現的是青春活力。小姨四度結婚，末兩次由外甥女做伴娘，已四十二、四十五歲。小說詳寫的就是第三度婚姻跨進第四度的短時間，從外甥女的旁知視角展現，也是婉曲藏閃，逐層揭祕。小姨很有男人緣，無疑是自主性極強的女性，年齡不小，需要突破的包括長輩頑固的傳統觀念。她行事即使出人意表，往往能順心如意，總都有自己一大套理論（譬如：糊弄外籍夫婿，伴娘是表妹）。婚後居住在上海，家中常有宴客派對，有些是丈夫參加的，有些是他不在場的。婚後第二個農曆春節，「我」陪外公、外婆去上海探訪小姨。二老過年前後好不歡喜，洋女婿謙恭、臉上帶笑，熱誠招待，二老對小姨的第三度婚姻生活放心許多。臨別前一天，小姨丈說小姨懷孕了，這是上帝給的禮物，拜託「我」要告訴外公外婆阻止她做手術。夏天小姨生下男嬰，手機傳來的照片，「怎麼看都是不折不扣的東方嬰兒」，大家猜度小姨丈的血統可能也有東方的基因。小姨剖腹產，從麻藥中醒來，只看了孩子一眼，就跟丈夫說：「我們離婚吧！」於是她第四度結婚，嫁的是孩子的生父。這回為了不顯老，還指定「我」當伴娘，向新郎只介紹名字，不提身分。這篇小說維持有限觀點，小姨的心理完全得從她的行事和言語去揣度。她強悍的性格，全掩沒在輕柔的做表上。似乎洋丈夫（經濟？）條件優渥，對她也情深意厚，若是意外懷孕的孩子不出生，或者生下來的是個混血兒，她可能不會再結第四次婚。她的婚外情，暗結珠胎，都將永遠密封起來，她有本事這麼做。上帝很照顧她，孩子保留下來，還為她帶來完整的家庭。二老基於種族情感，也願意相信血脈的純正乃祖先庇佑，而渾忘小姨敗壞門風的「騷動」，曾讓他們顏面無光。

四、流動著的哲思雋語

這本小說集，細緻而又深蘊，隨著情節的敷衍，偶爾就流動著些許哲思雋語。松鼠秋天收藏掩埋一萬枚松果，到了冬天可以成功挖掘出四千多枚。「對於那些掩埋了卻沒有被松鼠找到的松果，松鼠究竟記不記得？……徹底忘記，卻不能等於不存在，或沒發生過，忘記的人又該怎麼辦？／至於那些被遺忘的松果將長成大樹，顯然將它們埋入土裡的松鼠自己並不知道」，

〈松鼠的記憶〉起結的文字，蘊涵著許多弦外之音：松鼠並未能百分百挖掘出掩埋的松果，牠究竟記不記得？人們讚佩松鼠的記憶，相對的不能原諒男人忘記女友；問題是存在既成事實，奈何有人就是會忘記。松鼠並不知道，掩埋的松果挖掘出來，不過多一顆松果，冬天可以果腹；沒有找到的松果，假以時日，竟能長成大樹。被嫌憎遺棄的前女友，原來也許清純、癡情得有點呆傻，經過歲月的磨練，再度交鋒，卻會是截然相異的妝扮與做派，從這點來看，薄倖男辨識不了她，或許不能完全怪罪。現代版〈金玉奴棒打薄情郎〉，於手法，於意境，自然不能再溫吞、迂腐，而要炫奇、高明，切合女權至上的時新潮流。

至於其他篇目靈光閃現的人生悟境，且待有興、有心的讀者慢讀細品吧！

——《中國語文》七四七期，二〇一九年九月

多重敘事的參差映像
——蕭鈞毅的〈記得我〉

一篇小說的創意，有可能是選擇多重敘事來結構拼組所有糾葛複雜、頭緒紛繁的事由，而仍然留存許多虛影幻象，讓讀者進一層去思索探討，蕭鈞毅的〈記得我〉是很成功的範例。

蕭鈞毅以短篇小說〈記得我〉榮獲二〇一五年第十七屆臺北文學獎小說首獎，童偉格選編入《九歌一〇四年小說選》（臺北：九歌，二〇一六年），中華民國筆會的季刊也將這篇小說選進《台灣文譯》，做了漂亮的中英對照版。本篇的多重敘事透過四位人物——小文、小表姐、淑安（小文媽）、正益（小文爸）的有限視點，分段敘事，手法不算新穎；作者鋪陳瑣細情節各有輕重、濃淡不一，目的就在於參差映照。事件是：小文和小表姐一起上學途中，小文失蹤了。小說每個段落都採行今昔錯綜的敘事，又刻意精簡、模糊關鍵人物的心理描摹，使整體事件更形迷離。

一、愚弱老實的一家人

第一部分，小文視角：因為罰寫的額外作業遍尋不到，她哭著，拖延時間，不敢去學校。她已多次缺交，成績又未達標，常被老師當眾體罰——打手心，還處罰面對全體同學，半蹲著，屈辱地感受到眾人的嘲笑和蔑視。她回到家，懶得和媽媽說話，爸爸都很晚回家。爸爸給她的悠遊卡儲值每回兩百元，她只搭公車，捨不得搭捷運，現在單剩六元。她長得胖，又醜。第二部分，小表姐視點：她非常煩，鄙視小文，回應人們的詢問，說：「她就是醜，因為她爸很醜。」她的爸媽把她留在這裡已經一年。她掌管鑰匙，和小文兩人晚餐吃便當。她住在勉強收騰出來的倉庫，嫌髒臭，窄迫，沒有窗戶。偶爾遇到阿姨，阿姨總對她板著臉。小文的罰寫是她故意藏起，卻冷淡地看著小文擔憂、哭泣。她的悠遊卡每回儲值是五百元，但並未比小文用得更久。大約每三天一次，姨丈會掏出一千塊錢給她，「她可以做很多事」。她家以前和很多有手機的同學一樣有錢。她們在超商前的一張椅子坐下來，引來一位叔叔的關心，他拍了小文的肩膀。到此小說進行一半，兩個國中生還沒進校園。第三部分，淑安的視角：她竟日昏睡，什麼事都不能做，也提不起勁做什麼事。她在屋裡晃悠，把陽台洗好的衣物重新丟入洗衣機。家裡住進一個她不喜歡的、與親人相關的人。親人曾讓她「背了一堆債務」，「她記不得那些數字有多少個零，她依然恨著。」她的日課是：在兩個女孩的聯絡簿上簽個姓氏，力透紙背。她認不得睡在身邊的丈夫，「卻摸了他的臉」，為此她夜晚哭泣。學校來電話，小文失蹤了。她和小文很久沒見了。她出門想去尋找，又覺著冷，要回家添衣服，才發現沒帶鑰匙。顯然淑安有精神病況。第四部分，正益的視角，比較詳細、完整地補實了前頭三段落的縫隙。

從正益視角呈現的情節，再綜括前三部分的敘事，我們可以看出：小文很自卑，爸爸正益也常自慚形穢。他是修水電兼做油漆的工人。每次回到家，務必把自己（手指甲縫、足踝、腳弓、腿窩、鼠蹊）清洗乾淨，不帶一點「工作的塵埃」到床上。他不在家抽煙。他努力工作賺錢，一身包辦瑣細的家務，他忙完家務，常得再趕去夜深才打烊的賣場為淑安買些蔬菜備用。他洗晾三個女人的衣服，自己的衣服怕髒污，另外用手洗。小文失蹤，他沒法像平日那樣等黃昏工作完了，搭隆哥的便車回家；這天急著尋找女兒，難得搭捷運去小文的學校，再搭捷運回家，他自嫌一身髒污，有位子也不敢落座。他煩惱著許多事。但願淑安的病會好，小文過得開心，淑安的妹妹和妹夫接走小表姐，會說：姨丈對她很好。他平日回來，淑安總在睡覺。這幾年她狀況差，幾乎沒出過門。偶爾遇到老婆醒著，「對他微微一笑，隔天他工作便格外賣力。」他很愛老婆，因為自己條件不夠好（黑而醜），賺錢不多，他事事委曲求全。淑安的妹妹、妹夫害淑安背負龐大的債務，一年前又厚顏把女兒送來家裡，進益很意外：淑安已病了幾年，對妹妹、妹夫仍然保持著冷淡的態度。她那傷痛太大了，遙遠的記憶未能完全沖淡，「她依然恨著」。小表姐臭著臉進來，瞪了小文一眼，正益沒留意，淑安看到了，回瞪了一眼。正益和小文老實得憨傻，淑安雖然精神狀況不好，她仍舊能敏銳感應小表姐的無禮與對小文的侮蔑，於是回瞪一眼。正益還以為：「小文從此有了玩伴，會好很多。小文不開心，他也沒有辦法。」小文或許除了外形黑、醜、胖之外，小說不曾道明的，她可能有些弱智。小表姐責問過她：「你為什麼這麼笨？」辛苦寫好的罰寫作業幾度憑空遺失，也不會想辦法，或向老師說明、找爸爸協助。依這家人的經濟狀況及淑安、小文都需費心照顧，妹妹、妹夫又是曾經害苦淑安的元凶，正益很可以理直氣壯地拒絕接納小表姐寄養；但他一肩挑起重擔，「不想讓他們家人在親戚面前讓人說嘴」。他努力關照小表姐，有時委屈了小文。他兩、三天給小表姐一千元當零用，這數目對他們家是多大的開銷？小表姐可能不了解，知道了也不會感念。他只要求小表姐陪著小文，一起上、下學。可是，小表姐陰沉可怕，欺凌小文還不夠，竟設計導演了一齣失蹤記。第二部分即使大半採行她的視點，作者並未寫盡她複雜的陰暗面，往往只是客觀敘事，輕輕點到為止。多重敘事的技巧，真正均勻鋪展各線情節，也難免有些板滯，作者如此略做變化，卻使得這篇小說耐人品玩，更經得住推敲探索。

二、陰沉的人物，惡質的環境

小表姐鄙視小文，變法子羞辱她。兒時玩「誰是胖子」的遊戲，她跟玩伴跑了，讓肥胖的小文苦苦追趕，大夥還一邊回頭不時嘲弄。正益覺得「胖是福氣」，不料周遭的人卻都把小文的胖當作嘲笑的話題，從小就給小文造成壓力。現在小表姐明明寄養在吳家，在學校也常目睹小文受罰的窘態和挫傷，竟故意多次藏起小文費時完成的罰寫作業，讓她承受屈辱的體罰。事件導師勢利，有手機有權有錢的學生不敢責備，沒有同情憐憫之心，對弱勢孩子缺乏關愛。導師卻沒想到蹊蹺，小文「大塊呆」又膽小，哪敢故意不交罰寫作業，再討一頓羞辱的責罰？導師卻沒想到要協助孩子，打手心已超過規範了，還罰她當眾半蹲，任由同學取笑，一味凌辱弱智老實的小文。為此，小文很想可以的話就不要上學。正益聽說女兒沒去上課，不明去向，借電話撥回家，沒人接。趕到學校去，小表姐答覆導師：「小文說自己會來學校。」到便利商店，問店員不得要領；到警察局，未達一天，不能報失蹤協尋，警員同情正益，陪他調看監視畫面：

> 正益看到小表姐跟一個男人說了話，就走了。
>
> 男人手搭在抽泣的小文的肩上，也走了。

這畫面顯示：女兒被小表姐支使一個男人帶走了。他氣壞了。為什麼小表姐會這樣？一年來，他對她那麼好。正益忒憨厚，看了監視畫面，他並不曾緊迫盯著小表姐追究下去。小說宕開，布置了懸疑。

三、欲知後事如何

正益忒憨厚，他丟下工作大半天，慌亂尋找女兒，不曾注意小說精心點撥的小表姐異樣的細節。他說要報警，「小表姐身體輕輕地顫了一下。」他交代她放學後趕快回家，「她低垂的臉有著不一樣的表情」；小表姐或許做了怕警察局調查的事體，姨丈到這關頭，還對她這麼關心，她也有點不自在，有點愧疚？正益只覺著小表姐看著他的眼神讓他不快，好像就是個無關的陌生人。家裡他什麼事都自己擔起，只要求她和小文一起上、下學。今天聽說女兒失踪，午飯也沒吃，他奔波了大半天，轉回家竟比平日來得早了。「他看見自己家的那層樓，客廳的燈亮起了。」不知誰先到家了？他站著，抽煙，沉默，一直到天黑，直到他平常回家的時刻。小說到此戛然而止。

問題很多，許多的可能性，想像的空間很大。如果我們順著小說的情境，試做一些合理的揣度：究竟是誰先回到家了？最大的可能，是小表姐，她一個人。淑安多年未出門，沒鑰匙，也沒有錢，精神混亂的她，大概不可能找鎖匠或警察幫忙。她可能四處茫然亂轉，飢寒交迫，成為遊民，會病倒在哪裡？誰記得她？認得她？先回家的最可能是小表姐。正益每次給她多儲值三百元，「她沒有比小文用得更久」；每個月大約又給了一萬元零用，「她可以做許多事情」。難道她走上邪路，和不法之徒有了勾結，她把小文賣了？小文失蹤，她卻像陌生人一副事不干己的模樣。那麼，她也會若無其事、大剌剌地坐在客廳吃便當，一邊看電視。小小國中生，曾經是有錢人家的寶貝千金，父母可能涉嫌惡性倒閉，讓淑安阿姨受累，使得她即使多年神智不常清明，還恨著，深深地恨著。她寄養在清苦混亂的阿姨家，非但不知感念，竟憤忿不滿、作起怪來，她呈顯人性的陰沉黑暗面，犯下買賣人口的罪行。可憐正益和警察都不曾想到要緊迫偵訊小表姐這個關鍵人物，儘速追回小文。小文不知下落，若是警察追捕不到那個男人，應變能力那麼差的她，會淪落到哪裡去？陷入什麼境況？誰能救救這個純潔無辜的女孩？誰記得她？是否有可能像正益祈望的，家裡一切如常，客廳裡是小文和小表姐，而淑安在睡覺？或者小表姐良心過不去，或者怕警察局已備了案，追查出真相，她把小文「贖」了回來，現在只需要去尋找淑安就可以了？讀者心知肚明，這大概必然是奢望。這麼惡質的環境，正益乍然失去妻子、女兒，他怎麼辦才好？

輯參

荒漠甘泉《小王子》，何止是童書？

據說《小王子》是除了《聖經》之外，銷售最多的書。這本書從一九四四年出版至今，共有兩百五十種語言的翻譯，占全世界排名第三，而且票選公認二十世紀法國文學第一名。

再三細讀，反覆品玩，《小王子》真的不止是童書。或者說，其中的至理，有童心的大人可以感應，知道省思、得到啟悟的大人可能也不會太多，個中深奧的至理，很多人可能窮盡一生也未必能理解。但此書多年多語暢銷長銷，足見有心的讀者畢竟不少。

一、漫遊小星球，領悟需要付出

小王子來自遙遠的星球，他有許多自然長養的心地和見解，純良而孤獨。他出來找工作、想多學習，他其實是在找朋友。他愛笑，好問，也哀樂過人。他那小小的行星，只有他一個人，兩座活火山，一座死火山。有生命力的植物，是一朵長著四根刺的玫瑰和猛勁爆長的猴麵包樹。他可能是逃避那朵虛榮、裝腔作勢、愛折磨人的美麗玫瑰而出走的。

小王子訪問過幾個鄰近的小星球，遇見的都是一個人獨佔一個星球的怪人：國王、虛榮的人、酒鬼、生意人、點燈人、地理學家。他們一個比一個更奇怪。國王下詔令知道要合理，要等條件成熟才能發揮。虛榮的人渴望別人的讚美和仰慕；酒鬼因為喝酒而羞愧，卻正想遺忘羞愧而喝酒；生意人自以為是「很正經的人」，忙著計算宇宙星星的數量，認為既能想到了就算擁有、富有了，他要經營管理星星，存進銀行。小王子省思到：我對擁有的火山、玫瑰有幫助；而生意人「對星星根本就沒幫助……。」點燈人盡忠職責，「並沒有只自己顧自己」，這是他唯一可以交朋友的人，可惜這星球太小了。

那忙於撰述的老先生是地理學家，卻不知道自己的星球有沒有海洋、城市、河流、沙漠，他的著述全靠接見探險家，把他的回憶記述下來。很荒謬！小王子談起自己星球的火山和花，地理學家說：他關心的是永恆不變的山，不登錄「稍縱即逝」的花，即使「花兒最美」。這句話點醒小王子對玫瑰的繫念。玫瑰稍縱即逝，它只有四根刺可以抵抗外界，「我卻把她獨自留在家裡。」他悔恨不安，緣於關愛。

二、到地球學會經營人我關係，珍惜世上的唯一

小王子來到地球，降落在撒哈拉沙漠，覺得有點孤獨，蛇提點他：「就是到了有人的地

方，也一樣孤獨。」蛇不傷他，因為他很純潔，他來自星星。他的星星正好在頭頂上，蛇預示有必要可以幫他回那兒去……小王子登上高山，他喊：「當我的朋友吧，我好孤獨。」山的回聲太乾澀，讓他想念玫瑰的說話。既要逃離，卻又想念，多麼矛盾。

《小王子》一心探尋的是需不需要朋友？一個人生活可以嗎？孤獨？人多的時候也可能孤獨，朋友再多，也未必濟事，人際關係要怎麼建立，如何維繫？

來到一座開遍玫瑰的花園，震懾於自己的玫瑰不過是眾中之一，平凡得很；念及高傲、矯情的她若知曉，可能頓覺荒謬，自暴自棄；他知道所擁有的原不過是可憐之極的一點點，（河伯看到了大海，也還沒有這麼震撼。）怎麼可能成為非常偉大的王子？他哭了。狐狸出現了。牠教他「馴服」，慢慢地耐性地花時間經營。彼此在對方身上投注關心，幫助對方。他和牠就會「彼此需要」，彼此成為這世上的唯一。用心去愛，於是情之所鍾，小王子平泛觀看五千朵玫瑰花，從容認定了他唯一的那朵虛榮而嬌氣的玫瑰。他的玫瑰大有缺點，並不完美，但，告別時玫瑰溫柔嫻靜，承認愛他，反覆叮嚀：「你要快快樂樂的。」語言有時也會引起誤會，人們往往言不由衷。「最重要的東西，眼睛是看不見的。」小王子謙虛地學習，他學會關愛與負責，為了他唯一的玫瑰，他得再回去自己的星球。扳道工說：「從來沒有人會滿意自己待的地方。」不經一事，不能領悟自己的貪欲或任性使氣多麼不濟。小王子要回去原來的地方。

愛情需要經營，必需是彼此關心，「彼此需要」，雙向協和。這愛／愛情的哲理，深入淺出，細緻精微，曲折委婉，豈是泛泛的愛的教育，《小王子》何止是老少咸宜的童書？

三、快樂王子痛苦的眼淚

聖修伯里（一九〇〇－一九四四）二十歲便正式取得軍方飛行員資格，飛行的特殊觀感讓他寫成《風沙星辰》、《小王子》這樣獨特宇宙絕高視角的作品，少壯的作家有著深邃的生命體悟。他曾經三度失事，從高空墜落，一次比一次嚴重，最後竟是失去蹤跡，來不及親見《小王子》出版、暢銷、風行全世界。《小王子》書中小王子在撒哈拉沙漠遇到的飛行員，正是第一次墜機的聖修伯里。他忙著修理飛機的引擎，他們共同在沙漠中尋找水井。小王子來自星星，他並不需要水，他說：「水對心也是有益處的……」沙漠好美，「萬籟俱寂，但卻有某樣東西默默散發光芒……」「沙漠之所以會這樣美麗，就在於有一口水井藏在在某個地方……」沙漠中也竟然出現了村落才得一見的水井。小王子說：「我們喚醒了這口井」，這是「用心」尋找到的。人們要求太多，其實一朵花，一口水，其中就有看不到的可以讓人幸福的東西，就是需要用心去尋找。

飛行員的引擎修好了，小王子掉到地球滿一週年，他們各自要回家了。本書採飛行員的旁知敘述觀點：這段時間，「小王子的笑聲，對我來說有如荒漠甘泉」，有交往就有情誼，「就得冒著遲早都會掉點眼淚的危險……」何況小王子帶來的是人類遺忘已久的淳美、清新，讓人重新檢省的許許多多……。小王子賦予生命嶄新的觀照，水和星星於是都有了不同於既往的深遠意義。他的禮物多麼美好。「我會在其中一顆星星裡面微笑，……就好像所有星星都在笑。你啊，你會擁有好多會笑的星星。」

離別感傷，不僅是飛行員，愛笑的小王子給他太多的啟發；小王子也很感傷，他和飛行員已經是共患難，且共同發現荒漠甘泉，用心尋找幸福的朋友。飛行員看見小王子問「一條三十秒內就能送你回老家的那種黃蛇」：「你的毒性強不強？你保證不會讓我痛苦太久？」離開的最終的一刻，小王子一再要求飛行員不要來，他嚴肅、苦笑，不希望朋友看到他「很痛苦」、「有點像死了一樣」，苦惱的勸說：「那不是真的……」「路途太遙遠。我不能帶著這副軀殼走。太重了。」一犯不著傷心。沒有一個「哭」字，沒有寫到眼淚，但氛圍醞釀得哀傷無比。楊喚的詩句：「快樂王子痛苦的眼淚」，精準地道出《小王子》的歡樂與哀傷，這哀傷還賅涵了他前此幾度的領悟和省思。

《小王子》是一本探討人際關係、追尋生命意義的故事書。不落言筌，寓勸諭於無形。閱讀此書，讓人願意檢省自我，珍視既已擁有的一切（不論多少），願意承擔責任，願意付出，幫助他人，成就自己，得到安慰，得到幸福、快樂。

——《中國語文》七六一期，二〇二〇年十一月

豐子愷筆下的黃金童年與鄉土人物

（二〇一八年）九月上旬，我們浙東行旅一行人來到桐鄉市石門灣參觀豐子愷紀念館。經過重修的石造木場橋，橋體兩邊的石壁護欄一幅接一幅、滿滿雕繪了墨筆豐子愷的漫畫，石壁護欄中心位置由其幼女豐一吟題書「木場橋」三個大字。紀念館前院的兩面牆壁也如漫畫畫廊一般。想起日本漫畫家水木茂的紀念館，館前長長一大排商店街，沿街相當距離陳列了許多「鬼太郎」的黑色大理石石雕，成功地再度繁榮經濟，把山陰鳥取縣的沒落小鎮境港打造為著名的觀光兼文化景點。相較之下，豐子愷紀念館素雅得多，很切合豐子愷的人品和書畫風格。

一、書寫黃金童年

（一）揣探兒童的心理，讚賞孩童的創意與童趣

從未有像豐子愷（一八九八－一九七五）這樣的作家，自嘆成人世故，讚揚孩子的天真爛

漫，細緻描摹孩童天然未經雕飾的純真憨態。孩子是豐子愷書寫及漫畫的重要題材，兒女是他最完美的模特兒。漫畫〈花生米不滿足〉，畫出一臉的委屈、不盡滿意；〈瞻瞻底車（二）腳踏車〉，「兩把芭蕉扇做的腳踏車」，小男孩騎得多麼帶勁。〈阿寶兩隻腳，櫈子四隻腳〉兩雙襪子給椅子套上，很有創意；母親卻嫌「齷齪了襪子」，毀了創作，真個「殺風景而野蠻」！孩子們炎夏吃西瓜，由最小的描寫漸次至稍大的，評判：三歲的孩子滿足、笑嘻嘻地搖擺著身子「發出一種像花貓偷食時候的『ngamngam』的聲音」，歡喜的感情「音樂的表現最為深刻而完全」；五歲孩子發表的是詩：「瞻瞻吃西瓜，寶姐姐吃西瓜，軟軟吃西瓜，阿韋吃西瓜」，打了折扣；七歲、九歲的是散文與數學：「四個人吃四塊西瓜」，更「膚淺一層。」豐子愷顯然是以淳樸為尚，欣賞天真未鑿的自然本色。他嘗試揣探兒童的心理，〈華瞻的日記〉採行兒童的視角道出：與鄰家女童很要好，騎竹馬玩得正開心，大姐偏要拉回家吃飯；上街去先施百貨，許多小汽車、小腳踏車，該給小孩玩的，爸爸不肯；吹笛的老太婆掮著許多小花籃，要給我一個，娘姨一定不要，大人都無理。麻臉陌生人給爸爸披塊大白布，用閃亮的小刀割他的後頸和耳朵，爸爸說：「你也來剃頭。」那麻子又用拳頭打爸爸的背，多恐怖，家人卻都置之不理。我哭，寶姐姐說我「痴子」。白布拉開，爸爸像個和尚了。這是怎麼一回事？這篇兒童文學敘事觀點維持一貫，童言童語，飽含童趣。孩子總要成長，漸次成人，懂得應對禮讓，協理家務，多麼好的事！豐子愷卻另有思考。〈送阿寶出黃金時代〉寫到：十四歲的大女兒陳寶，把父親分與的巧克力留著，找機會分贈給幾個弟妹；這孩子懂事了，有小大人樣，「會犧牲自己的幸福來增殖弟妹們的幸福」，他憂喜參半。他痛心孩子終要脫離天真爛漫、無憂無慮的黃金時代，進入成人世界，避不了現實的世勞與煩苦。他描摹孩子們追著鷄販，喜歡、興奮、急切想買得小鷄的情態，鄰家大嫂提點：小販故意借勢哄抬。他撫慰孩子，有些話就說不下去了。「看見好的嘴上不可說好，想要的嘴上不可說要」，進一步就是：「看見好的嘴上應該說不好，想要的嘴上應該說不要。」他自我檢省，〈作父親〉這樣結筆：「在這一片天真爛漫光明正大的春景中，向哪裡容藏這樣教導孩子的一個父親呢？」

（二）童年追憶與護生畫集

豐子愷追憶童年黃金時代，描敘難忘的三件事：祖母養蠶、父親的中秋賞月、與鄰童王囡囡的交遊，巧妙地以三代人為切入點。祖母「豪爽而善於享樂，喜歡這暮春的點綴，故每年大規模的舉行。」蠶落地鋪的時候，蔣五伯去地裡採桑葉，孩子跟著去採桑葚。回來後，他飼蠶，「我就以走跳板為戲樂，——這滿屋（經緯）的跳板，像棋盤街一樣，又很低，走起來一點也不怕，真是有趣。」父親中舉之後科舉卻廢了，平日就是吃酒、看書。父親嗜蟹，七八月起直到冬天，晚酌固定吃一隻蟹。有時他會給孩子一隻蟹腳或半塊豆腐乾，豐子愷喜歡蟹腳，味道真好。父親說：「吃蟹是風雅的事，吃法也要內行才懂得。先折蟹腳，再開蟹斗——腳爪可以當作剔肉的針——蟹螯上的骨頭可以拼成一隻很好看的蝴蝶。」父親吃蟹，吃得非常乾淨。「陳媽媽說：『老爺吃下來的蟹殼，真是蟹殼。』」父親經常蓄養著十來隻蟹，七夕到重陽，節慶大家都有得吃。中秋興致更濃，夜宴賞月，一邊吃蟹，學父親「剝得很精細，剝出來的肉——都積受在蟹斗裡」，加了薑、醋，就是下飯的菜。「蟹是至味」，不宜混吃別的菜餚。這是極有品味、精美雅緻的飲食文學。隔壁豆腐店的王囡囡是豐子愷兒時的玩伴。兩家交誼特殊，孩子玩在一起。王囡囡大一兩歲，豆腐店生意比豐家的染坊店好，王囡囡又是一家人的寵兒，他有很多玩具和零錢。他教豐子愷釣魚，送了釣竿，教怎麼用米蟲做釣餌，放下水，怎麼觀察，怎麼拉起；第一天釣了十幾條，都是他幫著拉釣竿的。他又教豐子愷用蒼蠅做釣餌，說是魚更喜歡蒼蠅。從此豐子愷愛釣魚了，後來可以自己去，還學會了挖蚯蚓做餌釣魚。收穫多時，家中晚餐之外，還可送給店裡的人吃，或給貓吃。那陣子，似乎為母親省了不少菜錢。

豐子愷和兒女的童年背景差異，描敘的重點也大不相同。回憶童年往事，他覺著幸福神往，但又轉筆敘及：養蠶做絲、吃蟹、釣魚，都是生靈的殺虐，深覺愧疚，永遠懺悔。描敘美好的兒時趣事，卻以沉肅的宗教、哲學思考做終結，似乎有些不諧調。事實上，豐子愷的隨筆往往直抒胸臆，從不矯情做作。他從小不能吃肉，吃了就嘔吐，雖吃魚蝦，偏愛蔬食，後來長年茹素。寫這篇文章的一九二七年，他滿二十九歲，在緣緣堂皈依佛教，弘一為他取了法名「嬰行」。在皈依的那段時間，他與弘一相聚一個月，醞釀出一個弘揚佛法、鼓吹仁愛、勸人為善戒殺的計畫：編繪《護生畫集》，由弘一題文，豐子愷繪圖。兩年後出版，共五十幅，適逢弘一五十壽慶，正好做為生日賀禮。十年後，他繪製續集六十幅，仍請弘一題文，做為弘一六十壽禮。一九四九年再繪《護生畫三集》七十幅，弘一已於一九四二年圓寂，乃往香港請葉恭綽題字，也舉行畫展，籌備卜居上海的生活費。後來時局變化，一九六一年他完成《護生畫四集》，一九六五年完成《護生畫五集》。文革遭難得病，他寫了三十三篇《往事瑣記》（後來改名《緣緣堂續筆》），再無餘力續完百幅的弘一百歲冥誕禮了。從他皈依佛教，幾十年「護生」來理解，生活中一貫奉行實踐，〈憶兒時〉的結尾做些檢省懺悔，不僅不算失粘，以作家人品、文章而論，其實是淳樸一致的。

二、豐子愷的鄉土人物

豐子愷的《緣緣堂續筆》三十三篇，在紀念館編印的《緣緣堂隨筆選》中全部收錄。那是豐子愷在文革中肺病未癒、居家養病的一九七一、一九七二年所寫，很有點筆記小說的風味，著筆清雅簡鍊，語調平和詼諧，不染時代的戾氣。他鋪寫往事，與現實拉開了距離，寫出不少風土人情，尤為突出的是，他寫出許多鄉土人物，絕大部分是大有特質的小人物，可以為地方圖誌留幾筆文學參證。前文敘及，豐子愷萬般不捨女兒即將告別童年，邁進複雜的社會，覺得好比把她「遣嫁到惡姑（惡婆婆）的家裡去」；但豐子愷還是具有人間情懷，關愛人間世，理解不盡完美的人性。他皈依而仍戀家，未曾出家；他敬謹地護持弘一，實踐弘法。他觀察、描摹人間世，在晚年格外清明透徹。

（一）癩六伯

現實明擺著，在群體中人們受禮教拘牽，虛應寒暄，說些「久仰」、「豈敢」的客套話，多少尊重，多少飾偽？人們也因此而能互相容讓，和諧共處。豐子愷的〈癩六伯〉很精采：癩六伯「孑然一身，自耕自食，自得其樂」，他做完生意，總去喝時酒（一種白色米酒，酒力不大，價錢便宜，但頗能醉人，醉得很透，醒得很快），喝到飽和時，轉身回家，搖搖晃晃走到橋上，就站在橋頂罵人。「反覆地罵到十來分鐘。旁人久已看慣，不當一回事。」豐子愷的母親會對陳媽媽說：「好燒飯了，癩六伯罵過了。」時間很準確，大約十點鐘光景。豐子愷描述人物，各面紀實，客觀觀點未描人物的心理，全藉言行動作展現。頭上雖有癩瘡疤，看來還不錯的人，內心有著許多怨懟，酒醉時就克制不住宣洩了出來。純真或虛偽？實在難說。如此勾勒兼顧多面，正符合小說理論所謂的圓形、立體人物。

（二）王囡囡與定四娘娘

豐子愷的〈王囡囡〉，描摹非常詳盡。先敘述家庭狀況及豆腐店的老司務鍾老七。「（母親）慶珍姑娘在丈夫死後十四個月生一個遺腹子，便是王囡囡。」「相貌和鍾司務非常相像。——王囡囡口上加些小鬍子，就是一個鍾司務。」鍾司務非常寵愛他，給他祈保長命的銀項圈，給他最新的玩具、服飾。他戴著銀項圈，手拿長槍，「年幼的孩子和貓狗看見他都逃避。」鍾司務寶愛王囡囡大有緣故，文中有許多暗示。豐子愷幼少時從王囡囡學得釣魚，做釣竿，彎釣鈎。王囡囡還玩擺擂台，許多小朋友打他不下，「一朝打下了，王囡囡就請大家吃花生米，每人一包。」再次是放紙鳶，「他出錢買紙，買繩，我出力糊紙鳶，糊好後到姚家墳去放。」還有爬樹，姚家墳上一棵大樹，他可以爬到頂上。他很會玩，總是玩得興高彩烈。有一天一個挑糞人糞桶碰了王囡囡的衣服，王囡囡罵他，他回罵一聲「私生子」。又有一天，祖母請關魂婆關魂，哭著，要母親跪下叩頭。「慶珍姑娘正抱著她的第二個孩子餵奶，連忙跪在地上，孩子哭起來，王囡囡哭起來，棚裡的驢子也叫起來。」王囡囡豪放活潑強壯，生活裕如，儼然孩子王，卻是個遮掩不了的私生子。鍾司務是豆腐店的主力，經營得很好，能幹的祖母或者就因此選擇了容忍。請人關魂，祖母思念亡兒，內心有著深沉的隱痛。隨著年齡增長，豐子愷出外讀書，王囡囡漸漸疏遠了。後來，聽說王囡囡常打他娘，打後又買人蔘煎湯，定要娘吃。他矛盾得很，既憤懣，又憐惜。抗戰前一兩年，豐子愷返鄉，王囡囡有一次到家裡來，叫他「子愷先生」，不再喚「慈弟」（豐子愷本名慈玉）了。正像魯迅筆下的閏土，生疏了。寫這文章的一九七二年，王囡囡已死，家人不知去向。豐子愷罕見的在文末仿司馬遷做「太史公曰」另抒個人感懷：

> 筆者曰：封建時代禮教殺人，不可勝數。王囡囡庶民之家，亦受其毒害。慶珍姑娘大可堂皇地再嫁與鍾老七。但因禮教壓迫，不得不隱忍忌諱，釀成家庭之不幸。

豐子愷等一批在春暉中學執教的文人，跟校長經亨頤一樣，都有教改的理念；也領受五四風潮，檢省傳統禮教的負面缺失。在禮教束縛之下，寡婦沒有再婚的自由，王囡囡和母親、弟弟、生父都成了犧牲品。

運河流經石門灣，沿河都是商店，男人活動，整天騷鬧；後河較為清靜，女人出場，王囡囡的祖母是有名的「四軒柱」之一。丈夫名殿英，排行老四，人叫殿英四娘娘，順口便叫成「定四娘娘」。她的豆腐店產品不壞，她的推銷本領更大。有船行停靠，她就大聲推銷貨品，熱絡地叫出人名，宣傳促銷千張、豆腐乾，為此她家生意比別家好。她矯健強悍，有一次，莫五娘娘追打戇兒木銃阿三，木銃阿三逃過來抱住王囡囡，莫五娘娘舉棍打戇兒，一半打在王囡囡身上，王囡囡大哭喊痛。定四娘娘護孫心切，趕出來開罵，奪過棍棒，肥大的莫五娘娘被她推跌到河裡。她熟悉附近的人家，愛穿門入戶，進去說三道四。

她來貼鄰豐家更勤，大都在吃飯時候。還好像《紅樓夢》的鳳姐一樣，人未進來，聲音先聽到了。豐子愷的母親「立刻到櫥裡去拿出一碗肉來，放在桌上，免得她說我們『吃得寡薄』。」其實豐家除了母親，大家不愛吃肉，母親卻不願讓她多說閑話。她一面看著，一面閑談。她消息靈通，會說些：哪裡吊死了人，哪裡開了店，誰家的酥糖比較好，哪家的姑娘和哪家的兒子對了親，分送的茶棗如何講究，哪家的姑娘養了私生子，等等。這老太婆精明、靈活、強悍，又有點多舌，但也還不討嫌。她雖然加油添醋，總不致如另一軒柱盆子三娘娘「加入多量的油鹽醬醋，叫它變味走樣。」當年資訊閉塞，家居無聊，有她活躍走動做新聞報導，也是有趣。這個紀實人物勾勒分明，優劣並陳，各面飽滿，非常動人。

（三）樂生與麻子三大伯

豐子愷的〈中舉人〉記述父親中舉的經過：九年間三次赴杭州考試，候榜期間，在家苦等訊息的焦慮煎熬，影響到家中的店伙、賬房、親友。中舉那次，「（父親）悶悶不樂，早眠晏起，茶飯無心；祖母躺在牀上，請醫吃藥。」中秋過後，發榜那天，染店的管賬先生麻子三大伯——豐子愷的堂房伯伯豐亞卿心血來潮，到南高橋頭去等「報事船」，他頑皮的兒子樂生跟了去。父子兩人「看見一隻快船駛來，鑼聲瞠瞠不絕。他就問：『誰中了？』船上人說：『豐鐄，豐鐄！』樂生逃，麻子三大伯跟著他跑。旁人不知就裡，都說：『樂生又闖禍了，他老子在抓他呢。』」焦慮之後的狂喜，簡潔明晰地描繪出清末最後一科科舉發榜報事的氛圍。這裡只是誤會，「逃」字製造了喜劇效果；老子追打孩子鄉間常見，泰半是管教的一種方式，可以和莫五娘娘追打戇兒互相映照。

樂生這孩子如何頑皮？〈樂生〉一篇對這位遠房堂兄兼玩伴做了具體紀實報導。「樂生的玩法，異想天開，與眾不同，還帶些毒性，但實際并不怎麼危害人。我對他有些嚮往，就因為愛好這種毒性。」毒性，暮年追記這位染坊學徒，豐子愷一向崇愛童稚的淳真，怎麼竟然「有些嚮往」「愛好」了？一則因事屬幼少年行為，無須苛責；再則樂生的惡作劇，很有獨創的天賦，又實際上也並不傷人。他誘出一隻「百腳」，剪去有毒的雙鉗，藏在衣袖裡，趁人不注意，丟在別人身上嚇人。一次，他向父親麻子三大伯討零用錢，父親不給，他就把百腳丟在父親臂上，父親用手撣，百腳落在背上去。他要打樂生，「樂生在前面逃，他背著百腳拿著門閂在後面追，街上的人大笑。樂生轉一個彎，不見了，麻子三大伯背著百腳拿著門閂站著喘氣。」好一幅頑童戲弄成人的詼諧鬧劇。這真是「樂生逃」，老子追打，卻狼狽不堪了。煞尾更精采：「有人替他撣脫了百腳。一隻雞看見了，跑過來啄了兩三口，把百腳全部吞了下去了。」可以收筆了，但還有補充：這隻百腳已卸去雙鉗，沒了毒性，安全無虞；但即使有毒，雞也能消化。他記得大姐紮珠花，嫌珠子不圓，灌餵了雞，過一會兒，殺雞取珠，珠已渾圓。這樣紀實印證，植基於早期閨閣女紅的環境。寫人物似乎有點溢題，但卻增添了趣味。樂生另一「傑作」，是取一束頭髮，剪得極細像黑粉末，拿了趁人不注意撒進衣領，看著那人覺癢越搔越癢，卻莫明所以。這頑皮孩子甚至招搖撞騙：端碗水在人叢中行走，找個闊綽對象，有意撞上，哭鬧著賴人賠他燒酒的兩角錢。

（四）具音樂天賦的柴主人阿慶

教授美術與音樂的豐子愷，在這篇〈阿慶〉描摹了一位大有音樂天賦的庶民百姓。鄉間有一種「柴主人」，為挑柴販賣的農民和買柴的居民做仲介，抽取百分之五的佣錢。獨身的阿慶做柴主人，上午肩扛著一支大秤給每擔柴秤好重量，分軟柴、硬柴介紹到適合的人家去。所得的佣錢夠他吃穿，午後閑空，他就拉胡琴。他不抽煙，不喝酒，拉胡琴是唯一的嗜好。他的手法純熟，各種京戲他都會拉。當時有人背著留機賣唱做生意，聽一齣戲，收幾個錢。有商店店家花錢請來，樂意讓鄉鄰分享，阿慶竟然旁聽受惠。他細聽，享樂兼學習，幾回之後，就能照樣拉出來。全憑聽音，默記操作，無師自通，真個「天賦獨厚」。夏天夜晚，人們坐在河沿上乘涼，「皓月當空，萬籟無聲，阿慶就在此時大顯身手。琴聲宛轉悠揚，引人入勝。」豐子愷專業解說：潯陽江頭的琵琶恐怕不能及。琵琶是彈弦樂器，胡琴為摩擦弦樂器，「摩擦弦樂器接近於肉聲，容易動人。」鋼琴不及小提琴好聽，正是這緣故。胡琴構造比小提琴簡單許多，「但阿慶演奏起來，效果並不亞於小提琴，這完全是心靈手巧之故。」豐子愷又有「筆者曰」（《緣緣堂隨筆選》唯二的兩段）論說：「他的生活樂趣完全寄托在胡琴上。可見音樂感人之深，又可見精神生活有時可以代替物質生活。感悟佛法而出家為僧者，亦猶是也。」由音樂而思及佛法，流露了豐子愷的修持及對佛學的皈依。

（五）大智若愚的歪鱸婆阿三

〈歪鱸婆阿三〉描寫一位非常平凡而好似大智若愚的小人物，故事耐人尋味。綽號得自長相「嘴巴像鱸魚的嘴巴，又有些歪」，他獨身無家，是王囡囡豆腐店的司務，他「每天穿著襤褸的衣服，坐在店口包豆腐乾。」那時盛行彩票，每張一元，分十條，每條一角，人們都想僥倖發財，但「這一角錢往往像白鴿一樣一去不回，所以又稱為白鴿票。／只有我們的歪鱸婆阿三，出一角錢買一條彩票，竟中了頭彩。」這一條還是鹹鲞店的小廝子「情願買香煙吃」而讓給他的。歪鱸婆阿三中彩得了五百塊大洋（值二百擔米）成了富翁以後，鎮上有名的私娼俞秀英粘上了他。到年初一，他穿了一身花緞皮袍皮褂，捲起衣袖在街上晃，「大吃大喝，濫賭濫用」，幾個窮漢跟著他要錢，他一摸總是兩三塊大洋，嘴巴甜的，賞賜更多。定四娘娘來豐家閑談，母親對她說：「把阿三脫下來的舊衣裳保存好，過幾天他還是要穿的。」果然，到了正月底，他又回到原來的狀態，「只是一個嶄新的皮帽子還戴在頭上。」那筆錢足夠開爿小店，成家立業的！豐子愷發了議論：「這個人真明達！貨悖而入者，亦悖而出：來路不明，去路不白，他深深地懂得這個至理。——自古以來，榮華難於久居，大觀園不過十年，金谷園更為短促。我們的阿三把它濃縮到一個月，對於世人可說是一聲響亮的警鐘，一種生動的現身說法。」人間相的敘描，洗練的文筆，通透的哲思，而情趣無窮。

——《中國語文》七三八期，二〇一八年十二月

顏元叔的兩篇幼童敘事觀點小說
——〈夏樹是鳥的莊園〉、〈年連痞子〉

顏元叔（一九三三－二〇一二）在上世紀七、八〇年代曾經是橫跨論述與創作、文名遍及海內外的學者作家。他留美歸來，開啟新批評論述。在臺大外文系主任任內成立臺灣第一個「比較文學博士班」，一九七二年六月創辦《中外文學》及《淡江評論》等雜誌；兼任正中書局總編輯任內也推出了國學雜誌《國文天地》。他是許多字詞典編纂者，專業著有《英國文學——中古時期》、《莎士比亞通論》四巨冊。譯有《西洋文學批評史》、《美國劃時代作品評論集》、《開天闢地：西洋文明的變遷》等。論述著有《文學的玄想》、《文學批評散論》、《文學經驗》等；創作有《人間煙火》、《離臺百日》、《臺北狂想曲》、《善用一點情：寫給青年人》、《五十回首：水頭村的童年》等。他一生唯獨創作一部小說《夏樹是鳥的莊園》，收有十篇短篇，一九八〇年九歌出版社初版，一九八五年五版。以學者嚴謹的態度，辛苦經營，寓託遙深。本文嘗試擇取兩篇以幼童視角呈現而意蘊繁富的作品進行討論。

一、〈夏樹是鳥的莊園〉

〈夏樹是鳥的莊園〉背景是家鄉湖南茶陵的水頭村，幼童敘事觀點始終一貫，布局精緻、遣字精準，內涵繁富。學院出身的顏元叔創作小說，心儀福克納、焦易士（或譯：喬伊斯），嚴求西洋現代小說的高標。〈夏樹是鳥的莊園〉情節很簡單，著重在幼童安恬的鄉村生活被兩個持槍蠻橫闖進來的士兵摧毀，背後的大困境則是戰事來了。戰事到來，最重要的生活物資——鹽，一定要儲備；父親大清早匆忙趕赴城裡，兩個士兵闖進時，他不在場。文末揭露，他正是去買鹽，挑鹽奔回的路上，卻被亂兵劫走了。這不僅是農村的恬靜被破壞，眾人的生計也被逼到死角。簡單的情節，眾多人物詳盡的心理刻畫著筆卻非常飽滿。幼童視角描摹的是自己稚幼的觀感，側面呈顯的許多人物——父親、母親、叔叔、鄉親們的言語動作，可能只探觸到局部的事實，只做了天真的理解，讀者可以從許多留白去想像，自然能彌填全面的情境。這正是小說藝術耐人再三品味的關竅。

小說起筆「夏樹是鳥的莊園」，很詩化的詞語。村人夏日都午睡，「我獨個兒總是爬上那株柚子樹，躺在一塊汗黃了的杉木塊上，在柚子樹的四個大椏叉之間睡我自己的午覺。」杉木塊「汗黃」，點明了在夏日漫長時間的樹上午睡，而麻雀相伴擾眠。孩子核計，一群麻雀吃不了一斗穀子，可以放任牠們，求得個好眠；但父親交代：不准牠們偷曬穀場上的穀子吃。爬下樹趕走了麻雀，牠們全回到樹上，「故意叫噪個不停」。沒法睡，便數柚子，九十三顆，再過一個半月就熟透了。他盤算著要把最大、最甜的那顆柚子留給祖母。男孩很興奮，這天有好東西吃，「雞蒸餃」一早就蒸上了。

但父親突然放下農事，大清早布鞋來不及換草鞋就急急進城去了，直到黃昏該回來了還沒見人影。狗吠，「有人大叫」，有槍聲，「午睡的空氣被炸碎了。」「兵來了！」水頭村的安恬被打亂了。兵士，戰事，鄉人最怕，逃難不及，村人全往顏家的雨門衝去；孩子想起「冬天獵豬的緊張熱烈」，往反方向飛跑，被叔叔攔腰抱起奔回。眾人擠進，剛閂上雨門，外方口音已來到，威嚇、開槍，雨門倒了，兵士衝進大門，「我看見兩個兵士，手裡拿著槍，槍口朝著我們，站在我家大門的門檻上，把門口的陽光都遮住了。」陽光被遮掩，象徵著莊園即將陷入黑暗。他們要吃東西。母親遞送的不滿意，他們搜出了寶貴的「雞蒸餃」，當眾貪饞地吃了個精光，連油湯都喝光。那可是平日少有，為孩子十歲生日而特別備下的；中午因父親上城而預留到晚餐，這下全完了，「我的生日給他們吃掉了。」難得一煮特為孩子十歲慶生的雞蒸餃，正是孩子最寶貝的食品，是美好的生日的表徵。還有柚子，明說了未熟，還不能吃，兩個兵士卻要連枝砍下最大的那個，糟蹋遺棄。那可是預期最大、最甜，要保留給祖母吃的。這又代表一樣珍貴的物品被兵士毀壞。

父親回來了，但好不容易搶購的一擔鹽，在回程給兩個解放軍搶走了。又是可惡的解放軍！完了，沒有鹽，大伙兒怎麼過日子？村裡的人聚集在家裡的院子，黑暗裡一片混亂與喧囂。孩子進了祖母的房間，「院子裡人聲喧嘩，從遠處聽來，好像千百隻麻雀，在驚叫飛散。」「千百隻麻雀，在驚叫飛散」意象明朗，人群騷動、慌亂、驚慌失措，未來的日子怎麼度過？祖孫老小避處小房間，無奈外頭一片黑暗哪！

顏元叔散文集《五十回首：水頭村的童年》中有〈山雨欲來〉一文，說到鄉土食物「雞蒸餃」：「雞蒸餃在我們鄉下是補品，是用糯米粉做成圓子，上面覆蓋一隻母雞，幾小時的火力蒸出來的。」那時情勢緊急，母親派表兄弟倆去南岸村接外婆來，要照顧著她一起逃難。媽媽為外婆準備的補品，這天卻被闖來的兵士吃掉了。在這篇小說裡，採行幼童視角，把它換成為了孩童的十歲生日而備下，多隆重的意義，加上那顆最大最好的柚子，多寶貝的東西！象徵著美好的一切，卻全被毀了。《夏樹是鳥的莊園》書前〈談談自己的短篇〉，作者自道：靈感得自留學美國威斯康辛大學時，在麥迪森度過暑假，云：「看見高大茂密的榆樹，其上有成群的小鳥吱吱唧唧地巢居，那一片安樂的氣氛，使我想起千萬里外已經拋棄了的大陸家園。於是，我憶起了故事中的這段往事，有著部份真實性的往事。──〈夏〉篇是一個時代與一種生活方式的『輓歌』。」顏元叔的童年確實經歷過兵災，而避難遷臺，戰亂流離，都是中共赤化之故，他把時間移後，兵士安排為解放兵，標示一個美好時代被無情、殘酷地摧毀，永遠逝去了。

二、〈年連痞子〉

〈年連痞子〉也是以幼童視角呈現的短篇，是花棚裡（村名）痞子劉年連的故事，背景關涉到上堯村鄰近幾個村落。抗戰期間日軍侵犯時，顏家先是從茶陵縣城回到水頭村，再往偏遠的山區逃難，搬到前山那邊的花棚裡；日本人佔領縣城，四十四軍退到馬布江去了，顏家又從花棚裡連夜搬上油榨沖那個小窩子。他叫孩子的媽媽「先生娘子」，曾要求請父親給他個勤務兵做；媽媽卻說：「你要學好呀。——一天到晚賭錢打牌——你將來怎麼得了呀！」江西路上過大兵，老老小小都躲到油榨沖來，花棚裡也很多人逃難到這裡，可就沒看到年連痞子。花棚裡的人都姓劉，發叔是村長、也是族長，他和媽媽聊天，懷疑兵荒馬亂的，年連痞子還能賭錢打牌？年連痞子的後娘管不了他，發叔說，「哪個管得住他！」莫非發叔曾嘗試過？小說中發叔和母親代表劉、顏兩族維繫族親、仲裁是非、德高望重的長輩，發叔受父親之託照應著顏家。兩人的談話常是情節推動的環節。

伯仔和「我」同是高小生，他來約去採貓鼓梨，到山上，卻神祕兮兮地掏出一樣稀有物品，「我」把玩著，辨認是周老師和父親擁有的自來水筆。兩個小孩寶貝得不得了，輪流持有把玩。伯仔說是年連哥送的，「我」答應不告訴媽媽。粗鄙的年連痞子怎麼會有讀書人都少有的自來水筆？為什麼叮囑不要告訴大人？

年連痞子沒有出現，倒是發叔提著旱煙槍，走進門對媽媽說：「縣政府可能要派警察來搜山，你得提防著點。」據說年連痞子殺了人，縣政府要拿他。只怕這個亂子比牌桌上的事情大得多。而且，花棚裡好幾個女孩子，近來穿著花花綠綠的衣服，男人還有穿皮鞋的，都說是年連送的。他的人卻找不到。媽媽為此緊張不安。隔了一段時間，發叔上山來家裡吃飯，說縣政府搬到馬布江去了，離得遠，來這裡得走上一、二天，不會來搜山了。年連痞子在花棚裡，還想送發叔一頂禮帽。媽媽說：「這還能拿！這是陰魂不散的。」日本人佔領縣城後，守在城裡，他們把留在縣城的人一批批推到池塘裡淹死。日本人膽小，不敢到鄉下來，躲到山裡的人們都搬回去了。我們家老老小小，人數多，發叔說還是留在油榨沖的好。但孩子跟著姐夫、姐姐下山去採買，驚訝地發現花棚裡的人變了。女人穿花衣服、旗袍；男人穿大小不合腳的皮鞋，都是年連送的。「我」想年連畢竟是好人。不懂媽媽為什麼對他那麼兇？

媽媽對發叔說，縣政府不會來抓人了，但這是人命案子呀，她覺得發叔該管，「用鞭子痛抽他五十鞭子！」然後「交給劉家叔伯輩，大家秉公處理。」媽媽很有正義感，對品德要求很執著。那天晚上，有敲門聲，很輕，很急。發叔從微亮的門檻外閃進來，說：縣政府的警察來了，包圍了花棚裡，只怕抓不到年連，會來搜山。他要我們有個準備。發叔讓姐夫拿出爸爸一張印有「第六戰區司令部」鮮紅字樣的黃黃毛邊信紙，用墨汁寫上：「本部眷屬宿舍，切勿打擾。」貼上大門。

突然，黑暗中闖進一個人來，撲倒在媽媽跟前，大叫：「先生娘子，救命！先生娘子，救命！」正是年連。發叔罵他，作勢要用旱煙槍煙斗敲他的頭，又停了手。年連一直在磕頭，嘴裡嘟噥不清。媽媽吩咐關了大門，數落著他。話說一半，門外的狗瘋狂吠起來，發叔伸出煙斗，朝燈焰一蓋，熄了油燈。他叫大家上床，假裝睡熟的樣子。媽媽叫「我」睡到她床上去，發叔睡「我」的床，年連還在那裡乞求，媽轉身，過了一下，說：「你這個死東西，你就爬到我床下來好了。」孩子貼著母親和衣靜躺在床上，緊張地聽到有人用槍托子撞門，姐夫柔和地應對，大批的人進門，坐下來，張大隊長詳述追捕劉年連的前後因由、經過。開槍傷人，三條人命，殺人劫財。年連不斷地出售贓物，已被偵查到罪證，又經苦主指認無誤。由於戰事，兵荒馬亂，縣政府又遠遷，但苦主的獨子被槍殺，他與鄰縣本貫的縣長很要好，催逼得緊。所以張大隊奉命帶了一批人，走了兩整天才走到這裡。原來年連殺人越貨，那些送給鄉人的花衣服、皮鞋，給伯仔的自來水筆，都是搶劫得來，賣售不出的贓物。張大隊長說：「這麼黑的天，這麼大的山，那裡去找他？」準備回去覆命了。他的聲音已經到了門口，媽突然翻身滾了起來，大叫：「你要抓的劉年連，這個痞子，就躲在我的床下。」媽幾乎要叫破嗓子。「整個房子在黑暗中好像突然給嚇醒了，抖顫著，不知怎麼的，我『哇』的一聲，大哭起來。」

〈年連痞子〉最後的結筆頗有驚疑震撼的效果。經歷緊張、刺激、恐懼，情緒大起大伏，孩子大哭，安排得暢快。

三、曲達與深化

一九六九年七月七日《文藝月刊》創刊，曾舉辦一個小型座談會，討論〈夏樹是鳥的莊園〉。王鼎鈞談及：結構完整，讚賞顏元叔運用了新技巧：「這個小孩的雞腿被別人吃掉以後，聽說還有很多這樣的人隨後要來，小孩就覺得好像滿山遍野都是這種人，每個人手裡都拿著一隻雞腿，另一隻手拿著一桿槍，這很有點『奧普』藝術的效果。」（詳見隱地《小說大夢》）幼童視角呈現很多天真的思緒，我們理解它其實適如其分，譬如：把大人口中的戰事擬想為獵豬，大為興奮，渾然不知其兇險；這段滿山遍野的解放軍，持槍啃雞腿的幻象，荒謬中點綴得無比生動，恐懼心的衝擊，合乎孩子的識見和想像。

〈年連痞子〉最後的結筆令人驚疑震撼，但情節設計，難掩一點小疙瘩。不知尊貴的顏將軍夫人得到禮遇，姐夫的謊言已遮瞞隱匿罪犯的情事了；她卻突然又招認檢舉，要怎麼圓場？既正義感回頭，自己大聲認了，潛意識裡也因不忍警察大隊辛苦，徒勞奔波吧！想當然張大隊長聰明通達，必會順水推舟，樂呵呵地稱謝。她當時不無猶豫，情急之下掩護痞子，是出於鄉人愛惜晚輩的情感；早些時候她就曾敦促發叔應該以族長的威德管管年連痞子。等到側聽大隊長具體說明，理解了事實的真相，連孩子都「覺得躺在床底下的那個傢伙，實在很壞。」她趕在張大隊長即將踏出大門時供出犯人，這舉動有點突兀，不過從人物個性統一來說，倒也寫來順理，只有這樣，顏夫人的理性、尊貴、大公、明智的形象才能銜貫。

〈年連痞子〉的重要情節，參照《五十回首》，人物的塑造都有真實的根底，發叔和年連都是龍背村（也叫花棚裡）實有其人。發叔沉穩幹練的造型鮮明，離不開旱煙槍，「煙斗一明一滅，像個老大的螢火蟲」；在油榨沖談到年連，發叔「抽他的旱煙槍，嘴唇一抿一抿，嘖得那支發黃的象牙煙嘴，吧噠吧噠地響」；「口中吹出的煙，從前額上升，像一個小煙囪。」每回人物登場，他的竹管旱煙槍都有不同的描繪，配合他的思緒，刻畫得很傳神。痞子年連真人實事，《五十回首‧兵荒馬亂》敘述：他人還蠻和氣的，頂多賭賭錢，偷偷懶；萬萬想不到，兵荒馬亂的時候，他會殺人越貨。戰亂激發人的善性或惡性嗎？但他始終未曾被緝捕，一直逍遙法外；村人對他，也不過淡然對待，背後指指點點。小說變造後來的情節，突顯公理、正義，發叔、顏夫人的言語動作恰如其分，並且在捕獲的肇因上細布線索，複雜深化了題旨，更耐人玩索。

孩子記事，撒尿、抓沙（痧）皮、採貓鼓梨（就是獼猴桃、奇異果，見《五十回首》頁二二四），都是小娃兒事體。至於關心殺人怎麼殺，用什麼槍，怎麼放槍，多方鋪排，男童好奇，既驚懼仍不免要專注傾聽老輩講述恐怖的傳說，展現得相當自然。小說敘及，日軍佔領縣城後，「把留在城裡的人，用曬衣服的竹竿穿過反綁的手，一竹竿一竹竿推到池塘裡去淹死。」又說：把人切開額頭，灌水銀、剝皮。幼童視角呈現很多天真的想像，可以解為一種曲折婉轉的表述，曲達卻也很微妙地呈顯抗戰時期廣大鄉野間百姓輾轉逃難的曲折複雜情境。日本人膽小，晚上睡覺，在牆上打洞，有人偷襲，就鑽出逃命。在三不管地帶，日本兵不敢單獨下鄉，怕被襲殺吧！顏元叔另一篇小說〈堯水自衛隊〉透露了更多的訊息：川部四十四軍白挖戰壕，未放一槍就撤走；部隊撤離後，常有零散兵士三五結群，下鄉偷雞摸豬，找東西，強暴女人，有時候就被自衛隊截殺。由於這些情節涉及軍紀軍譽，據云有人打算控告顏元叔惡意毀謗。自衛隊從不與四十四軍正面作戰，只打伏擊，因為川軍槍法厲害。日軍過境，有時負荷過重，往往丟棄許多物品，竟成為自衛隊的戰利品。年連痞子的犯案的槍枝，想必也是日軍丟棄、被他撿拾到的。自衛隊打游擊，對象不是日本人，竟是自己人。他們也打劫過往客商，幸好不搶本鄉人。這些情事，有些匪夷所思，卻是事實。

在小說中，孩子聽到年連放槍殺人，想起許多死亡意象。關於他用什麼槍殺人，借用四個孩子傳述了多種可能，而直到最後警察大隊長向姐夫說明，花了不少篇幅，延宕懸疑，這才揭露真相。張大隊長說：兵荒馬亂，生死一線，許多人無辜犧牲了，本來幾條人命也沒什麼大不了，偏偏苦主是鄰縣大商人，與縣長交誼深厚，緊迫催逼本縣辦人。他帶一批人，走了兩整天，在花棚裡撲了空，就直往山上追緝到油榨沖。這有些弔詭吧？若非那商人和縣長有交情，痞子年連犯案，即使罪證確鑿，他還會在花棚裡逍遙遊蕩；似乎他也沒有任何罪惡感，沒有負疚。那麼所謂因果，有時仍有許多微妙的變數。人命關天，人命也如草芥，尤其是戰亂中。顏元叔添補這樣的變數使小說富涵哲思，更耐品玩；情節安排使年連痞子受到法律的制裁，水到渠成，題旨的深化和情節布局配搭得相當完美。

——《中國語文》七四四期，二〇一九年六月

少年小說《博士、布都與我》
——同源分流，互惠尊重

我讀李潼（一九五三－二〇〇四）的作品，是從《屏東姑丈》（一九九一）起始的。一九九四年十二月，我在第一屆本土文化學術研討會中談論《屏東姑丈》，把李潼定位為新生代本土小說家，確認他有多項個人創新的獨特風格。他的第二本現代小說集《相思月娘》（一九九五），仍讓人訝異愛賞，採用為書名的〈相思月娘〉極為精緻深邃，我又寫了三千多字的精讀細論，李潼夫人祝建太喜歡，收入九歌的新版附錄（二〇一四年一月）。有趣的是，李潼寫作，最初是致力於少年小說的，他龐大豐厚的成果，一九九九年已多達四十多部。他對臺灣少年小說的耕耘，兼顧文史地理實景的寫實，以及少年心性、成人世界的揣摹，又能運用相當高明的文學技巧，以優美的抒寫、傳奇故事的鋪展，不露形跡地呈現一些引人深思、嚴肅的人生命題。最近（二〇二一年九月）聯經出版社重新校刊二版《天鷹翱翔》（一九八六年）和《博士、布都與我》（一九八九年）極具典範性。這兩本早年多版本刊行的少年小說，前者榮獲洪建全兒童文學創作獎少年小說首獎，是他的第一部少年小說，接著他又以《順風耳的新香爐》、《再見天人菊》連續獲得同一獎項。後者在一九九〇年為他獲得第十五屆國家文藝獎。此後，李潼辭去公職，專力寫作，成為文壇少數難得的作品既多而優、銷售又暢順的職業作家。這兩本聯經二版的新校少年小說，我想細談相較略為龐雜繁富的《博士、布都與我》。

一、多元族群的和諧共處

《博士、布都與我》故事背景放在相當僻靜的澳花村，曾經是蘇花公路的中途休息站，小村熱鬧、繁榮過。澳花村被北、中、南三條溪剖分成三塊臺地，敘述者「我」（阿堂）住北高地，有一座土地廟，住著三十幾戶閩南人。布都家住中高地，中溪繞了彎，是全村的水源地，住著四十幾戶泰雅族平地原住民。布都他爸原是有名的獵人。博士家在南高地，爸爸是海防隊士官長，村辦公室、派出所、學校都在那裡，有一座天主教堂。二十幾戶人家都是大陸來臺各色人等。三個少年小六剛畢業，臨進國中的暑假，南澳山突然出現了「野人」，引來騷亂。對於「野人」的處置，意見紛歧，讓平靜和諧的村民分裂，意氣用事，互相刁難。好朋友的家長吵架，義氣相挺、極有默契的「三劍客」怎麼辦？消息傳出，許多記者、採訪蜂擁而來，還有冒險好奇的人們來溪床露營。想不到一時像嘉年華一般的特殊情景，三地人互相刁難抵制的限約不知不覺竟就突破了。

「三劍客」來自不同的族群，義氣相投，默契良好。他們互相幫忙，利益分享。林家的西瓜採收，雜貨店搬賣搶購的物品，布都爸香菇寮採集，三人勞力均輸；北臺地的大拜拜，中臺地的豐年祭，布都爸獵到山豬，南臺地的耶誕節，向來都是共享歡樂的。平時「澳花夜談」，「零食和點心吃不完的，而且天天換花樣：花生、木瓜、山豬肉或蛇湯，不管誰送來，都是大家分享。」颱風肆虐，林老闆捐錢，三臺地的人共同出力修築了全新的澳花橋。林家的西瓜豐收，少年們分送各戶人家。里長伯買麵粉，南臺地眷村婦人合力連續做好幾百個饅頭，盡地主之誼，分贈給外地來過宿、趕熱鬧看「野人」的記者、冒險群眾。澳花村的人不分族群，慷慨好施，互助合作，和諧共處。

「三劍客」的爸爸代表三臺地不同族群，因為「野人」的發現，他們爭吵起來。語言是利刃，言者強悍尖銳，聽者屈辱、反擊，彼此憤激，失去理性，竟提出斷水、封橋、繞路，總有兩地人不便：村人得老遠去湧泉提水，無處購買日用雜貨，無處做主日彌撒。好好地要開會討論如何處置「野人」，怎麼會演變成三臺地人不相往來，互相挾怨報復？根源就在不能互相尊重。對於「野人」，林老闆說：貨車司機有朋友可以贊助捕捉，活捉來可以展覽、收錢。管士官長贊成捕捉，但主張交給人類學家做學術研究。爭執起來，管批評林：「唯利是圖，見錢眼開」，責怪他販售物品比蘇澳貴兩成，賣大量的米酒灌醉中臺地的鄰居，害布都他爸「身體喝垮了，太太也給喝跑了。」話語鋒利，激怒林老闆，還揮掃到布都一家。布都先就受傷了。這時哈用進場，打著酒嗝，說：早見過那人三次，能說泰雅語「伊牙累」（不要動），「他是個好人，是個好野人，不會像你們，看不起人。」他怕人們去害他，就一直不說。管士官長不信，責備他「成天喝酒，醉生夢死」，哈用回話：「喝酒是我的事，你不要看不起人。」最終牽連到全族的尊嚴：「你敢罵澳花村最偉大的獵人墮落，就是罵所有泰雅族的人。」於是彼此反制，出現斷水等等荒謬行為，挫傷向來敦親和睦的感情。長年積累的漢番潛在優劣意識醞釀，一下子爆發了。山地禁獵，哈用的專長頓時失措，他何嘗願意長年沉浸在昏醉中？他現在不是已經努力培植香菇，偶爾捕獵到山豬，還會跟親鄰分享？

二、大家見證：三條溪流同出一源

發現野人的阿匠，在小說中有著多重的功能。他是漢人和原住民的混血兒，父親喜歡部落生活，母親是博愛親切的助產士，他們熱愛泰雅族人，他幼年也歡喜做個泰雅族人。少年時期，他由於成績太優秀，倍受泰雅族同學的欺凌排斥，父母開導他要忍耐、原諒。三劍客不知道，哈用曾是凌虐他的最強壯的同學，一直喚他「阿匠哥」。想必他勞動鍛鍊，結實而強壯；相對的，哈用喝垮了身體，兩人外表相差何止十歲。他的身分認同令他困惑，泰雅族人排斥他，父親死後，十四歲離開部落，到漢人社會流浪十四年，在都市裡被看成外省人，外省人卻問他是哪裡人？地域觀念令人煩擾，造成暗傷。所幸，感受慈母的召喚，他終於回部落來，三天後，久病的母親才嚥了氣。他把外頭學到的農事專業，在山地示範起來。他試種香菇、木瓜、佛手瓜和飼養羊群，豐收獲利。布都的姑婆歐米果首先學種香菇，最後驕傲的哈用第四年也跟進了。

當「野人」出現的消息散布，大批記者，轎車、摩托車、直昇機引來一陣騷亂。新聞報導杜撰失真，陸續不絕的採訪，群眾醞釀著要上山找尋野人。阿匠自覺有責任必須想出萬全的辦法對應。三劍客請求關神父排解三臺地的絕裂紛爭，他反對傷害野人。護士莊小姐認為野人受傷，應該得到最妥善的照料。加上哈用、歐米果、黑痣記者和三劍客全是保護野人的一派。起初動員三劍客和小弟、布都弟若瑟，已勸止三臺地的人不進山參與尋捕野人的行動，諒外地來客不太可能順利達陣。幾個人在澳花橋下商議，熟悉南澳山區的阿匠答覆博士提問，說：「我們的北、中、南三條溪都從澳花溪流過來的。」大出眾人的意料之外。於是決定：動員全體村民，分三條路線沿溪進山，預計三隊人馬可以在源頭會合，共同見證：三溪同源。好不容易勸退，這下重新又要勸進，三劍客為難，小弟和若瑟卻勝任愉快。

阿匠大智大勇，安排三路領隊，黑痣記者去調派三線新聞媒體人。大家聚集，同時出發。

阿匠領著南臺地人沿著南溪進山，哈用、歐米果領中臺地泰雅族人沿著中溪走，莊小姐領北臺地人沿著北溪走。講好，先讓阿匠抵達終點。「我」、黑痣記者跟著莊小姐走北路，她在中途指揮眾人收拾垃圾，並分類置放，故意延宕時間。中途不少插曲：記者搶搭推土機讓行程加速，林爸有一段路竟帶頭先走，走了岔路又再度回頭，這邊三人便在野人受傷坐過的溪床大石休憩等待他們。後來他們看到另一條山道有一列隊伍，意識到另一路人馬接近了。等他們到達終點，中、南兩路人已在等候。大家見證：三條溪流同出一源，都從澳花溪流過來。不敢相信，卻非信不可。回程三路人馬改換其他線路，風景殊異，但竟然差不多時間，都回到出發地點，見到守候著的婦孺親人。

藝人小蟲譜寫、多位歌星傳唱、風靡一時的名曲《江山美人》，其中三句：

世世代代都是緣
流著相同的血
喝著相同的水

李潼早已道出「喝著相同的水」，讓澳花村人省思感悟，大家在同一個大環境生活，早已是同一個生命共同體，互助合作，本來就共享福樂，怎麼就忘了該互相尊重敬愛，像以往一般和睦歡喜呢？阿匠大智慧！

三、野人也是爸媽的心肝寶貝

阿匠胸有成竹，他領先到達澳花溪頭，是為防止場面失控，傷害野人。中路的哈用和關神父其次抵達。北路抵達時，看到「他們一大群人，涉水站在溪床，站在溪岸，團堵住一塊兩樓高的岩石。」阿匠和哈用擋住攀上岩頂的去路，說兩人要先上去看看，關神父跨前站妥防衛位置。突然阿匠和哈用展出特技動作，爬上岩頂，一下子就不見了。大家訝異未定，十分鐘後，阿匠探頭，指名莊小姐上去，帶了醫療箱。再過不久，哈用探頭，指名歐米果上去。眾人沉不住氣了，小弟、若瑟在前推擠，奮力爬去，眾人托著孩童，往岩頂攀爬，博士和阿堂扶著神父，也爬上去。

想不到，在岩頂平臺，各懷心思搶著要捕捉特級獵物的人群安靜得不尋常。正前方山壁下有座洞穴，洞穴口蹲著一個人，黑黃的長辮子，身披長毛獸皮，手臂垂在兩膝間，怯怯望著包圍的人群。這就是大家要尋找的、想捕捉的「野人」。阿匠和哈用推斷的沒錯，這會說「伊牙累」的，就是泰雅族人；而從他的左臂胎記，歐米果辨認他竟是失蹤三十餘年的弟弟巴吉魯。

李潼安排一個接一個的意外驚疑，情節移轉，卻盡在情理之中。電視臺的記者們逼近拍攝，阿匠揚手，不讓大家嚇壞巴吉魯。他宣佈事情到此結束，請求大家下山。九歲的小弟提出質疑，這樣的故事太過奇特，很難相信。關神父以天父之名，證明歐米果曾經告解過弟弟失踪的事。他謙和地說得更動人：「就算他不是誰的親人，也是上帝的子民，他也是人家爸媽的孩子，是人家紀念的弟兄，我們怎能綑綁他，讓他流血？」他手傷嚴重，必須下山治療。請大家回去吧。

阿匠大勇，他的機智和勇敢，借助哈用和神父，平和地解救了野人，也克服了眾多貪利的意圖，壓制了粗暴的行動。一場可能的黑暗血腥暴力消弭於無形，這三路探源的辛苦跋涉，一舉多得。最近熱映的公視影劇《斯卡羅》，劇中由名演員吳慷仁飾演的社寮阿水非常搶眼。阿匠的身分角色，和《斯卡羅》的阿水有些相似，卻又更勝一籌。同是漢番混血，聰明機敏，同樣受盡排擠欺壓，吃盡苦頭。阿水困於弱勢，在各種族群利益夾縫間卑屈求生存；阿匠卻是在父母博愛、淳樸的部落中成長，在外歷盡風霜，學得許多本事，返鄉後，示範農牧，輔助村民，改善生活。他獨立自主，並奉獻鄉里，助人和樂。在遇到野人事件上，他不同於哈用。哈用聽從「伊牙累」喝令，站立不動，便相安無事，還見過野人三次，知道所居的洞穴所在。阿匠自負南澳山區再熟悉不過，整個大臺地，也沒有人身手矯捷超過他的。而這個身形竟如此神速到不能趕上，他不甘心，窮追不捨，聽到「伊牙綦」也不停步，還先丟擲木棍過去，以致中箭受傷。他後來想通：野人可能是泰雅族人，絕不能任由新聞媒體歪曲炒作，引來獵捕，甚至傷害。他終於策畫、領導完成了這次圓滿的行動，化戾氣致祥和，既化解三臺地人的對峙仇怨，也平息了一幫人捕捉野人圖利的非分念想，真令人讚嘆。

四、彼此尊重，各就本位

野人巴吉魯回到中臺地，能適應文明生活嗎？療傷事小，他很快就恢復了健康，倒是精神上對他造成了騷擾。三家電視臺的直升機接人，因回程路線改變而交叉穿行，村人看了緊張，巴吉魯害怕得渾身發抖。村民的好奇，記者們的採訪、報導依然持續不斷，坐遊覽車來的人吵得他受不了。他先是住在獨居的歐米果家，又住到布都家幾天，最後關神父只好把他藏在教堂後的小屋，和他同住。

野人事件，意外為布都一家人帶來了好運。不僅重新迎認了失散復得的叔公；哈用被限制喝酒，人清醒了，精神好，也不隨便發脾氣責打孩子。更歡慶的是，中秋節、豐年祭快到了，布都媽媽要回來了。不知該喜樂，還是憂傷的是：過了節慶，巴吉魯就要回去南澳大山的山洞。布都說：「他不習慣跟這麼多人住在一起，他快要生病了。」巴吉魯寧願再回南澳大山裡穴居野處，有點超過想像。李潼這樣安排，固然又是意外驚奇，卻也切實可取。想到電影《刺激1995》中鯊魚堡監獄的圖書館員阿布，出獄後無法適應現實生活，投環自盡，令人傷悼不忍。設身處地為野人著想，他已三十幾年習慣山洞的生活，山下的世界也許物質豐厚多多，他不見得需要。可以給他一些補給的物品，親人也必定交代：隨時可以回到村裡來，人們也可能到大山中和他不期而遇。尊重他的選擇，讓他回去大山洞穴，適意自在，就是愛護他的方式。

布都媽媽離家出走，弟弟若瑟九歲，會煮飯、看家，還照顧六歲的約拿。林家小弟和若瑟同班，兩個機靈少年穿梭在村裡做了不少事。若瑟一忙，三劍客有時也得帶著約拿。那個黑痣記者，小說著墨特多。他初次進村，從管士官長家回程過澳花橋，就被小弟和若瑟攔住，指引他訪問正好走過來的阿匠和莊小姐，阿匠是野人的目擊者，最切實、合宜的受訪對象。布都積極地讓攝影記者拍照，眾少年之外，把約拿也舉高入鏡，他希望僻靜的澳花村上報，這照片可以讓媽媽看到，可以讓媽媽回家。果然布都媽媽看到報導，撥了長途電話，布都不斷說爸爸的好話，若瑟跑回家背來約拿，小約拿說：想媽媽。即使電話那端投幣已停止，他還甜甜地呼喚媽媽。若瑟喘過氣來，也靠近話筒，請媽媽過幾天就回來。黑痣記者敏銳地察覺三劍客的關紐地位，便跟蹤他們，想挖掘更多的故事。他甚至闖入阿匠的幹部機密會議，幫忙安排記者群進出山區的分配，他跟隨莊小姐走北路，不時拍照速記。陸續電視臺、報紙的報導、黑痣記者的深入特寫及三劍客幼少六人的酷帥照片，必定使布都媽媽更增強回家的信念。她受到尊重。哈用已跟進培種香菇，經過野人事件，多少有所感悟，昔日酗酒的家暴將成為傳說。布都媽媽要回來了，不止一家人，該是全村歡慶的事。少年們多麼想念她那特有勁道的麻糬。

《博士、布都與我》除了要角博士、布都和我（阿堂），也用了不少段落摹寫小弟和若瑟，阿堂談及鬼靈精小弟，帶著一種倨傲的長兄對稚幼愚拙的無奈語調。既可愛、貼心又黏膩、厭煩。但他機敏、熱情、愛現，和若瑟一起，在野人事件前後，尤其三臺地火拚僵持的尷尬時段，他們天真、熱情地搬有運無，收集情報，調和紛爭，表現了出人意表的能耐，在小說中增添不少諧趣。

護士莊小姐被請去阿匠家護理「作業」，附帶幫阿匠做了飯菜。讀者發現她對阿匠有些特別嗎？這情節和阿匠的母親在部落裡幫助她護理的產婦、生病的大人煮飯、餵小孩，行為非常相似。三劍客也各別分頭遮遮掩掩帶去了飯菜，遮遮掩掩，因為他們答應暫時守祕，不能說出野人射傷阿匠的事。次日林媽和小弟專程來西瓜田宣告要小心野人，少年們責備小弟洩漏祕密，林媽說是管媽告訴她的，博士辯白：「保證沒說」。追究到底，原來是莊小姐去「家庭訪問」，告訴管媽的。博士老成，認為說出來也好，「大家面對現實，才能解決問題。」阿堂生悶氣，莊小姐先說了，大家會以為她最早知道，其實她是第七位，在三劍客、小弟、爸爸、司機之後。李潼刻畫少年心理，大人小事一樁，少年可能認為天大不得了的大事，諸如此類的，非常妙肖。

野人事件前後，林爸受到蠻大的衝擊。平時很少爬山，從南澳大山回來以後，他躺在竹椅休息。他讓少年們分送西瓜出去，一家一個。布都要幫忙，約拿哼哼哭，林媽哄他，卻由林爸接手。抱著在躺椅上搖呀搖，居然即興譜曲，唱起歌仔戲給他聽，重點在：野人竟是你的叔公，而「溪水清濁不同款／偏偏呀又同一源。」他抱哄中臺地泰雅族的小娃兒，大概也是頭一遭。確實三溪同源，多少人種，也無須分別。

三劍客穿著中學的新制服，在澳花橋下會晤談心，摩托車聲帶來了黑痣記者。這回他來派送阿匠和莊小姐的結婚喜帖，他是總務。準新人在野人事件中，做足了團和連結的功夫，新人與復新的澳花村必會有一場全村的歡慶。此後彼此尊重，各就本位，過起和諧的快樂幸福的日子。

——《中國語文》第七七三期，二〇二一年十一月

成長與尋根的故事
——李潼的少年小說《我們的祕魔岩》

李潼的少年小說頗富盛名，難得的既能引人入勝，又能自然而然地蘊含深刻的反思，巧工一點不著痕迹，好看而且耐看。今年（二〇一二）二月小魯文化新版的《我們的祕魔岩》，一九九九年曾由圓神出版社出版，是李潼「臺灣的兒女」系列十六本少年小說中的力作，作家錘鍊活潑而又精緻的文筆，融入成人小說的技法，把非常沉重的政治、歷史與生活的反思，以少年的成長與尋根故事呈現，流暢靈動，含藏不盡之意。

一、優異穩重、健康快樂的少年，是二二八受難遺腹子

二二八的歷史傷痛在受難家屬心中多麼沉重？成長中的少年乍聞父親乃是無辜被槍殺的鎮上名醫，一個積善有德、普愛世人，爽朗而又浪漫，有自己思想、個人意見的臺灣精英，內心的衝擊之大，幾乎讓他失去自制。少年以童軍繩和巨石摹擬父親帶著手銬腳鍊拖行至祕魔岩接受槍斃的一幕，令人撼動。阿遠的母親和阿嬤辛苦地隱瞞父親慘死的真相，母親和丈夫一樣普

愛世人，是鎮上最優秀、溫柔的助產士，不辭遠近，不論對象，為各種族群的產婦接生，樂享迎接生命的喜悅。她選擇掩蓋過去，把陰霾掃除乾淨，和婆婆一起，只說父親到日本做生意，很難得地把兒子教養成一個「健康、有思想，還能拉小提琴的少年」，一個五育發展並全的優異穩重、健康快樂的少年。小說的視點全在少年阿遠，適度的模糊仍能讓人體會未曾著墨的母親和阿嬤的辛酸；揀選受難遺腹子身世的揭祕是阿嬤臨終的時刻，也是無懈可擊的情節安排。

少年阿遠的尋根究底，藉由阿裕伯、宛真照相館攝影師林先生、豆腐店的阿梅姨拼組了父親的形象，其中還包括了少女樓婷父親提供的線索，照片、眼鏡、懷錶、鈴鐺等遺物串起一幕幕的情景，談的人不勝唏噓，還不忘點撥少年如何對應現實，調理情緒。樓先生收藏石頭，為撿寶石而常至祕魔岩下流連，因而差點被歐陽臺生丟擲的石頭砸中，因而有邀約三少年來家中談話，提到撿過眼鏡、懷錶而終歸林桑收藏的一段環節。樓婷登場，「是攔路女劫匪」，寫得活潑生動，出人意表；後文進展，更讓她呈現少女早熟的溫柔和厚重，她成為少年三人組的知音以及困境調理師。林桑複製王名鏡醫生讓患者／來客提起鈴鐺叫喚，意義深遠。他接見阿遠初時的戒慎、展示保管遺物的周全、說明父親的各個面向的人格特質，提問：「你想演出『王子復仇記』——王先生的兒子要復仇？」「王子」的歧義有著李潼慣常的詼諧，問題的複雜程度超乎少年的理解：「你想找下令人，還是執行命令的人？找出造成這個命令的人，還是造成這種時代的所有人？」這麼嚴肅而又龐雜的問題，十四歲的少年如何面對？真怕傷了孩子，他開示：「有些事情，需要年齡增長，體驗深刻後，才容易了解。阿遠，你可以試著慢慢來？」

二、怎麼好友是仇人的兒子？王子要復仇？

在阿遠追尋父親死亡真相的過程中，還面臨到友情微妙的考驗。一起成長的好友歐陽，父親是外省士官，曾經從事情報工作，這個慈祥、能做好吃的蔥油餅的歐陽伯伯，現在看來簡直就可以概化為殺父的仇人；毛毛是中美混血兒，參加越戰的加州黑人憲兵華盛頓先生，並不知臺灣有他的骨肉，從事特種行業的母親，給了毛毛新爸爸，也是外省老士兵，阿遠也怨恨。但這些怨恨，並沒有具體的描摹，只是微妙地使阿遠表現出異常的行動。毛毛被風塵女郎當面捅破黑人的血統之後，有了尋父的歷程，茫然地探問，渺渺地期盼，也讓毛毛展演了異常嚇人的在祕魔岩上倒立、恨不得墜海成為化石的行為。妙的是歐陽與樓婷及時趕到，竟毫不思索打了阿遠一巴掌。好朋友應該互相呵護的，阿遠怎能眼睜睜地讓毛毛這樣冒險胡來？殊不知阿遠與毛毛都為父親的缺席而深陷痛苦，歐陽的巴掌順理，但「殺父凶手的兒子」這麼做卻絕不能被阿遠原諒。歐陽臺生事實上也有煩惱。外省老爸和客家媽媽的結合大致和諧，但勤勞的媽媽講著三七五國語因而沉默少言，歐陽爸爸間斷性的失智錯亂已影響到工作與生活。揭開歐陽家隱憂的序幕，是由軍眷配給車在荳蘭橋撞歪打橫寫起。先引出巧遇被阻擋行路的阿梅姨，她講述了王醫師可能因為三位外省患者士兵好意相幫，並沒有死去，而是由船舶接應逃亡到日本博多，並娶妻生子。阿遠情緒憤激，騎車衝離油漬與粉渣黏滑的橋面。當阿遠見到有人幫忙收拾凌亂現場時，他怨恨外省人的潛意識連帶嫉恨眷村配給，「他們這麼好命，我還去幫什麼？」接著他來到歐陽的眷村，看到這部車頭撞壞的車子正在發放配給。他想詢問歐陽伯伯什麼事情吧？卻見證了老人前後迥異的心智。歐陽不諱言父親的異常，只記著「保密防諜」，胡亂檢舉；連歐陽寶愛的老黑狗庫羅也因「咬回來一張空飄傳單，說牠是匪諜。」被打死。（「庫羅」是日語「黑色」的音譯，這部小說中的臺語方言「海湧」、「公親」、「答嘴鼓」、「胡蕊蕊」、「虎鼻獅」等等的運用同樣傳神。）和歐陽一起探視「被大砲轟擊的第八號地道」，詼諧而刺激，刻畫了戒嚴時期山區許多軍事禁地的特殊地理風貌，和歐陽父子的故事串接得極其自然。

三、好友也有可憐的身世，說笑排遣悲苦

貯木池舢舨木上的小提琴波麗路舞曲和一場地震，安排得別緻；阿遠的心靈創傷，經由樓婷寬厚體貼的撫慰，得到了紓緩。最後一章「在悠遠的鐘聲裡等待日出」，中元節四位好友在

祕魔岩遠眺，阿遠體悟到：毛毛藉著愛說笑，讓苦日子容易過去；歐陽也懂這個道理，自己還要多多學習。大家唱歌，他拉起小提琴伴奏。毛毛仍唱悲涼的〈老黑爵〉，阿遠也唱了胡適作詞、自己編曲的〈祕魔崖月夜〉。「山風吹亂了窗紙上的松痕，／吹不散我心頭的人影。」原本可能意指「情人」的「人影」，在《我們的祕魔岩》裡明顯替換成了「父親」，仍然餘音繚繞。這部關涉人權，討論成長、反思的少年小說，意涵繁複而深蘊，布局令人激賞。

——《文訊》第三一八期，二〇一二年四月

李潼《明日的茄冬老師》
——人在想念中

佛在心中，路在眼中，事在手中，人在想念中。

二〇〇四年冬末離世的文學多方位全才李潼，最近（二〇一八年四月）面世的《明日的茄冬老師》，以十四則「尋人啟事」成書，篇篇都以少年為主角，探討少年問題；其中雖然有一篇〈金門瓊林子弟〉，視角圍繞著一位清冷寂靜村落中八十七歲的老婦，主體探尋的還是「金門瓊林子弟」，毫無疑議，這是一部別出心裁的少年小說。李潼長年來致力撰寫多部少年小說，關懷少年問題，以他特有的多角廣面觀察，以及活潑生動的人物，靈活俏皮的語言、諷喻襯托的技巧，享有「臺灣少年小說第一人」的美譽。在這部書裡，他的行文風格及廣泛關懷依稀可見，而難得仍有許多特異之處，他編織了更濃密、更精緻的「李潼文字」，使這部少年小說成為經得起反覆把玩的小品散文。一九九九年六月這本書就曾以散文集歸類出版。

《明日的茄冬老師》用「尋人啟事」引出十四則故事，原則上是有著面見機緣，邂逅、粗略認識、尚不熟稔而又令人記掛、不知現況如何的人物。李潼有如新聞記者採訪報導，卻是在探尋中，「我」針對少年採第二人稱「你」做著貼心的剖陳，「你」是客觀的摹寫對象，有時又直搗內心，以對話呈現人物的深層思維與見解。李潼也採今昔錯綜、時空交迭的筆法，使懸念、驚訝更見突顯，藉著這些人物的追溯描摹，某些出人意表的情境，牽引出許多值得探尋深思的問題。

一、城鄉落差及偏見歧視

本書有三篇以原住民部落為背景，〈明日的茄冬老師〉檢討偏遠原民學校師資嚴重缺乏，流動性特別大，老師留鄉的意願極低。學童不懂：「怎麼好老師都會被強迫調走，又調來一些第一天就想走的人？」有一年暑假返校日竟發現老師、校長「集體大撤退」，想不通：「是誰犯了什麼錯？所以才讓所有老師不告而別。」想想，發現「只有茄冬樹不走。」眼前這位非常有愛心的代課老師任期已滿，即將告別。這段故事暴露：許多老師瞧不起原住民，罵孩子，還罵他們的父母、親屬；老師中難得有位泰雅族人，卻是最看不起人的老師。幼童心理很微妙，不敢對外來的、很快就會離去的老師、警察、護士或旅客表達太多的情感，以免告別時傷心。「能說預見離別，就不珍惜相聚嗎？」孩子的自信幾乎被輕視摧毀了，還好代課老師鼓勵孩子們努力用功，將來當老師，返鄉服務，長遠留在部落，做個「明日的茄冬老師」。〈煙聲山谷裡的蝴蝶雲〉敘描部落少女習慣坐在煙聲山谷的「聽煙石」對著「煙聲瀑布」和山谷對話。成千上萬隻群飛的黃蝶「看我用功，幫我加油打氣。」「牠們知道高中聯考的題目很難，比採蜜難太多。」山谷、瀑布、蝴蝶知道：米羅村的孩子最健康、唱歌最好聽。可惜你描寫煙聲山谷的蝴蝶雲、瀑布的水花、五色鳥飛舞、雨水打在樹葉上的音樂等等自然的表演，並不被認可是「欣賞藝文表演的經驗」。不過，看見一隻遲到的蝴蝶，在一株盛開的百合落腳歇息，順帶吸取花蜜，又振翅往前追去；你笑了，你說：想再考聖母護理學校，考上，學會了，「我們米羅村衛生所就有一個最少留三十年的護士。」長期留在原鄉服務當老師、護士總有人願意吧？挪威來的潔西修女就在米羅村三十多年了。

另一篇〈馬拉松健將的後裔〉以魯凱族的神山部落為背景，感嘆傳統美好文化不易傳承，連體能鍛鍊以達致相當水準都很難要求年輕人嘗試。即使擁有優良的遺傳基因，該是強壯而美麗的，卻好逸惡勞，你「既不想升學，也無心就業；既不想練跑健身，也無心加入建造新屋的工作。」難道「失去狩獵環境的現代」，就只能喝醉嗎？我們雖是外人，關心你，讚同長跑紀錄保持人——你瑞山伯伯的建議，「抓他來跑馬拉松，一個禮拜跑一次，從霧臺到三地門，把精神跑出來」。電話聯絡知道：半強迫半自願，你練跑了十七次，最後一次，能與瑞山伯伯並肩邁進。果然是好遺傳，有潛能。問題是：你的未來還是在山下，我們跟你的族親希望能為你人生的馬拉松加油。

二、失衡、迷失與抉擇

本書十四則故事中，讀來最為沉重的是〈HL00136——不要說再見〉。少年十五歲犯了重刑案入獄，花了同等漫長的光陰懺悔、學習、自新，如今被安置在一座不設圍牆的外役監獄，從事農場勞動。為你出獄前的調適準備，獄方人員設想周全，避免私人資料、犯罪紀錄成為你的人生烙印。你的淺藍上衣繡著你十五年半的代號。「一枚小小的布繡胸章，由飽蘸血淚的絲縷編織而成」，是「沉重的印記」。

談起你國小五年級到國中二年級輟學問的少年時光。小五那年的運動會，你打破了校運一百公尺紀錄；大隊接力賽，你超過兩位跑者，為班級勇奪第二名。你在校際音樂會彈奏《約書亞準備傑利哥之戰》鋼琴曲。可惜爸媽都不能來參加盛會。這些年，你寫過幾封懺悔的長信，給受害少女的父母，沒有回覆。國小畢業的夏天在電動玩具店認識幾個朋友，「都是很會玩也有趣的人」，他們想方法「找零用錢」，你「沒參加行動，卻一一在場。」你說：「年幼無知，容易被朋友帶壞。」「快樂和刺激，比在家裡好玩得多。」說起來，可能是父母、家人對你疏忽，以致你走入歧途。你倒不怪罪他們，請他們不要常來，但他們不依。更讓你既期待又慚愧的是土地公廟的老廟祝，年年土地公生日後一天，他總帶一只祈求平安的糯米龜來為你辦會客。你們當年常常捉弄他；他卻為了土地公仍惦記著要保佑在地子弟走正路，年年來傳達這個祝願。「只為打發無聊，不怕別人麻煩」；「自私自利，自私到盡頭，連自我也迷失。」終至「輕賤自己的生命，也不看重任何生命」，可以虐狗，終至凌虐少女，傷了、害死了；為此你付出了半生的青春反省懺悔，而立之年，你才要重新跨步，回到社會。你好嗎？

臺灣有許多廟會，礁溪協天廟辦活動，由威風凜凜的八家將跟醉酒濟公、散財童子的大神尪，帶領一遊覽車的進香團。〈神氣十足的八家將〉先從賣力飾演的八家將描摹起：表演很精采，裝扮神氣而有點恐怖，很肯犧牲；意外闖入正殿，干擾了裝扮走在時代尖端的祝禱美少女，她很不耐煩。接著又遇上「超級煞星」，「被一群人馬團團圍住」，其中包括你們的父母、員警、媒體攝影、文字記者。你們似乎受過相當的訓練，能純熟流暢地踏出七星步的舞蹈韻律美。「看你們發育空間還很大的體形，猜想你們的年紀，頂多是求學中的國中生，怎有時間和精神參加這種環島進香團的陣頭？」幾位被父母神準辨認出的「失蹤少年」羞怯、猶豫。終於有一位發言：「沒人強迫我們，是我們自願的。」中輟生或許受人「使弄」，問題連串出現，「我們不想讀書，讀書不好玩」道出了教育失敗，承認「只有一點零用錢，一場三百元，有吃運氣散。廟方有安排吃住，受傷都有擦藥。」少年強調表演從不漏氣，大家有榮譽感。那麼就不追究失蹤的因由，是否有法律犯罪問題了。只不知道這八家將既有共享福、共患難、共榮辱的情誼，別後各自如何？是否「又會結成什麼樣的團隊，去裝扮你們青春的生命？」

人生於世，無法選擇自己的父母，父母所作所為，少年往往只能概括承受。幸運的，是父母給予的是正向可以接受的；沉重的，可能不盡苟同於父母的行徑，而又不能不受。再者，少年的生活態度，是寬和、容納，成為協理幫手，抑或自有不同的見解，雖是協理，不過是勉強屈從。〈山海園的小管家〉和〈升火〉便是明顯的對照。小傑的媽媽為王老闆看顧一座雅緻的度假別墅，他來幫忙打工除草。性格開朗，善盡小管家的職守，雖可以予旅人適度的協助，卻絕不隨意放人進入山海園，他有危機意識，閑人免進，也算合理適宜。另一位生火的少年，為石雕家父親在涼亭生火烹茶，助理工讀，表情凝重，工作不順利。老爸年輕時不負責任、老來仍是只顧自己「歡喜就好」，他「沉默埋藏許多忿怒。」他認為老爸根本不適合結婚成家，他不在家時，母子簡單生活還過得去。他目前還走不開，遲早會和哥哥們一樣選擇離開。小傑開心地協助媽媽管理別墅，生火燒茶的少年卻為父親的自私失責，積忿難消，就連雕刻家「浪子回頭埋頭創作的後半人生」或許有可愛之處，受過傷害的少年怎麼也不能領略、珍愛了。

〈月光天井的回音〉中小沙彌的堅毅抉擇，令人震撼。他相信「學佛可以出家，也未必要出家」，他想「走一條自己安排、選擇的路。」李潼寫得非常優美。從一樹臘梅寫起，梅香、天井、少年，「你挺身跪坐蒲團——自天窗投射的一束晨光，照在你棗青的頭顱，居然也有光暈。」為了還俗，「師父論理、說情又吟詩；你跪坐蒲團接受斥責、鼓勵和杖打。」也平靜地領受同門師兄弟的奚落。十二歲那年，家人安排他來此做了小沙彌，三年中的近半年，「我常在大雄寶殿打坐，獨自懺悔。有月光的晚上，就在殿前天井給自己的心念找出路，我還聽見回音。」

足見他並非意氣用事，他的抉擇應受到尊重。相對於前引的少年離家搞失踪或迷失而犯罪，這少年顯得沉穩，為他祝福。

三、離鄉與愛鄉

〈金門瓊林子弟〉，是本書唯一不以第二人稱、而採第三人稱為敘述觀點描摹主體人物的一篇。明寫的是金門瓊林蔡家村落一位留守的老婦，但李潼的重點其實在映襯瓊林子弟悉數離鄉背井勇闖南洋（意指臺灣）奮鬥的事實。有著傳統建築的古老美麗的村落，「一扇扇百年木門和更遠年的石窗」、「溼濡的赭紅地磚，依然是繁複的拼貼而自成秩序的圖案——映照一道狹長的天光，天光有屋簷的燕尾脊和馬背的彩繪。」精神矍鑠的八十七歲老婦「隨身包掛一枚風獅爺玉佩」，見到來人，笑說：「什麼時候回來的？吃飯未？」她說著「泉州腔閩南語，尾音上揚。」精準的幾筆，點染出人物、時地的特質。

蔡家子弟離鄉奮鬥，積攢、儲蓄，而後返鄉，「在蔡家村落留下連幢的宅院，有傳統閩南風格及南洋樓厝──結合西班牙、荷蘭和赤道風情的四合院。」老婦辯明：「蔡家祖輩有些讀書人，沒人得過功名；出過一些生意人，沒人大富大貴，也沒人當過強盜。」平實、勤懇、正正當當的做人，是傳家精神吧？離鄉的子弟仍有愛鄉、懷鄉的情操，家宅院落已嫁來七十年的老婦，時時在等待年輕子弟回返，即使只是短暫時光逗留也無妨。

〈女兒牆〉探討少女為無望的一廂情愛而瀕臨崩潰的痛苦邊緣。幾近完美，德、智、才、容兼備的少女，不僅做班長領導同學，特高，善於調理糾紛，也是情愛顧問，讓人忘了她才十五歲。由於母親生病、死亡，學校、家庭、醫院奔波中，店長的適時關懷埋下了愛情的種子。她曾教導同學「冷靜」、「你還有別的選擇」，做了同學的女兒牆；可是一旦自己遭逢困境時，迷惘惶惑，便掙扎不得。同儕深厚、誠摯的情誼，雖是出言莽撞，終究阻止了少女迷亂的衝動。李潼在「起飛和墜落」的意念懸疑拉扯上點染了許多文墨。最後一筆，仍然讓人沉重。「國中畢業，你離開勾起傷心回憶的家鄉，去了美國……」少女雖然留步了，心中潛隱的沉重的傷痛，竟然使她無法面對現實，不得不選擇另一種逃避：離去。李潼這一則「尋人啟事」要尋找的，應該是經過「冷靜」之後，清明、自信、勇敢奮進的少女，一如她原本十五歲時的美好樣貌。

少年正雄在不在南方澳？〈南方澳的少年正雄〉最具李潼佻達、詼諧的書寫性格。臺北燈會中正紀念堂會場，曾見少年正雄在「南方澳漁船」的展區，誇張、活潑地扮演著熱火而盡責的花燈解說員。為了吸引觀眾，不惜違規點放長串的鞭炮，還振振有辭：「南方澳的新船要出航，都會放鞭炮，熱鬧一點也不行？」「他開我罰單，我就送他一條紅目鰱魚燈籠，怎麼樣？」並隨手靈巧熟練地編紮起來。他像極觀光特派員，編紮花燈時，一併口頭導覽南方澳的媽祖廟、海產店、風景區等等，順口邀約來找人，南天宮媽祖廟下車，一問便知。

確實是個可愛的少年，令人想念。但去探訪，卻並不好找。少年正雄太多了，特色都差不多，說起你的專長，廟口賣芋頭米糕的老闆娘說：「這少年會做燈籠、會畫圖，我們南方澳何時出這款人才？」李潼確定，正雄是愛鄉、懂得傳揚南方澳美好傳統風物的少年，來此尋訪，「想知道的是：你生長所在的人事地物，生活的底層以什麼樣態的實在來支持生活？」

〈紙鳶與稻草人〉，是篇耐人省思的鬧劇。兩組做著民俗遊戲的少男少女，放風箏的，找好「風勢特強，風向穩定」容易讓紙鳶升空，後來居上的地點，很快又成為多人爭搶的地盤，便引發了六隻風箏線牽纏，少女說：該收緊；少年卻說：大家放手。爭執的雙方終於一起鬆手，紙鳶順風飄去，悠蕩降落到稻草人區。綁紮稻草人的另一組少年，正「為誰妨礙誰的稻草人身手大小聲」，此刻撞見「引頸盼望」追跑過來的紙鳶手，不免發問：天空那麼大，怎會纏在一起？纏成這樣，解得開嗎？相對的問題是，稻田那麼寬，稻草人幹麼統統擠在這裡？這正是李潼想要提點少年的話語，彼此不都是「原本的忙碌歡喜，因為熱鬧過頭而走了樣」？意氣爭執之後，是兩路人馬交換為對方解決問題，原來拉開距離，換個角度，不但糾葛不再，而且成了新鮮有趣的遊戲。

〈電擊棒和滅火器〉從警衛隊長教導一家三口如何使用電擊棒和滅火器自衛寫起。這一家人最近受到借酒發瘋的醉漢騷擾，這漢子其實是熟人，由於夫妻倆都丟了工作，生活窘迫，焦慮得失去理性，怪罪林家夫妻，因為很巧二人都是評鑑委員，評鑑判定某些人得下崗離職。他又那麼巧，是少年林斌同學唐萍的爸爸。最糟的是，事件發生之後，唐萍老是遲到，上課心神不寧，老師撤換了她的班級幹部，遞換的人正是林斌。多種巧合，壓迫感疊增，寫來卻頗為自然。

這「惡漢」「每逢佳節便來你家大門耍刀、舞棍。外加恐嚇要潑油點火」。公安來帶人，他詛咒漫罵，「還學伐木的吳剛在門板狠劈了三刀。」放話說：「除非地球消失，我會再來向你們討回公道的。」清純的少年提出：何不試試找唐家人溝通，找出另一種解決之道？透過學校老師及兩家共同朋友，總算協助重新找工作，唐氏夫婦有所檢討，女兒也平靜下來，了解同學的關愛。這篇小說，少年的清純而穩重，勝過大人的複雜而多疑，人際關係其實還是奠基於愛和理解。

城市裡依賴早班公車越區上學、上班、上醫院，或趕赴車站的人大有人在。這天五路公車遇上了「能拚大哥」三刀大王，他劫持了公車，要求逕直開往臺視公司找新聞主播戴忠仁。為什麼好端端一位中年男子會手持三刀（菜刀、多用途水果刀、鋼刀）脅持公車？只為了能比照陳進興的報導，「讓全國軍民同胞聽到我的心聲」。他似乎有被迫害症，因由姑且不談，〈驚魂公車〉的筆墨著重在：一對國小的姐弟如何機智對應綁匪，化解了危機；採行一位平凡青年上班族視角的映襯，突顯十二歲女童／少女的純真、勇敢。滿車的大人的緊張慌亂，遠不如孩子的無厘頭而逼真的表演，三小時的公車驚魂終能平安落幕。一篇乍看無聊的題目，寫出了臺北幾種人生樣態。

——《中國語文》七三二期，二〇一八年六月

《紅樓夢》中的一則童話
——耗子精變香芋（香玉）

一、充滿童趣的一則童話

《紅樓夢》在我國古典小說中，藝術成就之高幾乎公認無可比擬，而賈寶玉和林黛玉的戀情也早已膾炙人口。他們已成為一種典型人物，他們用情的專注、癡頑，幾百年來從未在人們的內心淡化。相反地，隨著年齡的增長，人們往往會有不同的體悟，可見《紅樓夢》描摹愛情，表象之外，自有深度。

雖然《紅樓夢》的主題，並非僅僅是賈寶玉和林黛玉的「木石前盟」與賈寶玉和薛寶釵的「金玉良緣」的對立衝突；它很大的比例，要包含四大家族的興衰起落。如果我們只把閱讀的重點放在寶玉、黛玉、寶釵之間的三角糾葛，顯然是不夠周妥的。不過，愛情的主線向來是小說最吸引讀者的部分；《紅樓夢》把三個具有才華、非常有個性的少男少女刻畫得那樣鮮活靈動，他們的言行動作，讓人再三品玩，欲罷不能。那麼，與他們愛情相關的情節，拈出來細細討論，未嘗沒有意義了。

在這裡，筆者想談論一段多數人忽略，卻是頗具有象徵意味的情節。《紅樓夢》中有一則童話，是賈寶玉講給林黛玉聽的一段胡謅的故事，故事中談到了一隻又小又瘦弱的耗子精，為了撇香芋而變成香芋的童話。它令人驚喜的是：故事本身充滿了童趣，是道道地地的童話故事，是我們古典小說中難得一見的，從頭到尾完全以動物的物性著筆的一則童話。且看江浙一帶流行的《白蛇傳》，白蛇精白素貞除了端午節多喝了雄黃酒，控制不了自己而現出原形以外，她從來就是一個多情女子的化身，她的所思所為，全是人間女子的型態。《西遊記》中雖然有猴精孫悟空、豬精豬八戒，以及各種各色的妖魔鬼怪，作者所寫的角色其實還是人性種種狀態的折射，作者實際寫的還是人間百態。清代以誌怪、諷諭著稱的文言小說《聊齋志異》，描摹了不少鬼、狐，偶爾似乎也留意到鬼、狐的物性，絕大部分還是作者想像的近似人情世故的形象，甚至有時候還刻意呈顯出鬼、狐具備了一般人所欠缺的優點，作為諷刺人世的對比例證。至於《紅樓夢》十九回這一段充滿童趣的童話，耗子精的構意純美，適合孩童純真的視點，相形之下更見得珍貴。

二、寶玉體貼周到，黛玉相知相契

《紅樓夢》創作的張力，有一部分呈現在林黛玉和薛寶釵兩大美女同賈寶玉之間的情愛關係。傳統古典小說常是安排實力懸殊的「情敵」，或有品無貌，或有財無貌，相對的競爭的能力自然差了一大截，給讀者的衝擊力也就小得多了。《紅樓夢》的手法就大不相同。在賈寶玉和林黛玉的「木石前盟」之外，薛寶釵無論美貌、財勢、人品，依世俗的眼光評斷，都在林黛玉之上。她不愛花花粉粉，但她的身上配有金鎖，和賈寶玉的口啣寶玉出生，最為般配，於是有「金玉良緣」的期盼。兩人都美麗而有才華。黛玉之於寶玉是姑表妹妹，寶釵則是姨表姐姐，旗鼓相當。寶釵又有富厚的大家族支撐，而黛玉不過是投靠外家的孤女。寶釵健美，黛玉病弱；寶釵世故圓融，人緣好，黛玉率真任性，偶爾還說話尖刻。對林黛玉來說，薛寶釵的出現是一大威脅，使她多愁善感的詩人敏銳心靈產生了莫大的壓力。然而，就當事人——賈寶玉來說，他其實自始至終心靈所繫都在林黛玉身上，貼身丫鬟襲人也深知：「這一位的心裡只有一個林姑娘。」其實在大觀園裡何嘗不是眾所周知？我們姑且先不談第五回「警幻仙曲」的預示[1]，也

1 《紅樓夢》第五回〈終身誤〉：「都道是金玉良緣，俺只念木石前盟。空對著山中高士晶瑩雪，終不忘，世外仙姝寂寞林。……縱然是齊眉舉案，到底意難平。」

不管賈寶玉的兩次夢話所呈露的內心渴盼[2]，單就第十九回他對林黛玉講述〈耗子精偷香芋〉的童話來看，賈寶玉對林黛玉已經有了男女情愛的萌動，他不僅體貼周到，而且隱隱約約拿「香玉」對照「冷香」、「金鎖」，來替林黛玉尋找與薛寶釵抗衡的條件，那是對等而又有過之無不及的抗衡條件。

魯迅曾經以「愛博而心勞」形容賈寶玉的用情，非常真切貼合。不過，若論愛情的深淺、專泛，其實還是有個等次區分的，無論如何，寶玉關懷的對象群中，林妹妹還是要排名第一的。試看第十九回，他對黛玉如何的體貼周到！林黛玉一向體弱多病，這日午後，寶玉來探望，就怕她午飯以後睏倦，多睡了午覺，很可能午間的食物不消化，也怕睡多了，晚上又睡不好。所以千方百計要鬧她，不讓她昏昏欲睡。寶玉來到黛玉房中，推醒了黛玉，黛玉要他出去逛逛，讓自己歇著，說：「渾身酸疼」。寶玉說：「酸疼事小，睡出來的病大，我替你解悶兒，混過困（睏）去就好了。」黛玉一再催促，寶玉只說：「見了別人就怪膩的。」賴在黛

2 寶玉說道：「我有一個心，前兒已交給林妹妹了。他要過來，橫豎給我帶來，還放在我肚子裡頭。」（第九十七回）寶玉和寶釵拜堂，才知道娶的不是黛玉，更加昏憒。不知黛玉已死，哭道：「我要死了！我有一句心裡的話，只求你（襲人）回明老太太，……不如騰一處空房子，趁早把我和林妹妹兩個擡在那裡，活著也好一處醫治、伏侍，死了也好一處停放。」（九十八回）

玉那兒，塞個枕頭歪著說話，還非要黛玉自己用的枕頭不可。黛玉說：「真真你就是我命中的魔星。」從以上情節看來，寶玉懂得心理因素比身體上的疲累重要，他誠意要為黛玉解悶兒，他和黛玉情投意合，見了別人反而覺得「膩」；黛玉也是打心底裡喜歡寶玉，纏不過他，「魔星」兩字用得再貼切不過。自從進了賈府，見到寶玉，第一眼就覺得「眼熟」，此後他的好好壞壞都牽繫著她的喜怒憂樂。黛玉從不嫌怨賈寶玉的任何缺點，明眼的讀者可以看出寶玉其實有著相當多的「毛病」的，譬如好吃胭脂就是其一。十九回的前半「情切切良宵花解語」，才費了不少文墨，描摹丫頭花襲人苦口婆心地勸他：「百事檢點些，不任意任性」，包括：「再不許弄花兒，弄粉兒，偷著吃人嘴上擦的胭脂，和那個愛紅的毛病兒了。」十九回後半作者寫到寶玉、黛玉兩人「對著臉躺下」，黛玉就發現寶玉左腮上有一塊血跡，懷疑是被誰的指甲劃破的；寶玉承認可能是替丫頭「淘澄胭脂膏子濺上了一點兒。」黛玉用自己的絹子替他擦了，她可是有潔癖的呢！我們看她怎麼說：「你又幹這些事了。——幹也罷了，必定還要帶出幌子來。就是舅舅看不見，別人看見了，又當作奇怪事新鮮話兒去學舌討好兒，吹到舅舅耳朵裡，大家又該不得心淨了。」她說話全然是知己一副完全了解的口吻。最末一句，庚辰本有些不同，是：「又該大家不乾淨惹氣。」《脂硯齋重評石頭記》從文學語言運用上，有過這樣的評析讚美：

「大家」二字何妙之至，神之至，細膩之至。乃父責其子縱加以笞楚，何能使「大家不乾淨」哉？今偏「大家不乾淨」，則知賈母如何管孫責子，怒於眾，及自己心中多少抑鬱難堪難禁、代憂代痛一齊托出。

如果併合《紅樓夢》第三十三回「不肖種種大承笞撻」一起比照，就可以了解脂硯齋這段話確實深刻而且是綜會全書的適切批評。黛玉冰雪聰明，看得出賈府的複雜人際關係，她「代憂代痛」的心思，正因為她充分理解寶玉。這些小毛病只是某種程度的缺陷，她絕不像道德家有些迂腐一概而論的偏見，所以她甚至認為最要緊的是不要留下痕跡，給人留下話柄。她絕不像薛寶釵、花襲人一樣把它們看得無比嚴重，要哭哭啼啼地又說又勸，也因此林黛玉是賈寶玉的知音，他們相知相契，心靈的契合是「木石前盟」最動人的基礎。

三、香芋諧音「香玉」，就是香香的林黛玉

卻說賈寶玉對黛玉的一大段知心話並沒有聽見，倒被一股幽香撩得「醉魂酥骨」，香氣從黛玉的袖子發出，寶玉還以為黛玉袖子裡籠著什麼東西，黛玉冷笑著說：

難道我也有什麼「羅漢」、「真人」給我些奇香不成？就是得了奇香，也沒有親哥哥親兄弟弄了花兒、朵兒、霜兒、雪兒替我泡製。我有的是那些俗香罷了。

這段話是針對薛寶釵服用冷香丸（第七回），以及寶玉與寶釵交換觀賞飾物時，寶玉聞到「一陣陣的香氣」，寶釵推論是有冷香丸的香氣（第八回）而說的。黛玉的尖刻、敏銳以及莫名的嫉妒都自然呈現。冷香丸的方子是和尚給的，藥材還好，難的是瑣碎的收集泡製工夫，由於寶釵有哥哥，黛玉孤女一個，所以在「勁敵」各項優越條件的壓力之下，她總喜歡在寶玉面前，用各種方式來試探寶玉對自己的情感是否深刻一些，這些話其實就是她微妙心理的反映。

黛玉這種妒意是那樣強烈，即使才被寶玉以「呵癢」懲罰過，她仍然笑著問了一句：「我有奇香，你有『暖香』沒有？」所謂「暖香」，當然是根據「冷香丸」而杜撰的；寶釵有金鎖可以配寶玉，寶玉是否該有「暖香」去配寶釵的「冷香」？這些話無非是一連串的試探，它流露了黛玉內心對愛情前程潛在的不安。值得注意的是黛玉和寶釵的對決，常是自然與人為的對比。除了黛玉的個性是自然率真，不同於寶釵熟諳人情世故；她服用的人蔘養榮丸取自天然植物，絕不同於寶釵的冷香丸要大費周章；她的香氣來自天然的體香，不是像寶釵是冷香丸的香氣。依據科學的研究，動物界雄、雌的相互吸引大多是憑著彼此的身體氣味。自古許多歌詠女性「氣如幽蘭」的文學作品，正像賈寶玉聞到黛玉身上的幽香，並非毫無根據。

寶玉有意找話題陪黛玉排遣午後困倦，無奈黛玉不理不答，「寶玉只怕她睡出病來」純是一番體貼周到，便編了「耗子精偷香芋」的故事。他鄭重其事地，從「你們揚州衙門裡有一件大故事」說起，黛玉信以為真，聽著他把故事編出來：黛山林子洞的一群耗子精，臘八前夕開會研究如何趁臘八時節打劫一些果品。老耗子分派幾個耗子去偷米、豆、紅棗、栗子、落花生、菱角，最後只剩香芋。一個「極小極弱的耗子」要求去偷香芋，他的請願理由是：「我雖年小身弱，卻是法術無邊，口齒伶俐，機謀深遠。這一去，管比他們偷的還巧呢！」他的「巧」，原來是把自己變成個香芋，混在香芋堆裡，暗暗地搬運。故事進展到這裡，完全符合童話故事，充滿美妙的想像，耗子的習性也還能編派得入情入理。在我國古典小說中，類似這樣的童趣，確實不可多得。童話故事繼續下去：寶玉說，眾耗子聽得有些道理，要求小耗子先變變看，結果搖身一變，「竟變了一個最標緻美貌的一位小姐。」小耗子現出原形，笑著說：「我說你們沒見世面，只認得這果子是香芋，卻不知鹽課林老爺的小姐才是真正的『香玉』呢。」曹雪芹的時代，吳承恩的《西遊記》早已寫成，書中多少妖魔鬼怪，往往也像《紅樓夢》這段童話：「搖身說：『變』」就變出某樣男、女人形。《紅樓夢》這段童話，說故事的寶玉相當慧黠，利用同音諧音，把故事拉回現實，間接讚美林黛玉是「香香的黛玉」，靈感來自她那身上的「幽香」。我們再從頭檢視一下他馳騁想像的一大段胡謅的「童話」：在他的心目中，林黛玉是天底下「最標緻美貌的小姐」，林黛玉身子「弱」，但是聰明絕頂，「口齒伶俐，機謀深遠。」他對林黛玉的讚賞，由他所編的這段童話中表露無遺；而他對林黛玉的情感，從他的悉心照應，體貼入微，想盡辦法為她消愁解悶，排遣辰光，可以見出一斑。如果不是賈寶玉要為林黛玉驅趕睡魔，說不定曹雪芹就不寫這麼一段童話了。

筆者之所以肯定「木石前盟」的性靈之愛，遠勝「金玉良緣」的俗世情分，從這段童話也獲得了論證。黛玉確實是寶玉的知己，她絕不像薛寶釵，把寶玉的一些表象行為看得過分嚴重，而難免要說一些好意、卻是未能知心的逆耳之言。曹雪芹塑造的賈寶玉顯然符合佛斯特所謂的圓形人物，是個複雜多面的人物。小說中借賈雨村之口，提到了某些「正邪兩賦」的人，賈寶玉正是那樣一個不能以常理論斷的人物。薛寶釵自始至終是以常理來論斷他，也是以常情、以世俗的標準來要求他的。相對的，林黛玉和賈寶玉相處，就只是談心，從沒有現實上的考量，只是純純的愛情，全心全意相對待。她是賈寶玉的紅粉知己，寶玉的「乖僻邪謬不近人情之態」，諸如好吃胭脂之類，她能充分理解，適度寬容。事實上兩人都是「情痴情種」（第二回）啊！《紅樓夢》中的這一則童話，已經揭露了寶玉、黛玉不再是兩小無猜的孩童，從

「香玉」的比喻，我們看到了賈寶玉心中愛情的萌動，也看到了黛玉對愛情的試探，由她的潛在不安，反襯出賈寶玉在她心中的分量如何沉重，她的情意又是如何真摯！

——《中央日報・長河》，一九九三年九月二十二日
二〇二二年十一月十九日修正

輯肆

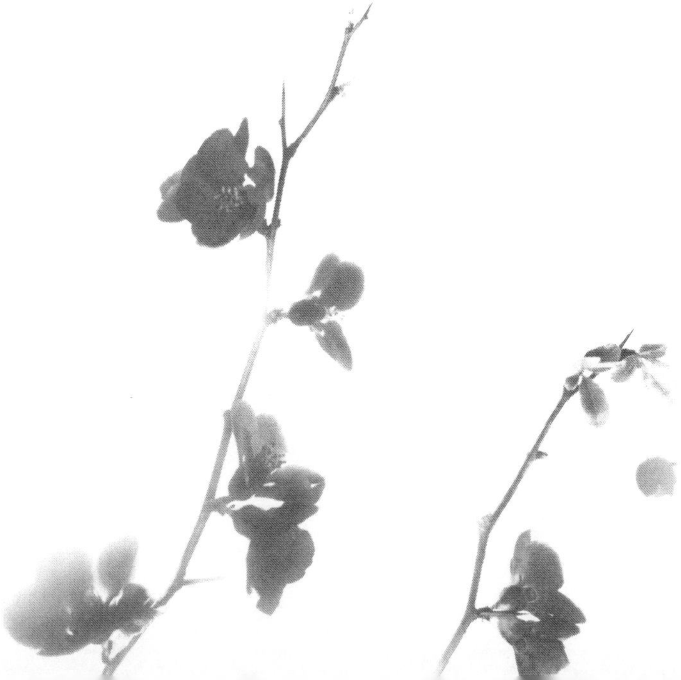

詩味小說散文筆
——劉大任短篇小說的語言藝術

劉大任（一九三九－）的小說創作有多方面的成就，評論者不少，大多著眼在主題意識的探掘；筆者想嘗試從另外的層面來討論，細品劉大任短篇小說的語言藝術。劉大任的小說一者折射出個人的傳奇性經歷，關係著兩岸中國的過去、現在；一者他的小說語言極具特色，在語言文字運用上，揉合詩與散文的表現技巧，很有可觀。他參加保衛釣魚臺運動因而犧牲了留美的博士學位，後來多次去探視中國大陸，事後冷靜重新檢視，藉小說折射出來的，是頗為真實的影像。又由於早期寫過現代詩，與朋友合辦過《劇場》，他的小說在語言文字運用上，有著極為考究的斟酌，饒富詩意，具有小品散文的優美。本論文嘗試將劉大任的短篇小說加以解析，暫時撇開長篇《浮遊群落》、中篇〈晚風習習〉、〈散形〉，集中在短篇，尤其是敘描成分較重的一些篇目。將一般討論較多的主題意識、敘述觀點等做為經線，著力在其語言藝術的剖析、言外藏意的探討。從富涵詩味的題目命名，到情景交融的氣氛醞釀；從意象的經營，類疊、排比的修辭，到明喻、象徵、推理、延宕的手法，詩化鍊句，散文筆調，最大的目的在於揣玩作者藝術經營的匠心。

一、文類融用

劉大任是幸運的作家，他可以隨興運用個人喜好的文學形式創作，而不愁沒有讀者、沒有評者；他甚至可以按照自己先後不同的認定，把一些作品稱為小說，或者是詩，或者是散文[1]。如果說：「劉大任的小說早就是各種文類融用了」，也許勉強可以解決〈無門關外〉等篇的問題，在研究上仍宜加以釐清。

從比較彈性的審察角度來談，〈江嘉良臨陣〉可以是運動散文，也可以看做是紀實小說。〈大落袋〉既是「用散文筆法寫的」，可以叫做散文化小說；這一型式當然不止是〈大落袋〉一篇。作者曾在《筆匯》發表一首新詩〈溶〉[2]，又寫了同名的一篇小說，寫一種情境，揉合

---

1 最明顯的例子是：作者談及〈江嘉良臨陣〉，自言：「寫作時，確實是出於小說的心情。」（見小說集《晚風習習》頁二〈掙扎——代序〉）但又收入散文集《強悍而美麗》中。作者最早出版的集子《紅土印象》，後來都列為小說集，然而標明「劉大任增訂」的方美芬所編「劉大任生平寫作年表」（前衛版《劉大任集》附錄，一九九三。）則列明是「詩歌、散文、短篇小說合集」。

2 見《筆匯》革新號第二卷第一期，一九六〇年八月一日。

詩與散文的表現技巧，能說是詩化小說，也是散文化小說嗎？而〈無門關外〉、〈簫聲咽〉、〈掛著與落著的雨〉、〈棋盤街落日〉、〈面北的窗〉、〈米黃色的天〉，當年發表在《現代文學》時標明了散文的文類，而從命題飽含詩意、造語新奇、鍊句精巧、思緒跳躍等等詩的條件來考察，若依後來作者收入小說集來看，是小說，那真可以稱為詩化小說了。這些現象是否已經到達葉維廉所謂「文類的消失」呢？

二、詩意的命題

劉大任小說的題目大都具有巧思。他有昆蟲系列：〈蜎〉、〈蝶〉、〈蛹〉，題旨含藏，都意在言外；〈鶴頂紅〉是一種金魚的改良新品種，在篇中貫串起疏離的父子情感；相對的卻是老父對洋媳婦、混血孫子不能貼心溝通一直未能諒解。而它也是中國古代令人聞之色變的劇毒的毒藥。〈火龍〉從抽象的龍到傳說的火龍，檢討了科學與傳說、知識與信仰、父母對外祖父不同的敘述反映了不同的文化素養。〈草原狼〉，只是一家老朋友以往經常聚首閒扯的酒廊名稱。許多植物篇名，反映了作者對園藝的精到，〈白樺林〉、〈王紫萁〉、〈羊齒〉、〈驚春二題・蒲公英、毋忘我〉、〈蟹爪蓮〉、〈俄羅斯鼠尾草〉等，末二題植物名還兼賅動物形象；〈魚缸裡的蜻蜓〉、〈來去尋金邊魚〉則是包含了動物。以上一些動、植物，有些是篇中的穿綴物，有時還藉它帶出哲學的省思。

劉大任有許多小說篇名是充滿詩意的四個字，已出版的四本小說集也都是以四字篇名兼作書名，既意味圓滿憧憬，也對照一種「殘缺」的意象，他說：

書名都是四個字，代表我個人的美學態度。四個字在中文中予人圓熟、美滿的感覺，中國人說吉祥話習慣用四個字來表示，如「金玉滿堂」、「榮華富貴」等，好聽的話都是四個字。但我的小說，不管是什麼題材，卻有一個殘缺的共通點，用美滿的四字訣來對照我殘缺的文學觀，這是我開自己一點小玩笑。[3]

《紅土印象》、《杜鵑啼血》、《秋陽似酒》、《晚風習習》確實都寫了某些「殘缺」，「杜鵑啼血」還巧妙地運用現成的典故，而另有新的詮釋，其他三篇題目也充滿了詩意。另外像〈四合如意〉，以小顧所擅長的絲竹和槍法，由「四合如意」「滿天神佛的味兒」的美妙笛

3 見林黛嫚〈以文學心靈擁抱中國——從破裂鏡頭觀察人生的劉大任〉，《中央日報．副刊》，一九九一年十月十八日。

音，帶出槍決女犯的沉肅，意外呈現女犯臨刑前卑屈的人性請求。他在欣賞江南絲竹的纏綿溫柔的情調中，突然「感覺到中國人的『纏綿』有種殘酷意味」，就把曾經聽來的女犯的真實故事「糾纏起來」，寫成一千五百字的極短篇，絲竹極柔美，處刑最殘酷，兩股情節線巧妙組合，敘描非常精簡，震撼力也夠驚人。劉大任說過：他因感覺而創作的方式跟曾創作現代詩有關，他「常用寫詩的心情來架構小說」，〈杜鵑啼血〉就是以架構長詩的心情寫的[4]。

〈故國神遊〉、〈風景舊曾諳〉、〈落日照大旗〉、〈簫聲咽〉，這些篇名都是取自著名詩詞中的一句，別有餘韻；〈無門關外〉讓人想到「玉門關外」，〈冬日即景〉、〈夜螢飛舞〉直讓人錯以為是古詩的命題。〈照水〉與〈江嘉良臨陣〉也精切有致。

三、義生文外

劉勰《文心雕龍．隱秀篇》談到寫文章能「隱」的妙處，在於「義生文外」、「餘味曲包」；宋代梅堯臣說得更具體，他認為寫詩要能：「含不盡之意，見於言外，然後為至矣。」何止是古文古詩，劉大任的一些短篇被讚美為具有詩意，原因即在此。昆蟲系列：〈蜎〉、

[4] 仝註3。

〈蝶〉、〈蛹〉，每篇的表面故事之後都有深藏的旨意，耐人品味。〈蜎〉寫一對關係平淡的夫妻，搭長途灰狗巴士，由西雅圖搬家到紐約，途中太太的內心有所衝擊。她憶起他們的婚禮是很含糊的，丈夫灰灰的眼神，一種懶散的疲乏，一種慵倦；有些膩了，有些委屈，可是不能跟他說。看著黑胖女人奶孩子，她決心要改變生活，要把每個週末都過得熱熱鬧鬧，要生個孩子。題為「蜎」，或者是一向畏縮、逃避、得過且過，而一旦受刺激，才如臨大敵，頓悟必須另謀出路吧！〈蝶〉較為明露地刻畫積極進取、逢迎拍馬的「美國遺少」，蝴蝶的意象多次出現：起始闖入車中、最後被壓死的黃蝴蝶，老闆家中女主人與小孩如蝴蝶一般輕盈的動作，以及主角為了巴結討好，硬把越戰新聞特寫中屍體上的蒼蠅解說成蝴蝶。名之為「蝶」，當然還有對巴結逢迎者的諷諭。〈蛹〉極富詩意，結筆也很有餘韻。年輕的歷史學家因為妻子西湖和丈人莫匡時的潛移默化，使長期的矛盾的追尋趨向穩定，有了創見，也有了生氣。莫匡時被塑造成一代知識分子從政的典型範例，他恬然，「在某種休止狀態中永不衰老」。蝴蝶節歷史學家展現生命力搶拍的鏡頭：

一隻展翅欲收的橘紅色大王蝶——飛翔了三千英里的小小生物，恰恰放開了牠的雙足準備歇息下來；莫老的頭，在斜陽中閃著銀光的髮絲，正停止在微微抬起的動作之中，都是那樣疲倦地，被一股神祕的力量驅使著地構置在一幅奇柯里式的繪畫底框架之中。[5]

蝴蝶由動而靜，莫老由靜而動；「我」開始為莫老立傳，從妻子的感受中學到了如何寫出「有血有肉」的人物，他的家中也添了男孩。他不曾引述學理，而告訴莫老：蝴蝶回去的地方，大概「也已經是春天了吧。」題目是〈蛹〉，多方面指涉了一種生命力的蘊育，一種蛻變的潛能。

〈四合如意〉，寫到小顧與「我」聽了女犯「這一輩子，還沒碰過男人」，要求成全，接著只描寫「我」手指扣不下去，神槍手小顧「也有鬼，開了兩槍才了結。」而人物內心的震驚，以致不知所措，完全義生文外。〈鶴頂紅〉中的父親逐漸改變排拒混血長孫的頑強心理，「老大終於第一次收到祖父寄來的禮物——墨、硯之外，還有兩枝狼毫毛筆，一疊描紅字帖。」希望孫子學一些中國的國粹，老人的期待盡在不言中。

---

5 〈蛹〉，見《杜鵑啼血》頁六十三，遠景出版公司，一九八四年十月。〈蛸〉、〈蝶〉亦見仝書。

四、情境描摹

劉大任在《秋陽似酒》後記中自白，不再喜歡「大文」和「滔滔雄辯」，而有「削、刪、減、縮的要求。」他的小說自覺性地走向精簡、濃縮的途徑，便「像寫詩一般精確地經營小說。」策略之一，有許多篇目便採取了情境描摹的手法。

劉大任小說的題材之一是探討親子相處的問題，一種是他與父親一輩的矛盾；一種是美國遺少步入中年之後，與新大陸成長的兒輩青少年之間的緊張關係。前一類如〈落日照大旗〉，大致是鋪敘方式，以情節為主，臺灣遺老與美國遺少的衝突，來自兩位隔鄰親家的對立結怨，而留學生兒女卻私自戀愛結合，妙的是親家母一向和合，最後因第三代的撫養事宜而得以化解。第二類型寫的多半是敘述者邁入中年，面對新生代複雜的文化、生活背景，有許多意想不到的彼此調適問題，作者採行的則是選擇切入某種最具關鍵性的情境描摹，以特寫的縱深勾勒，達到以簡馭繁的效果。

在新大陸的中年父親應付逐漸成長的兒子，家庭的問題複雜，如〈白樺林〉的兒子，有著潛在的青春期的情慾及對繼母的排拒。兒子可能去了白樺林，「枯枝敗葉經年累月堆疊分解自然成就的腐殖土壤，初初踩上，只覺浮滑軟，踏久了，卻有一種溫柔敦厚的感覺。」兒子「一定要在這一片白樺林子裡走一段溫柔敦厚的山路。」溫柔敦厚，用來形容山路，也象徵這一對父子的應世態度。〈王紫萁〉跟〈白樺林〉一樣，用植物做為穿綴物來描寫父子親情，更揭露一些較嚴肅的問題。父親跟兒子辯論，很無奈：「你讓我做我的中國人，我也讓你做你的美國人，好不好？」談到信仰，父親解釋不清，兒子做了結論：「我們信的還是很堅定的，是不是？我們信的，不就是『什麼都不信嗎？』」[6]妙的是他們才剛看到「一隻遍體葡萄酒色俗名紅衣主教的小鳥」飛過，即使宗教地位挺尊貴的紅衣主教，也不能讓他們「信」吧？

若論描摹情境寫得極有韻味，更為具體的範例是〈重金屬〉。小說的時距很短，就在離婚的父親開車送兒子回去前妻那邊的途中，著力在父子之間溝通之可能的揣探。「重金屬」是一種音樂，也是穿綴物。開著車，「前後視線所及，又幾乎不見一盞人造的燈光，感覺上像是深夜海上執勤的巡邏艇。我採取搜索的姿態，守著自己的營壘。」路況描寫提供父子角力的背景，明喻強調了責任，「搜索」強調自己對孩子的心理試求理解，守壘則點明了不肯隨意放棄立場，用詞含蓄而精準。次段「我沒有看他，他正在看月亮，……那月亮卻始終揮之不去，……像一面赤銅色的巨鑼，彷彿等待敲響。」首句正是守壘的作法，把月亮比做等待敲

[6] 見《秋陽似酒》頁二十七、三十一。洪範書店，一九八六年一月〈白樺林〉引文見仝書頁十八。

響的巨鑼，則預伏兒子僵持的抗拒心理可以突破，文末「我從我放下了抗拒的飛行裡感覺他漸漸放下他的抗拒。然後，我不再渡他，他也不再渡我。然後，我看見他，他看見我。」運用「然後」做類疊，帶出兩個複句都利用了迴文的修辭，而起句也活用迴文，再略作潤飾。下文：

互相傾注，互相獨立，只尾隨鬼一樣反射熒光的飛船，尾隨四野不見光的光，尾隨全盤石化滿懷異香的重金屬的航行。然後，那面赤銅色虛懸於地平線上方的巨鑼，忽然噹的一下，敲響了，嘩然如亂蝶飛舞。[7]

二個「互相」、三個「尾隨」、一個「然後」都是類疊，而巨鑼敲響，把抽象情境具體實寫，遙遙與首段月亮的明喻呼應，末句也是明喻，跟前文形容重金屬「全盤石化滿懷異香」的形容詞一樣，很像寫詩，效果還真不錯。

[7] 見《晚風習習》頁六，洪範書店，一九九〇年一月。

當父親萌生要「渡」兒子的時候，「喜悅」重複出現了六次；全文「美滿的距離」出現三次；除了許多「渡」字，「誰也渡不了誰」也出現三次，這些都是善用類疊。而「他始終用重金屬敲打自己」是凝縮、簡練的詩句。不說「嘗試溝通」，而用一個「渡」字，又何嘗不是詩化詞語？「他拒絕起飛。——他，墜落在自己看不見的磁場裡，飛不起來。」兒子抗拒父親的關懷，困境是陷溺在連自己也不清楚的境遇裡。小說的情境描摹，比筆者的譬解更蘊藉傳神，其實是曲折的詩筆。

〈白髮的白〉題目貫串全文。親子關係的阻隔，肇因於夫妻瀕臨婚姻破裂的冷戰。開場妻向他談起兒子攝影作品呈顯的隱憂。兒子學攝影，有著十四、五歲孩子不該有的荒涼。色感冷、布局「硬要讓觀者不舒服。」兒子跟同學打架，「學會了冷靜鬥爭的技巧」。夫妻之間淡漠，影響到兒子。「他在他自設的監獄裡疲倦地活著。她保留她的惱怒。兒子的冷漠逐日硬化。」簡切點出問題癥結所在。妻拿來七、八張照片，以積雪為背景，「只是模糊一片白。那白，因為沒有光澤，色質感覺，便接近光源暗淡空間裡白髮的白。」著筆既細膩入微，也點明了題目，並且和起筆「他」被妻打擾，放下《松窗夢語》時，「看見」八十三歲的張瀚（作者）「在窗前掉頭。窗外的天目松，蒼蒼翠羽，映照掉頭人的白髮。」遙相呼應。劉大任用超現實筆法摹寫極具真實感的幻象，很接近詩人洛夫描寫李賀：「這時，我乍見窗外／有客騎驢自長安來／背了一布袋的／駭人的意象」[8]這無疑也是詩的筆意。小說中一向慍怒的妻子，由於對孩子的關懷，有了平靜的對話：「你能不能不那麼吝嗇，捏捏他的手，拍拍他的肩膀也好。」多平凡的要求，卻已經讓他吃驚，於是他心裡說著：「能夠這樣說話，真是幸福。」內心有所感覺，卻仍不肯放低姿態，顯見僵持已久的疏淡關係並非片刻間可以親密起來。結筆略嫌明露，卻也照應全文：「他當時沒有察覺。然而，三個人的相對關係，像一切不易察覺的化學變化一樣，確實從此開始，從白髮的白色裡。」[9]細品「白髮的白」，靈巧別緻，非深刻細微的觀察不能得。

留美遺少進入中年之後，面對美國兒子的親子關係，倒也並非都是充滿緊張。〈星空下〉描寫父子打網球，是父親算計兒子：「才十五歲，這氣焰，能壓且壓！」穿插棒球賽輸贏的打賭，互有勝負，最後倒是兒子不在意輸贏，父子大和解。打球是在夏夜，「夏天的夜空，又高又遠，看久了，不覺產生不知身在何處的感覺。」「夜空向無限遠的宇宙退去。」兩段描繪並沒有星星，結筆先呼應前文，「又高又遠」、「向無限幽暗的宇宙深處退去」，同中又有變化，然後再轉向星空的描寫：「閃爍的星群，卻佈置成這樣一種形狀，彷彿就此遵守某種

[8] 見〈與李賀共飲〉，《時間之傷》頁一六一，時報文化出版事業公司，一九八一年六月。

[9] 見《晚風習習》頁十三、十四，洪範書店，一九九〇年一月。

秩序，直到永遠。」題目便是這樣扣住，幽邈而富涵餘韻。張大春綜括〈重金屬〉與〈星空下〉，曾做這樣的議論：「劉大任已經藉由美國文化的種種隱喻（從搖滾樂到全壘打）來拓延『上一代』也在掙扎、頓挫中營造起推動悲情的意志，凸顯出『上一代』『能壓且壓』的行動中含藏多少驚惶自衛的情結，同時也揭發了『上一代』的『尊嚴』之下又埋伏著多少詭譎的、好鬥的自憐。」[10]〈星空下〉結尾確有象徵的意涵，劉大任挖掘人性的複雜面果然很成功。

〈秋陽似酒〉採行老人的第三人稱主角觀點，也是摹寫情境非常完美的作品。「秋陽似酒」的午後，老人在公園的石凳上，聽著樹梢的風聲，眼見女兒擲著飛盤，回憶妻子的難產，由於深沉的悲哀而僵硬，既未曾好好照料女兒，來美國團聚，也只是遠遠保持距離。終因外孫女兒長得像妻子，娃娃追逐飛盤而絆跤啼哭，他伸手牽挽而有了轉機。劉大任完全以老人的意識流呈現，而著力在情境描摹。「秋陽似酒」複現七次，像主旋律，「紅色飛盤」出現五次，「飛盤」三次。現場的視景，秋陽靜而全在感受，飛盤動而隨目可見。秋陽的描寫有些抽象，卻細緻可感，幾次呈現不同，自然見出時間的推移：秋陽似酒，……午後四時……遊人已見寥落。／秋陽似酒，卻仍有未可逼視的毫芒。／秋陽似酒，眷顧著他浮降不定的世界。／秋

---

10 見張大春〈父子戰於野，兩代千里——評劉大任的〈星空下〉及〈重金屬〉〉，收入《張大春的文學意見》頁四十三。聯合文學出版社，一九九五年十月。

陽似酒，雖稍嫌辛辣，卻已是老炭文火，靜靜燉著他的世界。／秋陽似酒。他的眼睛……漸漸闔攏。／秋陽似酒，世界飄過來又蕩過去。／秋陽依然似酒，只不過毫芒盡撤，已經沒有了辛辣。張春榮讚許〈秋陽似酒〉：「善用畫面與關鍵字的重出，藉以統一事件，開展情節。」[11] 包含內在的視景，老人跟白先勇〈遊園驚夢〉中的錢夫人一樣，與世人阻隔，在熱鬧的場景中自己重新經歷一些難忘的痛苦經驗，再拉回現實，老人最後在娃娃身上找到了活存的生機。末句是全文的結筆，跟第二句襯比，除了黃昏的實寫，也充滿象徵的意韻。

〈秋陽似酒〉描繪相當精細，單是聽樹梢的風聲，先是青楊「迎風扯起了長條綠旗，連形象也是高歌長歎的姿態。」再是「穿越赤橡時，這壯闊的空鳴便被萬千交錯重疊的細柯和外緣深裂如細腰蜂狀的橡葉撕成了散粒碎片，變出呻吟似的嘶嘶聲來。」小說不過二千八百字，時距只有一個小時，卻是回溯至抗戰第二年，空間由大後方而臺灣而美國。心理的轉折更大，對妻子難產而死的慌亂與絕望，「自始至終來不及知道的恐懼」，「恐懼」複現四次，「夜半頻頻驚起的夢魘」「牢牢把他籠罩把他封閉把他速凍在她臨去前切斷他掌中熱力傳達的一擊中。」壓縮的長句故意不加頓斷，正好營造主角感受的壓力，類疊兼排比，有效描摹人物經歷

11 見張春榮〈詩意的佈局——讀《劉大任袖珍小說選》〉，見《文訊雜誌》一四〇期，頁二十，一九九七年六月。

死生而停留在悼亡、卻忽略生者的悲淒心境。這樣灰暗的悽苦，因著女兒、紅色飛盤、元寶般的娃娃而有了調和。人生情境，庶幾如此。

五、鋪陳、象徵、譬喻、懸宕、推理

劉大任的小說，也和一般小說相近有一部分鋪陳式寫法，而鋪陳之中，多用譬喻，也寓含象徵，並且有懸宕、推理技巧的運用。

〈紅土印象〉具有啟蒙意義。王排長因為動用私刑被揭發、調查，憤而自戕，墓地一片紅土。在他的邏輯裡，私娼、軍妓並不卑賤，反倒值得敬重，她們提供了原始慾望的宣洩和滿足，包括傾聽自己的心聲。鳳山基地的含羞草掘起來，必帶出一大片泥土，象徵一些表象隱蔽性質的人事，必有它相關糾葛的內在強韌的生命力。然而在楊梅公立亂葬崗上的王排長紅土墓地，灑過一些種子，卻一直不見生長出來。這是否意味著王排長直接面對生命的那股強韌精神，嚇退了含羞草呢？

劉大任曾經把六松山莊陳世驤教授的形象，變化改造，套上文化大革命的背景，寫成〈清秀可喜〉中譚教授的造型，而其中的小田，原型不折不扣就是保釣時期一起編《戰報》的好友傳運籌[12]。小田的字被譚教授讚美為「清秀可喜」，經過十幾年，看來有些陌生。再逆溯文革的變亂，兩人是譚教授的得意學生，曾合作諷刺漫畫，連譚教授也不放過；卻聽到教授自殺了，小田就撕了漫畫。後來對立反目，「我」揭露撕漫畫的事，以致小田右手被打斷三根手指。小田由新疆來信了，要求寄些「尖嘴長身鮮紅欲滴的辣子」的種子。於是想通了兩人都是辣子脾氣：他撕漫畫，「我」十幾年一直不放棄給他寫信，即使毫無反應。嘀咕著「他可真能記仇」之際，忽然領悟：他十幾年來不懈地用左手練他那筆「清秀可喜」的漂亮書法，左手寫來，儘管韻味有了，手勢不同，自然看了陌生。「辣子」的意象，也象徵一種潑辣、執著、永不妥協。

〈故國神遊〉中的曲漢生，在文革剛過不久，以華僑的身分回國參觀，竟因脫隊，對不合理的事情表示了意見，在北京被拘禁，百口莫辯。起筆描繪秋季古城之美，「葉圓木黃的西山黃櫨，冷霜輕敷之後，便陸續顯露爐火灰燼中煨烤的殘紅」，「然而，……仍有所待焉。……滿城內外，日常生活的皮相底下，餘悸猶存的莫名緊張，幾乎伸手可及。」[13]就這樣暗喻了不

12 詳見劉大任《我的中國》頁四十三。《劉大任作品集》十一，皇冠文化出版公司，二〇〇〇年七月。

13 見《杜鵑啼血》頁一一九、一五四，遠景出版事業公司，一九八四年十月；前引〈紅土印象〉、〈清秀可喜〉見《秋陽似酒》。洪範書店，一九八六年一月。

測的事端很有可能發生。透過長久接受疲勞偵訊、接近神智迷糊的曲漢生意識流，斷斷續續，交代了他的婚姻困境，以及他不顧中國的動亂不安，毅然來中國，實出於愛國熱誠。幾經周折，妻子奔走，美國大使館出面交涉，他終於被釋放了。「已經是破曉時分。……那一痕月亮，確實只餘一線，在夜暗仍然盤據不去的此刻，彷彿只要輕輕一抹，就什麼也沒有了。」朱西甯寫過〈破曉時分〉，冤獄斷定，也是破曉時分，原是滿懷希望的時刻，似乎成了反諷[14]；幸好曲漢生是美國籍，他果然是大有希望的。只是這樣的經歷，簡直荒誕得令人難以置信，那月亮彷彿可以輕輕抹去，他的這段歷史不也可以輕輕抹去？此中寓含了象徵。

稍早與〈秋陽似酒〉同一年寫成的〈杜鵑啼血〉，時空安排到文革的大陸，筆調大不相同。以一位留美教授追蹤細姨（中共高幹）的遭遇為主線，從到達療養院見到細姨，再逆溯五、六年來追索的緣起經過，復回到蘆州七日極力求證疑點，仍不得要領。主要是陪同人員非常謹慎，而細姨則是一貫的漠然。香港遇到專研文革的專家，提供完整的文革油印刊物，不過仍有兩種兩極的說法，答案卻可能就在其中。全篇維持客觀冷靜的旁知觀點，不厭其詳地鋪陳論據，疑點懸宕，頗有推理小說的味道。母親說：「你細姨是最嬌的一個了，可膽子也最

14 參張素貞《細讀現代小說》頁十九、二十。東大圖書公司，一九八六年。

大。」是關鍵句。美麗的細姨勇於追逐自己的夢想。現在她的眼睛「是一種斂聚著極度緊張焦慮的狀態時突然為不可抗力猛烈打擊而即時死滅的眼光，像釣鉤上掙扎的魚，被持竿者就地一甩；像香肉店裡吊索拴住的顫慄觳觫的狗，抬頭見巨棒迎面擊來的剎那。」這些長句，壓縮緊密，適切呈現一個重度精神病患可能曾經忍受過怎樣的創痛，必定是猝然無法承擔的猛烈重擊，才讓她「即時死滅」。用詞精準，兩個明喻更是傳神。而她專注噴灑的「一株美得出奇的映山紅」：

> 就在那濃密羅蓋的頂端，盈盈亭亭，怕不有幾百朵盛放的杜鵑花，花瓣通體似雪玉一般，無一絲雜色，卻恰恰在花蕊微露的部位，有一小汪殷紅。——簡直就像個個含著一口又濃又腥的鮮血，從那麼多的咽喉裡蠕動著，迂緩而無從堵塞地湧流出來。[15]

文字前半醲麗，後半詭異，既是點題，寫得精緻靈動。數百朵有著一小汪殷紅的純白杜鵑，紅色比擬為鮮血，個個口含鮮血，雖則迂緩，卻是「無從堵塞地湧流出來」，這是何等令

15 以上見《杜鵑啼血》頁一六〇至一六三。遠景出版事業公司，一九八四年十月。

人驚怖的意象，這也就有了強烈的象徵意義。雪玉一般純美的杜鵑，卻是沾滿了血腥，細姨所在的環境就是這樣。

至於細姨為何發病？小說鋪陳許多蒐證的過程，包含美國和臺灣、大陸、香港，還有母親、二姨、三姨，分別在新加坡、臺北、香港。兩極化的文件不能提供答案，她既摘了血紅的花朵逼著外甥吃，有可能確實被迫吃了（或者勸人吃）愛人的心肝。以她的強悍，不能忍受愛人另外婚配，即使是因為工作上的需要。作者不做明確的揭示，更耐思考。馬森認為：「作者企圖使所有的敘述都具有歷史性與社會性的深廣牽絆。」[16]這篇小說的複雜性，具備了相當的深度。

〈風景舊曾諳〉也是懷舊，寫文革的創傷，也採用鋪陳、懸宕的筆法，而抒情性則更濃一些。前半憶舊，有許多描摹；後半才用懸宕之筆探討四舅在文革時承受的創傷。形容跟四舅一起住過的「那座典型江南風味的粉白壁魚鱗黑瓦老屋」：

隔著兩道遊廊的環抱，隔著遊廊內一個長年擺著春蘭秋菊中間還有太湖石、金絲竹、鳥籠和魚池的天井，隔著罅縫裡爬滿綠絨苔蘚的青石板，隔著蔦蘿架、芍藥山和骨老葉茂

[16] 見《七十三年短篇小說選》頁五十八，編者附注。爾雅出版社，一九八五年四月。

的五針松，第一進的東廂房裡，住著四舅和舅媽一家子兩口人。[17]

描摹場景運用冗長的句式，長串的形容詞便於詳盡描繪精微，連用四個「隔著」類疊，把江南建築的特色展露出來，做為刻畫四舅這位江南文化人的背景，有其必要的繁密。精簡傳神，觀察入微，呈現了庭院深深、蔭影重重的江南風味。白居易詞「江南好，風景舊曾諳」，本來就是寫江南的，劉大任的〈風景舊曾諳〉選擇了「山溫水軟，煙霞翠微」的西子湖畔做為場景，巧妙而切題。敘述者以專業人才講學的條件，才得以重見暌隔三十年的四舅。前半的文墨名為描寫四舅，其實也有幼童跟四舅一起的甜蜜回憶，閃爍著濃鬱的鄉愁。

四舅「上輩子欠了文字債」，因為「測了一個字而來不成臺灣」，而妻子來臺改嫁，姊姊姊夫（即使不是嫡親）在臺灣，他便有雙重的問題。此後採行的是懸疑、推理的手法。從柳浪聞鶯的景點重遊寫起，「灰色班駁的茶樓欄干……欄干裡面，一片灰暗……灰白的天，灰白的水，灰白的風景。……灰白衣服的人群……一排灰色的老人頭，在灰白的風中，露著呆滯的灰白眼神。」刻意用灰白色系來突顯景物不再、美感全失的悵痛，也寓託整體共產治下的世界一

17　見《杜鵑啼血》頁九十七，遠景出版事業公司，一九八四年十月。

片灰白。而令人傷感的是四舅完全「虛腫」，西湖也是。虛脫浮腫，精準的字詞，不僅是對四舅的滄桑感受，對記憶中的美好的一切，包含風景，也滿懷人非物亦非的痛惜，篇名〈風景舊曾諳〉，言外的悵惘，多麼貼切。

追索四舅三十年來的遭遇，何以變成泥塑木雕一般，只說那麼一句話：「現在都是這樣的」？兩包地道的「采芝齋」紅紙酥糖，引起四舅「眼睛的部位，盪漾著一星星珍珠貝色的白亮浮影。」美麗的文字自然傳達了內蘊含蓄的激動，淡淡的哀愁無奈，悲悽中仍是美感具足。真正揭開謎底，是四舅被接來美國，跟美籍甥媳及孫子們突破語言的隔閡，逐漸放鬆，自衛意識減少了，慢慢能直接反應情感。在遊覽帝國大廈，買了帝國大廈的模型，他竟然渾身發抖。懸宕，逐步推理，一層層剝析，詢問心理醫生；又發現「他背上，近腰的地方，至少有七八粒葡萄乾大小的瘡疤」，孩子們纏問，四舅說：「海外關係嘛，還不是，紅衛兵整的。虧他們想得出來這麼個省錢的辦法。筷子削尖了，往裡插上那麼三分、半寸，血流得也不多，也不會死人。問題答得不滿意，就插一根……」這樣駭人聽聞的殘虐傷害，令人訝異的是他訴說來「出奇的輕鬆，彷彿那是發生在別人身上的事情。」事非經過不知悲苦，他卻已能淡然處之，是沉澱到記憶深層中去了？這麼殘酷的現實，弄得「我」翻譯為難，只好扯上李小龍，說是練功的緣故。猶如〈蝶〉中把屍體上的蒼蠅說成蝴蝶，都為了對純真的孩子掩飾一些人生的醜惡。事實的揭露如此閒淡，文外的沉痛卻深深撼動人心。

劉大任再度出人意表地安排了四舅要求回大陸的情節，理由是：「老在這裡這麼過下去，將來要挨人家批鬥的。」四舅固然屬於西子湖，但寧願放棄自由自在的美國生活，其實不全是因為鄉愁，而是被那原來政權無所不在的控制力拘牽慣了，壓制慣了，他沒敢期盼可以真正擺脫，這種無形的牢籠才真正可怕。作者一逕地推述，這樣的「文外生義」便是讀者思考的心得。

六、今昔襯比

劉大任有多篇精簡的短篇交代保釣人士後續的發展，政治的熱中及後來的淡出是主線，多數運用了今昔襯比的手法。〈唐努烏梁海〉寫老高和小秦的同性戀牽纏。因為兩人的「情愛生變」，小秦公開搗亂，指陳老高的演講獨獨漏掉「唐努烏梁海」。老高後來實踐國際主義路線，到黑人區去開水果店，「竟死在一個搶劫慣犯的階級兄弟的槍下。」結筆描摹牆壁上「一幅水漬氾濫污痕斑斑的大地圖」：

地圖上端，在「中」跟「國」兩字的中間，不知誰用筆，塗成了一條黑帶。……極北部的疆界附近，就恰好在唐努烏梁海那個地方，有一個略呈放射狀的洞孔，似乎是穿過老高的那粒子彈，連皮帶肉，釘在那裡，下面是一長條已經烏黑的血流，從北到南，貫穿了如今只剩九千六百萬平方公里的土地。[18]

「烏黑的血流」，貫穿的何止是現在的老高與過去的唐努烏梁海，知識分子關心中國，卻只能看著它分割，看著它淌血。

在〈草原狼〉中，八、九年不見，小杜的身材、穿著與聲音並無變化，「只是下巴頦圓了些」，在臺北的他向在美國的敘述者報告幾位朋友的近況，變化很大。他們曾經著迷過某教授的愛國者形象，現在小杜說，「他哪裡是什麼教授，不過替聯邦調查局打工，賺幾個錢的……」垮是垮了，那人描繪過的留學知識分子的愛國者形象卻是永恒性的。

〈且林市果〉中的老孫，今昔大異。「建中橄欖球隊出身的老孫，一向愛挑重活幹。……碰上遊行示威大場面，五呎五吋的他，卻是扛大旗的好材料，……不必換手，……不歪不倒。」現在他的身材大為走樣，「老孫的脖子，更粗更短了，連說話都嗄啞得多，彷彿他的聲帶，也給什麼東西壓得扁扁的。」具體形貌的描寫，巧妙的比喻，今昔襯比，相當傳神。兩人

18 見《秋陽似酒》頁六十六。洪範書店，一九八六年一月。

從唐人街的書店回到老孫在且林市果[19]旁邊的住處，老孫的話題纏繞在老家山西五臺及老父的思鄉返鄉。從前是只幹不說的他變得多話了。他的單身公寓，除了電燈泡，所有的家具物品，幾乎都是大陸來的土貨。那麼，老孫這樣的美國遺少，進入中年之後，「雜碎」的特質也跟老爸的思鄉一樣，滿含一種無可替代的鄉愁了。

政治批判比較明顯的，是〈女兒紅〉，它以參觀毛澤東紀念堂為主軸，「漢白玉的光澤，由於石材太新，沉不進歷史裡。一種隱藏不住的炫耀，拙拙浮在表面。」以阿真的真淳襯比紀念堂的虛拙外炫，以阿真的不醉襯比大伙的醉，以阿真往日灌不醉襯比現在三杯「女兒紅」就上了臉。「他駐足在被『偉大』兩字叫成了骷髏的那副依然龐大的遺體前」，「驚奇地感覺到那面孔的皮色，竟朱紅到異常的程度。」做了很多比對．「終於對上了前晚華僑大廈餐廳裡氾濫在阿真臉上的那一團粉豔豔的女兒紅。」諷刺過度虛矯，甚至「偉人」是否偉大？便一語雙關，有了批判的意味。

[19] 作者注：且林市果，是英文CHATHAM SQUARE的中譯，紐約華埠的一個小方場，源自老輩華僑的臺山話發音。見《秋陽似酒》頁九十六。前後各篇皆見仝書。

七、潛隱之情的呈露

劉大任的短篇有幾篇採行幼童第一人稱的敘述觀點，〈來去尋金邊魚〉、〈夜螢飛舞〉兩篇的幼童視角其實呈現的主要是成人世界，幼童自身的比重則各有不同。〈來去尋金邊魚〉幼童偷窺芹姊沐浴而洩精，得知芹姊懷孕竟是父親的種，憤而離家，用彈弓射傷蒼鷹；見到五哥和芹姊私奔，乍然領悟要趕回去替代芹姊生煤球為母親煮粥。於是一向跟五哥學不會的忽哨也一下子吹出來，「巷子裡響起一聲結實漂亮的忽哨，像大大小小一群鋼珠，在玻璃一樣的空氣裡，流星閃電般灑出去。」這樣的成長，具有啟蒙的性質。聽聞芹姊是抗日遊擊隊隊員的遺孤，最早的印象是緊急逃共產黨時，她哄著「莫哭」，「她的聲音也有些顫抖，接著便感覺她濕潤柔軟的嘴唇，緊緊堵在我因為恐懼而不斷發出呀呀聲的嘴上。芹姊嘴裡有一股辣椒豆豉的味道，奇怪的是，卻不辣，而是甜滋滋的，至今仍然新鮮地留在記憶裡。」[20]這段文字說明了幼童暗戀領養長姊的情結，自有線索。

[20] 見《杜鵑啼血》頁十五，遠景出版事業公司，一九八四年十月。

〈夜螢飛舞〉描摹呈現：小學生被惡夢困擾，有馬錶的聲音，有夜螢飛舞，而他想飛，卻飛不起來。以前曾在野地捕捉過螢火蟲，夢裡能飛。萬麻子帶著一群孩子遊戲，吹著笛子，讓他們點曲；提供令人豔羨的獎品，按馬錶讓他們賽跑。後來娶個山地姑娘，老婆不久跑了，他意外跌到小河裡淹死，孩子們見到恐怖的屍首，馬錶依舊響個不停。於是敏感的敘述者潛意識的恐懼不安、依戀不捨都壓抑而成為夢魘。中學入學考落榜，他躺在一年來不敢涉足的河岸邊，等待同樣落榜、可能更愛萬麻子、已經搬家的好友小斌到來。小斌去萬麻子家，看到山地老婆背了個孩子，「娃娃的臉，只小一圈，跟萬麻子長得一模一樣，可奇怪，一粒麻子都沒有。」萬麻子在水底的紅臉，就幻化成一群發光的螢火蟲，夢魘變成美好的夢境了。篇中刻畫精神的困境，恍惚迷離，語調吞吐，極有分寸。而這樣消解了夢魘，其實呼應前頭的情節：「我同小斌捉螢火蟲，……萬麻子躺在草叢裡，我們把他臉上的麻點子當成螢火蟲了。」[21]意境重現，作者運筆繁簡相錯，相當考究。

〈長廊三號〉和〈下沉與昇起〉探觸男女婚戀的問題。〈長廊三號〉敘述潦倒畫家因愛戀失落，事業挫折，服食迷幻藥，精神面臨崩潰，迷上繪畫善於生殖的蟑螂，終究跳樓自殺；昔

---

21 〈夜螢飛舞〉，見《秋陽似酒》。

日的戀人卻因兩人書信往來的虛境實認，想為天才畫家籌辦紀念個展。諷刺的是：翻譯時「蟑螂」被誤認為「長廊」，絕無僅有的收藏者另有衍生的讚譽。小說採取第一人稱旁知觀點，對於俊彥與二姊之間的情愛知之甚詳。俊彥後來出國拓展畫境，由法國到美國，逐步放棄理想，以至潦倒窘迫，則是逐步呈現，跟〈杜鵑啼血〉的推理敘述筆法一樣。篇中或者也有「抗議心情……帶進異鄉異國，來省視民族主義的弔詭。……令人感受真實的壓迫感。」比照情書和日記，兩極化的敘述，顯見嚴重的精神分裂，「他最後的墨綠色的圖騰，幾乎成了一株各種蟑螂疊著羅漢的蟑螂圖騰。」從潛意識的情感深掘，可以看出真正的困結所在：鄉愁與情愁，都是隔洋，也幾乎是隔世，靠著打造虛境來過日子，情何以堪？

〈下沉與昇起〉另用描摹手法。美國遺少被打工時的露水情人重新擄獲，沉溺在外遇的亢奮中。他的家庭早出現問題：青春期的女兒叛逆，外文系校花的妻子停滯不進，婚姻關係疏淡，他常在研究室過夜。也許跟他的外遇有關，妻酗酒了；助她戒酒沒有成功。一個風雪天，家中電話一直沒人接，敘述者焦急。她在地下室醉倒，然後是看心理醫生，「然後來了三哥」，許多鏡子掛起，她三天兩頭失蹤，「每次失蹤回來她的臉色似乎有些紅潤他不知道她究竟是氣色暢旺還是興奮後的疲倦。」也是不標斷的長句，隱隱暗示一些不尋常。複疊四次「他始終沒見著三哥」，見著了他就發飆趕走三哥。然後慧珠出車禍了，他全心全力照顧，學會一切照顧重癱失智病人的細節。從醫院回家自己護理的第三天清晨，他只睡兩個多小時，仍決定去跑步，克服了胸腔內的壓迫感，「恰如其分的感覺出現」：

他未曾經意抬起頭來，瞧見三株老楓樹掩映中的他的房子他的家。屋後面的天空裡，正有一輪剛剛冒出的紅日，很大，很軟，彷彿不能決定應該下沉還是昇起。他的家如今恰好籠罩在一片玫瑰色的霞光中。乍眼一看他以為他的房子著火焚燒，然而分明不是火燒。[22]

不知下沉還是昇起的，何止是太陽？他何嘗不是？點題兼含象徵。火燒，從他的婚姻危機來看，又何嘗不是？這篇著重情境描摹，努力做個好丈夫的外遇男子，起起落落的心境，都採呈現法，藉場景與人物行為的描寫，頗能營造氣氛；第三人稱的有限觀點，固執地保留了深入的心理刻畫，於是潛藏深隱的情愫就依稀可以揣採了。

[22] 見《晚風習習》頁四十五，洪範書店，一九九〇年十月。〈長廊三號〉見《杜鵑啼血》。

八、詩味小說散文筆

劉大任發表於《現代文學》第二期的〈大落袋〉，自謂是以散文筆法創作的第一篇短篇小說[23]，主要在描摹一種心境。兩位年輕人考慮：拿僅餘的五元錢買獎券，還是當了手錶去打大落袋？選擇後者，「換來一張嶄新的當票與某種快意；悄悄的、隱秘的快意，像提了一壺酒，我們有著酩酊前的興奮。」深夜的撞球場「翠綠的細絨檯面溫暖而細膩的現了出來，溫暖而細膩，恰似我們的心情。」這些文句不僅是散文筆調，句式根本已詩化。「我」「總是熱烈的希望打落什麼，總是反彈出來。」老板點醒：打得蹊蹺，全是「太性急」，然而即使極力冷靜下來，那黑球卻是「滾過綠色的檯面，以一種寡廉鮮恥的冷靜的風姿」，倒裝句法，球被擬人化，生動自然，也是詩句。篇中有些重複的旋律，以「難道」設問，再以五個「為什麼」、三個「何況」來自我尋思、自我排遣，目的在於醞釀心思反覆的氛圍。朋友說：「何苦非把它打進去不可？」人們拘執，或某種成習，卻又往往未能如願，焦慮於是產生。當兩人緣著窄梯下

23 見標明「劉大任增訂」的方美芬所編「劉大任生平寫作年表」（前衛版《劉大任集》附錄，一九九三年）作者篇後自註：「大落袋：一種較普通彈子檯面約大一倍，球更小，更精緻，袋口更窄，台北市較少見的撞球遊戲。見《杜鵑啼血》頁二二一，遠景出版事業公司，一九八四年十月。

到街上離開時，篇末是「兩隻焦渴的貓在昏黑的窗台上嘶喊著……」。貓的「焦渴」正呼應人的「焦慮」。這篇寫作正值存在主義初初籠罩臺灣文學界的時候，接納新潮永遠站在前線的劉大任，表達一種徬徨與焦慮，流暢而自然。林燕珠的研究指出：「藉由敲擊撞球入袋的遊戲象徵年輕人想找尋生命存在的意義，想有所作為卻總是落空的荒謬。」[24]這種象徵意涵是頗耐玩味的。

收入劉大任的運動散文集中的〈江嘉良臨陣〉，可以看做一篇描寫態勢的紀實小說[25]，重點不在情節的鋪陳，而是充分發揮散文的優點，意在情境描摹。中國大陸的乒乓球賽曾經叱吒一時，他們「對於人才的挑選和培養，可以說下過很深的功夫。」「多球訓練……鍛鍊球員在強大壓力下堅決不退台的本領。」西方各國的精英揣摩球技，精銳難當，但大陸隊「思想上缺乏緊迫性，技術上缺少創新。」[26]大陸隊的世界冠軍衛冕賽顯然面臨強勢的挑戰，〈江嘉良

24 見林燕珠〈劉大任小說中的家族與國族〉，中興大學碩士論文，二〇〇〇年八月。

25 馮驥才寫以文革為背景的小說《一百個人的十年》，因為都有事實的根據，不過採行小說手法，使得更具可讀性，他稱這種小說為「紀實小說」。參施叔青《對談錄》頁二〇四至二〇八，時報文化出版企業公司，一九八九年五月。王德威則稱之為「新聞小說」，見〈「臨陣」的姿勢——評劉大任的《晚風習習》〉，《中時晚報》，一九九〇年二月二十一日。

26 見劉大任《強悍而美麗》頁一一二，引述徐寅生語。麥田出版公司，一九九五年。

臨陣〉就是要探觸這樣的緊張態勢。作者追述三十年前中國人以乒乓球躍身球壇的歷史，而一九八九年即將舉行世界男子單打冠軍賽。連任兩次冠軍的江嘉良被看好，也可能慘敗。於是逆溯前兩次的艱苦奮戰，集中焦點在一九八七年的傳奇式險勝，而收筆在他即將臨陣。一反小說結尾揭露結果、讓人放鬆的筆法，緊張的氣勢仍然讓讀者緊張。

這次球賽他面臨強敵。一九八七年，第三十九屆世界冠軍賽，江嘉良遭遇瑞典的華德納，第一盤已輸，第二盤嚴重落後，「江嘉良兩條濃眉綴成黑線一條，換發球時，他不顧擦汗，兩腿蹲地，上下跳動，扭頭轉頸，甩臂搖手，他拚命要求自己加速進入興奮狀態。」「頂著來自內裡更頑強的壓力……他的失誤餵養著他的憤怒，憤怒使他興奮，興奮使他放鬆。」描繪江嘉良打球的表情、動作，文字精簡，還顧及對襯之美；分析他特殊的心理狀態，也運用了頂真的修辭技巧。關鍵性的時刻到來，江嘉良才勉強救了一球，對方又回手：

落點更刁，因為撲救正手的江嘉良正在向中路位置還原，……眼看這一球，就要飛走，但是，江嘉良也飛起來了，一記漂亮的正手快帶，球過了網，江嘉良的右腳才落地，華德納呆了，連拍子都來不及伸出去……

全場驚愕，至少有三秒鐘，聽不見任何聲音。沒有球的聲音，也沒有人的聲音。27

臨場的鏖戰，突然的逆轉，全賴江嘉良在強大壓力下發揮了強韌的必勝的拚搏，「江嘉良也飛起來了」，人的彈性有限，他卻發揮長期訓練出來的韌性，做出不可能的可能，以致「全場驚愕」。

華德納曾到中國大陸觀摹學球，「江嘉良靠的是氣勢，靠的是意志力，靠的是不服輸的拚搏精神。」最後一輪五個發球，江嘉良採取「一連串的巧取豪奪」，以一分險勝，「江嘉良人整個傻了，眼睛發直，全身神經緊繃，血脈賁張，喉嚨深處發出非人的聲音，聽起來不像吶喊，而像呻吟！」他居然握拍，「夢遊症患者似的，沿著長方形的比賽場地走了一圈。」戰鬥持續五個回合，江嘉良的氣勢已經鎮服全場：

江嘉良左手握拳在空中猛揮，接著，你幾乎可以聽見他全身的細胞一顆顆炸開……你絕對不會聽不見他的極其舒暢的哭聲，像一個受盡委屈的小兒女，忽然面對了真相大白的

27 〈江嘉良臨陣〉引文見《晚風習習》頁六十四至六十八，洪範書店，一九九〇年一月。

世界……。

「細胞炸開」，夸飾出「拚搏」的力量；哭聲舒暢，寫盡長期爭奪戰果的壓力。反常的哭，以及反常的示威性繞圈，一者傳達艱苦搏鬥的壓力乍然鬆解，一者也質疑中國大陸乒乓球運動施加在運動員身上的負荷遠遠超過常態所能承受。「江嘉良的臨陣姿勢，最能傳達間不容髮的臨界點狀態。」最平鋪直敘的說明，似乎可以佐證這篇本質上是散文。然而在情境描繪上，作者挾著個人對乒乓球純熟的技藝，掌握江嘉良臨界狀態的臨陣姿勢，精準而極富韻致地傳真了現場的實況，語言文字妙用就在這裡。

王德威對劉大任小說的語言藝術讚美有加，說：「詩意盎然」、「行文跡近詩化散文」[28]。〈下午茶〉這樣的描寫：「陽光像宋詞，空氣像唐詩，傘下的一家人，像莫內的畫。」[29]詩味醇厚。寫於一九八八年的〈照水〉，可說是詩味小說，幾乎是小品散文的精緻筆

28 王德威說：「他（劉大任）的作品上承五四感時憂國的精神，但絕不乏強烈的個人風格。蒼茫跌宕，詩意盎然，早已廣受好評。近作《晚風習習》恰為又一佳例。」見〈人際倫常中平淡簡練的人生思索——《晚風習習》〉，《中國時報》二十七版，一九九〇年一月。又說：「八〇中期以後，劉的作品越發蒼涼沉鬱，行文跡近詩化散文。」見〈秋陽似酒——保釣老將的小說〉，聯合報四十二版，一九九六年九月三十日。

29 見《劉大任袖珍小說選》頁一五九，皇冠出版社，一九九六年八月。

法。「我」跟一個「沒頭沒尾的朋友」「臨水」賞花，他說明「花季壓縮成一、兩個月。每年大地解凍，姹紫嫣紅，彷彿接力賽跑，簡直讓人喘不過氣來。」「姹紫嫣紅」套了成語，後頭就採用了明喻，活潑生動。眾花受暖流欺騙而「爭春」，「蓓蕾乍綻」，春雪後就萎靡不振，「還有夜霜暗布殺機」，於是「今年的花季，確實不很順利。」成為段落起結的類疊句式；另一方面，此句仍然烘襯了後文疊瓣垂櫻「照水」的迷人風姿：

池水不活，且有淡霧輕籠，看起來，因此更加濃郁。近岸處，滿池面靜靜浮著落花。柳樹般的萬千枝條間，還不斷有褪盡殘紅的細碎花瓣飛舞飄降。不知是樹頂灑下還是池水反射，總之，吃光一照，整個景象，的確痛快淋漓。[30]

這樣「落英繽紛」的花景，寫得細緻而有個人深入其境的獨到觀察。美好的小說，並不單單在賞花的描摹，而另有深層的探尋：曾經熱中於政治，那朋友有過一段不算短的政治生涯，二十年後，先後淡出，臨水照花，品味改了，「人有時會走回頭路的。」重複了兩次。人活

---

30 〈照水〉引文見《晚風習習》頁五十至五十八，洪範書店，一九九〇年一月。

著，究竟應當如何？

當年理念不同，「我」是親日派，他是親華派；如今賞花，倒了過來，「我深覺只有老梅椿暗合我的呼吸與脈搏，而他卻一面倒向了『開也盡興謝也盡興』的東洋名物。」有趣的是，花名各有反訓，「我」的老梅椿叫「富士山」，偏有日本風味；他的疊瓣垂櫻名叫「照水」，偏是中國風味。而兩人賞花的地點則是非日非中的美國。異國五月的陽光如此美好，朋友睡去，醒來已是晚霞滿天，本篇的結筆：「北國的晚霞也跟北國的春天一樣：難得盼來，但只要一來，便不可收拾。園門外的天邊，正有豪華的演出。」抒情描景，交織呈現，融合古典與現代，文白渾然貫暢，真能「狀難寫之景，如在目前」了。

〈照水〉的語言精鍊明切，華美而流暢，對話也精緻蘊藉，意境高遠，稱得上是詩味小說；而小說寫來段段精采，也是非常出色的散文小品。

結論

劉大任的短篇小說，不取法川端康成，而自言反有可能受《史記》、《聊齋》的影響。[31]

31 見《秋陽似酒》頁二二〇，後記：「有人提到川端的小說。我不懂日文，只得靠中、英翻譯生吞活剝。……不如在《史記》、《聊齋》之間徘徊。」洪範書店，一九八六年一月。

他不放棄寫實的性質，也許更接近《史記》。

綜觀劉大任的短篇小說，詩意的命題，義生文外，寓託遙深，蘊藉耐玩。意象經營，精緻的修辭，詩化鍊句，散文筆調，自成風格。美國遺少的親子關係，大多採行情境描摹；長輩承受的文革創傷，都採行鋪陳、懸宕、推理的筆法。從小說反映的一批美國遺少歷經愛國運動之後的何去何從，可以討論今昔襯比的手法；從幼童朦朧視點可以探掘人性潛藏的愛如何呈顯。學者們早已發現劉大任小說的詩意濃厚，最精緻華美而又流暢的詩味小說，莫過於〈照水〉了。

——「新世紀華文文學發展」國際學術研討會（元智大學主辦）論文，二〇〇一年五月十九日

略作節錄，二〇二二年十二月

小說名家作品精簡綜述
——司馬中原、楊念慈、白先勇、王文興

司馬中原（一九三三－）的小說

司馬中原曾經被劃定為書寫反共文學的軍中作家，他即使超過百部的作品在臺灣曾經長期熱銷，在大陸彼岸逃不過政治性的封鎖，不能風行；又因為七、八〇年代臺灣本土文學蓬勃興盛，他的作品便落入尷尬的境地。相對的，如果說他是民族性濃厚的鄉土作家，以他龐大的作品確實當之無愧，但不免太拘限了他的文學成就。齊邦媛教授歸類他的作品為史詩性、抒情性、鄉野傳聞，用來討論大體也還能適用。司馬中原寫作有非常漫長的摸索期，直到一九六二年，才以《荒原》奠定文壇獨特的地位，這本書歷經十年醞釀改寫，史詩性的映現時代，融合古典傳統、意識流、新感覺派的藝術技巧，是新寫實主義的呈現。他反對暴力，他為農民說話。他有意為多難的時代留存史詩。從他的筆名就能看出他很有抱負，具有使命感。他要學司馬遷「究天人之際」，想要「鐵肩擔道義」，書寫中原這塊中華民族重要活動場域的種種民

生疾苦、生存情境，他要以文學傳述歷史，他的大部分作品都在書寫他所熟知的人生百況，藉以寓寄個人的生命感喟。他的純抒情的作品，具有很濃郁的浪漫的詩意。散文中鄭明娳很讚賞〈黑陶〉的擬人自述，最家常的鄉野用品，材質、製作，樸拙「土氣」。一旦文明人編派，竟被添加許多額外說辭，但黑陶只想確定自己。這是寓言，是散文詩。詩化小說〈黎明列車〉蒙太奇超現實的新銳手法；〈童歌〉中「黑」的意象，他說：「黑是我生命的底色。」他承載著「生命的重量」，「用生命去丈量道路」，都是象徵性的語言，是詩性濃郁的句式。《靈語》中的〈鳥羽〉精緻優美，《綠楊村》書寫閨閣情懷，同是纖細柔美的浪漫抒情。他的抒情散文善寫一種人物造型，絕美柔弱、知書達理的薄命紅顏，像小說《綠楊村》姐妹造型的延伸。雄渾壯濶的史詩性小說，淒美、深情浪漫的抒情散文，兩種截然相異的風格他能隨緣運作，各自相宜。另一類數量龐大的鄉野傳聞，本質上就是鄉土文學。千頁的長篇《狂風沙》，寫出中國這民族無數的苦難和生存情境，既塑造神性的人物關東山，也把他納入厄運的基層人，讓他與百姓共同遭難，又再度昇華為有德者的英雄。時代的悲苦與人生運命的蒼涼，在他肯定人的存在價值，也意味著個體無法逃避的悲劇。他的小說抒寫的男女愛情往往深蘊而不露，〈沙窩子野鋪〉描摹一個錯失的情緣，〈阿桂姐和九斤兒〉相對無言的情愛，也得到緊急狀態才能突顯。《狂風沙》像《水滸傳》，英雄不談戀愛，甚至有厭女情結。鄉野傳聞系列堪稱通俗讀物，但敘寫特殊的文化俚俗、包含許多不堪的人性，迷信、意氣，卻又讓他又憐又愛的民族性；他突顯善良俠義，創造駝背老爹等闡揚王道精神、化戾氣致祥和的民間英雄。他善說故事，談神說鬼，有「秉燭夜譚」系列，《司馬中原鬼靈經》的序文〈用關愛的心進入萬物之心〉，最能道出他愛人及物（鬼），視鬼如人的寫作宗旨。王溢嘉認為司馬中原的靈異小說呈現了當代的集體意識與潛意識，所以我們別小看他的阿飄形影，它不僅可以研究中國的民族性，也提供了精神分析另一個面向的參考。

楊念慈（一九二二－二〇一五）的小說

楊念慈的寫作比較早，一九六〇年獲得文藝協會第一屆小說獎時，他已寫作十年，小有成就。他是文壇少有的文武全才，私塾舊學深厚，抗戰時期的流亡學生，西北師範學院肄業，又是中央軍校出身的軍官，無論前線、游擊隊、敵後，具有實戰經驗。從散文集《狂花滿樹》可以了解楊念慈豐富的山東莊園鄉野背景，《柳川小品》則有不少楊念慈的創作心法。他於一九四九年來臺三個月，便離開軍隊，靠筆耕克難生活，因此他說他不算軍中作家。他起先寫詩，寫散文，後來才全力寫起小說。一九六一年長篇小說《廢園舊事》在《文壇》連載，大受矚目，接著出書、中廣《小說選播》拍為電影，改名《雷堡風雲》，又拍為電視劇。《黑牛與白蛇》同樣風靡一時，而且還拍成難得的臺語電視劇。《廢園舊事》雖然有實戰經驗的融入，他認為不合適歸類為抗戰小說，或是反共小說。和《黑牛與白蛇》一樣，都是抒發個人感情的懷鄉憶舊作品。楊念慈的小說，詞彙豐富，語言生動靈活，偶爾混合一些方言，突顯特殊時地背景，有著濃厚的鄉土氣息。他常選採第一人稱敘述觀點，多少帶點自傳色彩，也便利經營複雜的情節，布置懸疑。《廢園舊事》、《巨靈》都透過一位年輕軍官生澀的視點，屢經猜測，逐步揭示驚人的真相。《廢園舊事》以抗戰末期的魯西為背景，年輕的軍官調查疑慮重重的命案，游擊隊中的家族網絡、主僕親情，確實是當代真實的社會結構。土八路的陰謀終究揭露，描繪大掌鞭和大酒簍的忠勇義士形象，正是楊念慈寫作的初衷；《巨靈》的魏老七，也是複雜、常出乎意料之外，因而情節也跟著撲朔迷離。他的人物抒寫多面到位，《黑牛與白蛇》中的白娘子，小蟠桃的視眼看去：「簡直就像瓷人兒一樣發光透亮」，再由眾人經不住她「那麼抬起眼角輕輕一撩」，就丟了銅錢，可以想像她的絕美驚艷。兒子被綁架，勒索槍枝彈藥非同尋常，意圖瓦解聯莊會的勢力。她和丈夫馬志標趕往匪窟營救，拿自己換回兒子，機智冷靜卻仍犧牲了；馬志標則沉穩追踪，以精準槍法殺敵報仇。《少年十五二十時》表哥、二扁頭、臭嘴、老鼠幾位少年的形象鮮明，映現天真純美的少年心性，抗敵、交換俘虜，無意中建立功勞，時代淬礪出英雄。《大地蒼茫》從劉氏兩代三人做主體敘述：以父親劉大成為主體的「土匪請醫」及家難、「土匪報恩」。小叔劉大德為主體的「革命軍北伐」及「冥婚」、「守望門寡」；以劉一民為主體的升學、教學報國。土匪乃逼上梁山，過後接受招安，抗敵保國，寫出人性的多變與良善的本質。小說在關鍵點有時交代可考有據的資料：陳爺爺在劉大德墳前慟哭，寫得驚天動地，附帶介紹「哭弔」的禮俗；說到陳二姑娘要守望門寡，順帶「說古」。他的〈捉妖〉、〈風雪桃花渡〉對人性的危疑曖昧，表現得淋漓盡致。家鄉曹州郜鼎集的種種，描敘起來就像鄉土傳奇。《陋巷之春》、《十姐妹》描寫外省人在臺灣的調適情形，《犁牛之子》則描寫臺灣農業政策改善生活，農家子弟因而積極奮進的故事。楊念慈有著以小說記史的深心，寄託家國情懷，描摹新舊交替的變遷，探討亂世中人如何安身立命？

白先勇（一九三七－）的小說

白先勇的小說長期受到歡迎和關注，他強烈的人道關懷、出身將門之後，同性戀的性向、創辦《現代文學》都有相當的關係。他的《臺北人》榮獲「經典三十」的榜首，他也在香港票選「世界傑出華人」中名列前茅。他的小說可以分四大階段：在臺大外文系時發表在《文學雜誌》、《現代文學》的〈金大奶〉、〈玉卿嫂〉、〈月夢〉、〈青春〉等，個人的主觀視察，對情感的渴求成為主要書寫；母親逝世，他出國留學，感到「蒼涼」又「茫然」，兩年後寫了

〈芝加哥之死〉，文學藝術大有進境。他冷靜而客觀的描寫人性，探討了中西文化夾縫之下留學生的奮鬥掙扎與生存窘境，吳漢魂的姓名充滿象徵的意涵。〈安樂鄉的一日〉依萍對美國文化的隔膜和落寞，兼含感慨和反諷。白先勇在愛荷華大學的「作家工作坊」研習切磋，落實小說技巧理論的運用，審美情趣的轉化，使他寫出令人驚艷的〈永遠的尹雪艷〉。起筆「尹雪艷總也不老」點出了尹雪艷的魔性和神性，象徵著命運對人性的考驗。他的《臺北人》長銷，歐陽子《王謝堂前的燕子》詳盡周密地討論過。大背景是憂患重重的時代，寄寓臺北的一批曾經輝煌過的大陸人，有著今昔之比，生死之謎，靈肉之爭，人物掙不脫命運的搬弄，充滿歷史的滄桑感。〈遊園驚夢〉拍過舞臺劇，《牡丹亭》的戲文、錢夫人內在意識的今昔交感，也正是《臺北人》許多故事的共同主題。《臺北人》英譯本就直譯為《遊園驚夢》。

白先勇出國後，除了寫「臺北人」系列小說，原來還有「紐約客」系列的〈謫仙記〉、〈謫仙怨〉。《臺北人》以〈國葬〉做總結，八年後，他發表了「紐約客」系列的〈夜曲〉，繼〈冬夜〉再度探觸知識分子的生存困境。四位留學紐約的好友吳振鐸、呂芳、高宗漢、劉偉各有理想，相約報國，呂芳等三人回國，遭遇文革大浩劫；吳振鐸在紐約成為心臟名醫，但婚姻失敗，熱情消散。吳、呂三十年後在美重逢，三人的慘況全由呂芳口中道出。七年後，〈骨灰〉仍以文革為觸點，勞改場父親死亡，骨灰尋覓不得，後因「我」即將去為美國公司訓練人才，骨灰找到了而且擬加平反。另寫兩位表兄弟政治立場相反，都曾熱愛國家，卻備受苦難，感喟「辛苦了一場，都白費了。」這是對時代和文化的控訴，也是極簡而切要的現代史，人性的悲劇。

一九八三年長篇《孽子》出版，《孽子》可以說是《臺北人》中〈滿天裡亮晶晶的星星〉的深化拓寫。根據心理學研究，同性戀者愛美少年，其實是對青春美好的眷念，果真是「血裡帶來的」。但在傳統家庭社會卻被視為異常、悖德。《孽子》主題複雜，不僅要探討人與人之間的關係，也試圖肯定父子之倫的關係。傅崇山這個人物的塑造，有意要藉由他做個引渡者，也做為父系的代表人來肯定孽子的存在價值。他嚴峻拒斥而痛失愛子之後，做了救贖，保護一群被放逐的孽子經營起安樂鄉，以人子身分重回社會。同性戀人可不可以平等自如的在社會和諧地生活？中篇〈Tea for Two〉描寫一對中西情侶東尼、大偉經營Tea for Two歡樂酒吧，連著Fairyland小餐廳，店員和顧客都是圈內人，中西搭配，而和諧歡樂。他們度過四十年幸福的生活。大瘟疫來了，一個早已中風，另一位染病了，他倆一起尋求安樂死。〈Danny Boy〉那位名校的模範老師，情緒失控離開教職，自我放逐到紐約，墮落而染病，自殺未成；經修女護士提點，因照顧愛滋病人Danny，心靈平靜下來，終能平和地面對病痛。這兩篇的人道關懷兼顧了世紀疫病大劫難，人物也拓廣賅括了世界性各色人種。

王文興（一九三九－）的小說

我們再談王文興的小說。他臺大外文系任教，主張細讀、慢讀，自己每天寫個一百字，希望讀者細細品味，每天兩小時讀個一千字就好。他早期的《十五篇小說》是現代主義風格，真誠摹寫人性的複雜，不惜揭露邪惡的本質。〈玩具手槍〉、〈黑衣〉書寫隱形的暴力；〈海濱聖母節〉原住民薩科洛舞獅還願，他舞得非常完美。完成任務之後，節慶的歡樂氣氛感染，他亢奮地繼續舞弄，終於力盡猝死。而「節慶終歸是節慶，依舊繼續進行。」以冷冽之筆收場。〈最快樂的事〉以自殺終結；〈生命的跡線〉中，早熟小五幼童以刀劃出延展命運的刻痕，都是令人聳動的取材。稍長的〈龍天樓〉描寫幾位太原保衛戰的將官士兵，十三年後在臺中一座山西酒樓聚餐，彼此報告逃離的患難經過，慘痛不堪。這篇是作者獨特具有史詩性質的反共文學。〈母親〉精神衰弱多病的母親憂傷、神經質，好奇好動的幼童禁不住健美少婦的吸引。為了讓讀者慢品細讀，這短篇一九六〇年五月發表在《現代文學》第二期已嘗試採取空格來中止斷句。

王文興著有三部長篇《家變》、《背海的人》上下冊、《剪翼史》。最引人注意的是從一九七二年《家變》開始，直至二〇一六年《翦翼史》出版，四十幾年始終如一，他堅持一套獨特的表達形式。他採用非體制的語言試圖精確的摹擬，使讀者和批評家焦慮不安。多年來《家變》等篇的特異書寫已得到深入理解和闡發：大量使用標點、空格或破折號來強迫斷句。把中文字寫成注音符號，或用黑體字、或加線，或字體放大來創造小說的空間或表達情緒。故意換字，自造新詞，造就特殊的情境。一九九九年《家變》被選為臺灣經典三十之一，《家變》、《背海的人》已有英、法譯本。其實，王文興熟悉西方小說，他的創作和西方經典化的現代小說有會通之處，王德威、王安琪的論文指出：從巴赫汀的嘉年華文學及曼氏諷刺諧謔的理論可以摸索到門徑。《家變》父親離家出走、兩年尋人不獲的情節，交錯呈現家庭夫妻、父子、母子、兄弟相處的矛盾衝突。范曄逆父、棄父，他卻是相貌習性酷肖父親曾經是孺慕依賴的孩子。藉范曄的成長、家庭紛擾、社會變遷，呈現中國傳統生活方式和價值觀受到西方文化文明的衝擊、變異。《背海的人》自稱「爺」的國軍退役中年男子是社會邊緣人，爺本身就是個大大的矛盾。江郎才盡，又傲骨難馴；時而正經八百，時而貧嘴滑舌。「爺」的獨白與自我（或隱形的說話對象）對話、嘲謔兼自嘲，呈現外在世界的世態炎涼。「爺」人窮志窮，在但求溫飽和提升性靈之間妥協，爺的內心世界又卑又亢。爺對傳統不屑，對權威不齒，長篇大論揶揄經典，他詬病社會現象，自己也是詬病的對象。全書在爺的高談闊論振振有詞中充滿了各種反諷。《背海的人》迂迴散漫，顛覆文字功能，打破成規，挑戰形式，但也亦莊亦諧，諷刺戲謔，自嘲嘲人，充滿機智幽默。二〇一六年王文興推出新的長篇《剪翼史》，仍然做了語言的解體與重建。《剪翼史》深刻描寫一位與現實脫節的老式知識分子困頓的下半生。極其獨特的，在書末結尾，他用了新創的標點符號，極短的兩撇，就像「他走出了校門」的一雙足印，很耐品味。由於注重音韻與視覺的美感，他建議要以類似讀劇、反覆咀嚼閱讀的方式，跟著作者的節奏走。《剪翼史》大學中文系教授賀宗成困頓不得志，不論是工作或婚姻，身體病苦、精神寄託都受到極大衝擊，最後被校方評為「不適任」而遣散，書名《剪翼史》直接投射知識份子有志難伸的處境。但王文興「剪翼」二字影射的內涵，更大目的是要回到生命本質的困境。慢讀細品，可以獲得更多的體會。

——文訊資料中心演講，二〇二一年九月十八日

鍾靈毓秀，再現華采

——林黛嫚的《華嚴小說新論》

一九九一年七月六日，小說家、專欄名家彭歌在《聯合報》「三三草」專欄發表了短文〈《洗澡》〉，評介錢鍾書夫人楊絳的長篇小說《洗澡》[1]。這是一部以五〇年代為背景、三十年後寫成的小說，描寫形形色色的知識分子，經歷「大鳴大放」、「三反五改」的政治衝擊，有如「洗三溫暖」，雅稱之為「洗澡」，其實就是「洗腦」。彭歌拿「洗澡」（洗腦）和其後的「文革」相比，把錢鍾書的名作《圍城》也拿來比較，評定：同樣是寫知識分子之可憐，《洗澡》更寫實些，有比錢鍾書更高的勇氣和特立獨行的風格。彭歌也拿蕭乾夫人文潔若和巴金的夫人蕭珊來比論，認為文潔若的自傳更富啟發性，蕭珊如果能活過了「文革」而來寫作，一定勝過巴金老人（巴金的《隨想錄》正是文革的感懷）。這樣推述之後，彭歌竟脫口讚

[1] 彭歌〈《洗澡》〉，收入《三三草》（聯經出版公司，一九九四年十月），頁一〇五－一〇七。

美：「天地間鍾靈毓秀，盡在女身。」[2]彭歌的讚美，未必盡指天下女性都真的如何了得，卻讓人欣喜。他肯定女子的才華，確信若能得所發揮，往往能大綻光彩，勝過久負盛名的男子。人們多數知道錢鍾書、蕭乾、巴金是聲名響亮的重要文學家，卻不知道他們身邊的親密女人也是個中高手，一旦動筆，就更見精采。

一九四九年以後，在臺灣文學史上大異於往昔的一大特色，就是女作家輩出，而且許多位都有亮麗的成果。許多被文學史學者論列的女作家固然都有其傑出的創作，也有由於某些因素而聊附驥尾，或被主流論述「稍受冷落」[3]的作家，她們的作品會不會因為周遭有著炫目的光采就不期然而然地被遮掩了？試想：錢鍾書、蕭乾、巴金的文名遠遠在楊絳、文潔若、蕭珊之上，然而細讀楊絳、文潔若、蕭珊的作品，又不能不承認她們的才氣不僅不遜不差，作品還有可能更為出色。文學史的長河滔滔，如今已有定論的是：當年若不是夏志清撰述大文，推介張愛玲的作品，影響了現代文學史的批評，眾多後起之秀的學術與創作或多或少都受到張愛玲的

---

[2] 參見李瑞騰〈彭歌的文學主張〉，《〔臺灣現當代作家研究資料彙編〕71彭歌》（臺灣文學館，二〇一五年十二月），頁三六八。

[3] 夏志清〈志士孤兒多苦心——彭歌的小說〉，曾用「稍受冷落的小說家」做第一個小標題。文見《夏志清文學評論集》（聯合文學雜誌社，一九八七年六月），頁一九九－二三四。

影響[4]，原本的文學史視野會是如何呢？我們的臺灣文學史主流論述或者難免概約粗略，或者真有遺珠之憾。這樣的思考必定是得自於對現代文學史廣泛的關切，以及細部的深究，林黛嫚的《華嚴小說新論》大抵也是出於這樣的文學關懷。

很歆羨林黛嫚在十七歲的少年時代，就參加「第一屆全國學生文學獎」，榮獲高中組散文佳作，獲得「國家文化藝術基金會」贈送的一箱一百本的當代名家的傑作，這比起豐厚的獎金更具有意義。這百本書滋潤、培成了小作家後來的創作，並隱隱然潛蘊、開啟了多年後的學術研究。由於曾有個人散文、小說的創作歷練，林黛嫚的華嚴小說研究，便能以清暢的文筆，道盡華嚴小說創作的主題、結構、情節與繁富、曲折。《華嚴小說新論》原是博士論文修潤而來，基本的架構具足，鋪陳、闡述無不細探原妥。對於現代臺灣文學史撰述的過濾，五〇、六〇年代的臺灣文學發展概述，同時期女作家代表作品的分析，雖是繁瑣，卻是不得不爾，有其必要。不如此先做周邊的研究，無法展開對華嚴其人其文的全面觀察與理解；進一步，也才能推入全書的主體論述，而能有所發現，得出一些嶄新的結論。

4 王德威〈從「海派」到「張派」——張愛玲小說的淵源與傳承〉一文後半有詳細的論述，見《如何現代，怎樣文學》（麥田出版公司，一九九八年十月），頁三二六—三三四。

從這本《華嚴小說新論》的論析，我們知道：華嚴二十四本作品確實具有個人非凡獨特的風格。一九六一年三月，華嚴以成熟穩健的步調登上文壇，《智慧的燈》在《大華晚報・副刊》連載一百二十天，中國廣播公司同步播出連續劇，大受歡迎；四個月後由文星書局出版單行本，短時間內連刷七次。這樣的熱銷、暢銷背後，是她多次易稿，融入了上海繁華、個人亂離的經驗。她是嚴復的孫女，母親出自板橋林家，大時代變遷，卻讓人不由自主，而又不能不自主。她一向有寫日記的習慣，大學日記四大本成為她寫作的靈感來源。她求新求變，兩年後構思《生命的樂章》，完全不同的筆法，以悲憫寫出慘酷的故事。她的小說不只言情，其他主題的意涵豐富，她對於人生有更為深廣的觀照。比較合宜的比論，她的小說該列為世情小說。一般文學史論述對女性作家有些偏見，「最能映照『時代性』和『社會性』的家庭倫理及男女關係，只是男性批評家們眼中的瑣事。」[5]批評家認為女性作家書寫的不過是身邊瑣事，沒有什麼價值可言。撇開這些論述的迷障，我們可以直接依據文本來觀察：這些「瑣事」正是人生「大事」，富涵哲理，具體反映真實人生的橫切面，可以映現社會環境與時代背景。我一直確信，潘人木敘描小家庭生活林林總總的《哀樂小天地》，那些短篇裡寫的「瑣事」精

[5] 范銘如〈台灣新故鄉——五〇年代女性小說〉，《眾裡尋她——台灣女性小說縱論》（麥田出版公司，二〇〇二年三月），頁十七。

采靈動，妙趣無窮；那是五〇、六〇年代的臺北生活寫真，也是臺灣鄉土寫實小說。比起她聞名的代表作《蓮漪表妹》風格不同，藝術造詣卻毫不遜色[6]。若論映現人生，描摹人物，《哀樂小天地》可能更為寫實，更為逼真；然而文學史大都把它忽略了。華嚴也寫這類「瑣事」／「大事」。她寫愛情、婚姻、親情，寫得複雜糾葛、曲折婉轉，而盡在情理之中。她寫出了人情練達，婚姻不盡完美，怨而仍偶者所在多有，即使是婚外情，也能寫得讓人理解與同情。最關鍵的是，人世浮沉，不論好壞，都是自我的抉擇，她筆下的人物，大多能自我承擔人生的苦或樂、幸或不幸。她具有強烈的倫理觀，小說能否自成格局，不受拘限而流於營造「道德幻境」[7]？她的小說也經得起檢視。

華嚴的小說，不僅鋪寫多樣的題材、人物、情節，寓託深刻；她也嘗試不同體裁的形式，撰寫各類型的故事。除了通常的敘事散文，她還寫過日記體、書信體、對話體。對話體的小說難度高，她卻一再嘗試，長篇《神仙眷屬》、《不是冤家》、《兄和弟》、《出牆紅杏》四部

---

6 參閱張素貞〈五、六〇年代潘人木小說面面觀〉（「戰後初期臺灣文學與思潮國際學術研討會」論文，東海大學中國文學系主辦，二〇〇三年十一月二十九日。），《戰後初期臺灣文學與思潮論文集》（文津出版社，二〇〇五年一月），頁五四七－五八二。

7 戴安成曾撰述〈寓道德幻境於框套故事中〉，見《華嚴文學創作論文集》（躍昇文化公司，二〇〇七年）。

之外，《華嚴短篇小說集》中還有九篇對話體的短篇小說。單就這種囿限極大、書寫不易的寫作形式來說，華嚴的諸多創作，竟在一九八三、一九九三、一九九四、二〇〇一、二〇〇六年陸續出版，尤其集中在她寫作的晚期，可見她是把這類特殊的寫作形式視為一種既精又準的蘊藉表達模式了。從不畏艱難，勇於嘗試，不斷使用特殊體裁的形式來創作這一點看來，華嚴在臺灣小說家中可說是獨一無二的。

一時代有一時代的文學，人們習於這樣理解。但文學也是永恆的。時代風潮，推波助瀾，其間的流轉衍化，其實也未必能截然切割劃一的。譬如：慣常說唐詩、宋詞、元曲、明清小說，何嘗不是唐代也有詞，宋代也有詩？明代白話小說已經相當普遍了，清代仍出現經典的文言小說《聊齋志異》。所以，不論六〇年代現代主義盛行，許多像華嚴一樣依然走寫實主義路線的作家仍有他們寫作的意義，並不影響她交出亮麗的成績。華嚴的小說也曾燦爛耀眼，她持續創作，直到近年。鍾靈毓秀，作家的培成，泰半得自天地化育；《華嚴小說新論》揭開了序幕，且讓華嚴的小說再現華采。

——《華嚴小說新論》推薦序，國家出版社，二〇一六年七月

《文訊》第三六九期，二〇一六年七月

《聊齋志異・細柳》
——慧女不如呆漢？

清代的文學，總集前代之大成，小說當道，原來白話長篇章回小說的發展絢麗耀眼；相對的，文言短篇小說經過元、明兩代的沉寂，十七世紀末才有《聊齋志異》的誕生。在整體小說通往長篇章回白話語體的洪流中，蒲松齡（一六四〇－一七一五）專意寫短篇，不是流行的才子佳人白話短篇，而是別樹一格的唯美文言短篇。

蒲松齡出生第五年明朝就滅亡了，一生困頓，懷才不遇，只做過短暫的幕僚工作，三、四十年長期做著督課蒙童的家庭教師。後代的學者都認可《聊齋志異》締造了我國古代文言短篇小說的最高成就，是作者畢生心血的結晶，也是他的「孤憤」之作。他用相當華麗的文筆來講述故事，人們甚至特愛書中許多花妖、狐狸精、鬼魅、精怪、神仙的情節。他書寫不少鬼、狐、神、怪，卻能兼顧物性而各自加以人格化，有時還刻意以物來影射人，他的超現實，常常是直指現實人生的世態人情，寓涵非常豐富的弦外之音。話雖如此，《聊齋志異》其實題材廣泛，內容豐富，不牽涉超現實的各種描摹、直接鋪描現實人生百態的篇目也所在多有，其中曲折婉轉，令人讀來感慨萬千的不在少數，〈細柳〉就是個中翹楚。

《聊齋志異・細柳》鋪寫的是一位賢德美慧的女子相夫教子、畢生與命運搏鬥的故事。因為外型動人，尤其纖腰長而細，婀娜可愛，所以人們叫她「細柳」。古代女子受教育的機遇有限，細柳生長在士人家庭，運氣不錯，父親讓她讀書，她不僅知書，還對命理頗有研究。她平日沉默寡言，很少評議人好人壞，但只要有人來談論親事的，一定要求讓她窺看對方，已看過許多人，卻都不贊同，而她也已十九歲了。父親發怒了，她說：「我實在想看看能不能人定勝天，但這麼久了都沒有好對象，這也是我的命啊！從今以後，聽從父母之命就是了。」

一、賢妻：天數已定沒奈何！慧女不如呆漢？

細柳懂得相人之術，她其實很想好好挑個合適的人選做丈夫，過幸福美滿的生活；但年華消逝，父親沒法容忍她就快成為老姑娘，只好依照常規聽從父母之命，以往的努力算是完全白費。她嫁給高生，夫妻情感很好。高生有個前妻生的兒子長福，才五歲，她盡心撫養，體貼周到，每次她要回娘家，長福就哭著要跟，責罵驅趕都不肯走。一年多以後，細柳生了一個兒子，取名「長怙」，她回答高生說命名的意義是：「但望其長依膝下耳。」無父何怙？但願能長久依偎膝下承歡，這裡已預伏線索。細柳不同於一般女子留意女紅，而對於多少田畝，課徵多少稅，依據簿冊詢問理解，唯恐不夠詳盡。後來自己要求替丈夫當家，半年下來，井井有條，高生也讚許她賢能。有一天，高生前往鄰村飲酒，剛巧有追索欠稅的人來拍門詬罵，細柳差了僕人去安撫，那人就是不肯離開。於是她派家僮去請高生回來。高生把那人打發走後，笑著說：「細柳，今始知慧女不若癡漢耶？」她聽了這話，低著頭哭了起來，把高生都嚇壞了，安慰許久，仍一直悶悶不樂。真悲哀呀！恨不生為男兒身！社會環境不給聰慧的女子機會，女人不能自己決定未來，女人不能拋頭露面，女人，尤其士人家中的女人絕對不能跟蠻橫的粗人應對，更別說陪笑臉哀求或打發。生為女人，再聰明也抵不過一個呆漢！

高生不忍她管家勞苦，但她仍堅持不放手，早起晚睡，辛苦經營。記取被催租的痛苦教訓，每先一年，就儲備好來年的租賦，經年不再有屈辱的事發生；以此類推，去計較衣食用度，倒也因此家用漸漸寬紓。高生大樂，曾戲說一段話，而細柳也適切地回應：

細柳何細哉：眉細、腰細、凌波細，且喜心思更細。

高郎誠高矣：品高、志高、文字高，但願壽數尤高。

多麼美麗而又工穩的對偶聯句。細柳的步姿，高生的文才，這樣品貌相當、文思敏捷而又相愛相得的夫妻，多麼令人讚羨！可是細柳的心事又再一次微露端倪，希望高生長壽！她不惜籌款預購一副好壽材，遇有富家願以雙倍鉅資轉贖，她都不肯讓，丈夫多問一句，她已淚光閃閃。又過一年，高生二十五歲，她禁止他遠遊，回家稍晚，家中大小僕僮就一再招請，絡繹於途，因此被朋友們嘲笑。有一天，高生和朋友喝酒，覺得身子不舒服而回家，中途掉下馬來死了。那時正值酷熱天，幸而衣物壽材都早已備好，里中人這才共同佩服細柳有遠慮有智慧。照這樣看來，細柳可能預知高生短命，所以為他分勞管家，為兒子取名長怙，預購壽材，拘管高生的遊樂……一邊做，一邊心裡充滿哀戚。能做的都做了，可是天數已定，姻緣路上，福薄緣淺，奈何自己的命運注定少年守寡！

二、嚴母：人定亦能勝天。苦其心志，勞其筋骨

少年守寡的細柳沒有時間悲傷，沒有權利沮喪，毅然扛起家計和單親教育兩個兒子的重任。長福十歲才開蒙不久，父親過世以後就撒嬌怠惰，不肯好好讀書，動輒溜去跟牧童玩，責罵、體罰鞭打，都不悔改。細柳喚他來教訓：既不讀書，也不勉強你。但我們貧窮家庭沒有閒蕩的人，就換衣服跟僕人一同工作。於是讓他穿破棉衣牧養豬隻，回來就自己拿陶碗和僕人一起吃粥飯。幾天下來，長福受不了，在庭前跪哭，希望仍舊讀書。細柳轉身向著牆壁，不理

他；他只好拿了牧豬的長鞭啜泣著走出去。殘秋天寒，長福沒有好衣服，腳上沒有鞋子，冒著冷雨，縮著脖子，簡直跟乞丐一樣。里中人見了可憐他，凡是續絃的人都引以為戒，細柳略有所聞，毫不在意。長福受不了苦，丟下豬隻逃走，她也任由他去，不加追問。過了幾個月，長福乞討度日憔悴不堪，無處可去，自己回來了，不敢突然進門，哀求鄰家老婆婆去向母親表白，細柳說：「如果能忍受一百杖家法，就來見我；不然，趁早走開。」長福聽了急忙進入，痛哭說願受杖罰。問他現在知道悔改了嗎？既然知道悔改，不須杖責，可以安分牧養豬隻，若再犯過，絕不寬宥。長福放聲大哭，願意受杖罰，請讓他再讀書。細柳不答應，鄰家老婆婆幫忙勸說，她才接納長福。給他沐浴，換了衣服，讓他跟弟弟同拜一位老師攻讀。長福從此勤讀敏思，和以往大不相同。三年之後中了秀才，當時縣令楊公看了他的文章很器重他，按月撥了廩俸，資助他夜讀燈火的開銷。

細柳面對嬌惰的隔腹兒，使出了非常手段。讓他做苦役，殘秋無衣無履，簡直像黑心的繼母虐待前生子，所以蒲松齡「異史氏曰」有閔子騫蘆花為衣的譬解。孩子逃家，她也不管；等他受盡乞食之苦回來，還恐嚇要杖責一百；真進門了，知道確實悔改，就免了杖責，但又故意先安排牧豬的雜役。這樣層層逼進，終於長福要求再讀書，這才達到細柳苦心積慮的目的。細柳對隔腹兒的誘導，表面冷酷，其實最不容易。她儘可以做好人，任由長福墮落而不管，但她選擇輾轉磨練他，寧願被誤解，蒙惡名，背地裡不知偷偷流了多少淚水，幸好終於有了好結果。

她另一波的人生考驗還在於親生子長怙不肯受教。長怙不愛讀書，讀了好幾年，也記不了多少姓名。細柳讓他做農事，他遊手好閒怕吃苦，母親杖責，逼他領著奴僕耕作，哪天起得晚，就詬罵；衣服飲食凡有好的都先給讀書的哥哥。長怙不滿也不敢抱怨。農閒時，細柳出錢讓他出外學做生意，長怙沉迷賭博，輸光了，騙說運氣不好遇到盜賊，細柳知道了，狠狠杖責，差點打死，長福跪求代弟受杖，細柳怒氣才紓解。從此長怙一出門，細柳就派人探察，他不得不收斂。有一天，他向母親請求跟隨一些商人去洛陽，想借機會痛快遠遊，怕母親不應允。沒想到細柳毫不疑慮，拿出碎銀三十兩，為他整理行囊，又拿了一塊金條給他，交代說是祖父做官時留下的，不能用掉，姑且用來壓箱，以備急用。初學做生意，不敢期望你能賺多大的利潤，三十兩銀不要虧損就夠了。長怙到了洛陽，住進名娼李姬家，一住十幾天，錢用得差不多了，自以為還有金條在行囊裡，也不在乎，等拿來切割，才發現是假的。老鴇看了，就冷言諷刺，還報官。不久，有兩人拿繩索進來，把長怙抓走，關進大牢；沒有錢打點，受盡虐待。細柳這邊，在長怙出發後，早交代長福二十日後提醒她有事差遣。這時細柳感歎哭泣，說起長怙現在的浮蕩，就如同當日長福的荒廢學業，自己若是不冒惡名，長福哪能悔改奮發向上？於是長福趕去洛陽，弟弟已被逮捕三天了，面目像鬼，見了哥哥，流著淚抬不起頭。由於長福被縣令賞識，又是聞名的秀才，長怙就被釋放了。回家以後，膝行而前，哭泣不敢出聲，長福也一同跪下。從此以後痛心悔改，家務勤勉經理，即使偶爾怠惰，母親也並不呵責。一切終於上軌道了，細柳並不是苛刻的母親。幾個月來，母親不談做生意的事，長怙不敢請求，透過哥哥轉達；細柳高興，盡力籌錢給他，半年就賺了好幾倍利潤。這一年長福傳捷報中了舉人，又過三年中了進士；而弟弟做生意已經累積上萬銀兩了。有人窺見過太夫人細柳，四十歲了，看起來還像三十出頭，而衣著妝扮很樸素，像一般常見的婦人。

細柳苦心教育兩個兒子，真是實踐了孟子的「苦其心志，勞其筋骨，餓其體膚。」她賢德，對隔腹兒、親生子並沒有差別待遇，只是針對性情稟賦而因勢利導，藉著挫折、磨練來堅定孩子的心志，終究一貴一富，顯現細柳過人的智慧。她的賢妻角色，因為天數命定，成就受限，福緣淺薄，徒呼奈何！但她的賢母角色，因著智慧考驗與愛心引導，是完滿成功，足見人定亦可勝天。誰能說慧女不如呆漢？

——《中國語文》第六三三期，二〇一〇年三月

旋乾轉坤，變丑為生
——魯迅〈孔乙己〉的越劇改編

一、微型小說擴編為整齣越劇，變丑為生

孔乙己這位魯迅（一八八一－一九三六）筆下的文學人物，雖然只是出自二七二五字的微型短篇小說，但形象已經相當具體而明晰：一個封建舊社會的知識分子，在遭逢科舉廢除，時代遽變之後，生存在新舊夾縫之中，難以調適，也無從發展，成為社會邊緣的人物，勉強苟全生命，幾乎無法生存。

孔乙己是個可有可無的人物：「孔乙己是這樣的使人快活，可是沒有他，別人也便這麼過。」他堅持也珍惜自己知識分子的身分，在咸亨酒店喝酒，因為窮，只能跟著短衣幫靠櫃檯外站著喝，不能上雅座坐著喝。可是他又捨不得脫掉長衫，總認為自己不同於那些穿短衣賣苦力的人。他未考取秀才，可有點學問，所以跟小孩子賣弄回字有四個寫法。他滿口之乎者也，不免窮酸氣；字寫得好，可以為人抄書賺點錢糊口；卻難免要偷書，受到責罰，青白的臉上常

帶著傷痕，最後被丁舉人打折了腿。他有時賒賬買酒，大致有錢就還，不失為有信譽的人。酒店裡人們取笑他，連十幾歲的小伙計也瞧不起他，這是個有人格缺陷，卻又令人同情的小人物，因為苟且猥瑣，充其量不過是個丑角。

二三千字的小說〈孔乙己〉改編為一百二十七分鐘長的越劇，由越劇名伶茅威濤領銜主演，一九九九年在浙江電視臺播出。小說場景魯鎮的咸亨酒店，自有紹興的特殊風土，改編為越劇天經地義，可以大肆發揮。即使是歌唱比較耗時，原來三千字不到的篇幅絕對不夠用，所以編劇者加入了很多資料。首先，我們注意到：孔乙己只不過是個可憐的小人物，做為主角不夠動人，因此從人物性格塑造上就得再加工，讓他更有深度，也更複雜，小說人物的個性越繁富多面，越像真人，也越能獲得觀眾的共鳴。於是編劇把孔乙己轉為生角，在他身上加入了傳統落魄書生的特質，飽讀詩書，頗有才華，眼看科舉有望；卻逢廢科舉……其次，越劇添加許多資料，增添許多人物，成為熱鬧的歌劇，可以說因應戲劇表演大眾化的需要，非得如此不可。

二、從魯迅其他小說補綴編造

想要把微型小說延展為綜合藝術的整齣越劇，勢必得增補資料，可也不能任憑想像天馬行空隨意添加。最好的辦法是從魯迅自己的小說中抽取變造融入。我們看到：〈藥〉中開茶館的華老栓夫婦及兒子華小栓，都變成酒店的跑堂；還有康大叔、紅眼睛阿義，更重要的還有革命烈士夏瑜，本來和孔乙己毫不相干的，全部都登臺亮相。小說固有的情節——用人血饅頭治療癆病——也還保留，等於是把兩篇小說組合在一起。更特殊的是：旋乾轉坤，夏瑜這個角色也許是迎合觀眾的好奇與需求，轉變成為女角。當然，研究魯迅小說的學者早有共識，魯迅是有意拿夏瑜的角色影射壯烈成仁的革命女烈士秋瑾的。你看秋瑾不就是在紹興古軒亭口被斬首的？秋和夏不過是季節的更換，瑜和瑾都是美玉。現在越劇要穿插一些女角，正好把夏瑜安排為革命女烈士，吸引力大，震撼性強。另外，越劇也添加一些魯迅小說沒有的角色，半瘋子一角，應該來自〈藥〉裡頭茶館中的茶客。他不能理解夏瑜這樣的革命黨為什麼冒生命的危險，要革命，還勸牢頭造反？嘴裡嘀咕著：瘋了。編劇就據此編造了半瘋子這個角色，並且在重要關頭付與他重要的任務，使「瘋」字成為反諷，半瘋子變成莊嚴的高華人物，而不僅僅是丑角，這是相當成功的塑型。其次，〈明天〉中的藍皮阿五及紅鼻子老拱，是咸亨酒店的長客，有同樣的場景——咸亨酒店，越劇把他們列為酒客，非常自然。以上提及的這些篇目都收在《吶喊》小說集中，而《徬徨》小說集裡也有一篇的情節被抽換到越劇裡。〈肥皀〉中，四銘上街，遇到兩個女乞丐討飯，十八、九歲的姑娘照顧瞎眼的老祖母，一些無賴調戲那姑娘，說：「你不要看得這貨色髒，你只要去買兩塊肥皂來，咯支咯支遍身洗一洗，好得很哩！」四銘的心理受到微妙的觸動，挑了又挑，買了一塊香皀回家送給太太。越劇把女乞丐擺進來，還設計有妓院強迫她做娼妓，她逃到孔乙己寄宿的丁家祠堂（這也是增飾的處所，有點像〈阿Q正傳〉阿Q住土穀祠；不知為何不是孔家祠堂？）。孔乙己用智慧騙走壞人，女乞丐想託付終身，孔乙己怕誤了人家，送她自己僅有的另一件長衫，把扇子也給她，勸她女扮男裝，逃命去。〈阿Q正傳〉中有位討人厭的洋鬼子錢大少爺，不僅阿Q煩他，讀者也不喜歡這個角色。但在越劇〈孔乙己〉中，錢大少爺仍是西裝革履，卻是夏瑜留日的朋友，同情革命，努力想協助夏瑜逃命。至於反派人物，除了丁舉人，又增加他的兒子丁大少爺做為舊傳統勢力的代表人物。在女角方面，再憑空塑造一位女藝人，接受孔乙己轉贈夏瑜題詩的扇子，含有革命傳承的意味。

三、越劇的四部曲布局

越劇分春、夏、秋、冬四個單元。春，強調了孔乙己的才華，以及他在咸亨酒店的分量，他不來，人們就記掛他。才華從做對聯展現。他的對聯被掛在雅座前，特別受到重視；鄉人長輩也看好孔乙己的大才，可惜竟廢了科舉，他的生路斷了。當然，人們仍然開他的玩笑，嘲諷他偶爾要賒錢買酒，小說最終，孔乙己生死未卜，酒店的粉板還記著他欠十九文。越劇中便有人作弄他，做這樣的對聯：

孔乙己，欠酒錢，十九文；
孟老二，賣油條，兩三根。

錢大少爺又續上兩句，成為：

孔乙己，欠酒錢，十九文；少唸些，之乎者也。
孟老二，賣油條，兩三根；要學些，ABCD。

這些文字遊戲，在戲劇中無疑增添了許多趣味。「孟老二」顯然是針對「孔乙己」拼湊出來的人物，「孔」、「孟」相對仗，有個孟老二賣油條，像老舍的《茶館》，很有市井風味。

夏瑜登場，來咸亨酒店，是夏，煥發著鑑湖女俠的英氣。一手執扇，讓孔乙己乍看，還以為是女乞丐學成歸來了。她的扇面題詩是：「風雲際會有巾幗，淚眼神州嘆陸沉。」她也在咸亭酒店題詩：「酒醉了的中國，炮打國門也喚不醒；詩化成之歷史，血灑長街都研成墨。」這是改良式的新詩，革命精神，悲壯憤慨。難為孔乙己這個舊式書生能細細品玩，並不苛求，只覺得平仄還有待推敲。

秋，表演的是秋決，安排了比較盛大的賽會，附帶砍人頭。這該是戲劇為求壯大場面而改編，也有冷熱映襯的效果，而以賽會登場。斬人頭在小說是虛寫，越劇亦然，但同樣烘襯出沉肅的氣氛。之前，丁大少爺根據密報去咸亨酒店抓亂黨，結果抓來半瘋子充數；孔乙己在丁舉人家抄書，因愛書，忍不住又偷書，被打斷腿；聽說夏瑜將被捉處決，趕緊寫了便條，正好半瘋子掙脫了紅眼睛阿義的手銬，就託半瘋子送信，讓夏瑜逃走。半瘋子喝得醉醺醺地，讓觀眾提心吊膽，很有懸疑的效果。後來錢大少爺告訴孔乙己，半瘋子雖又跑去喝酒，醉得不醒人事，但他把信送到了；只是夏瑜不肯走，錢大少爺苦勸也沒用，她作了四句詩：

> 頭作中流砥柱石，血為共和染旗紅，
> 一死抗爭喚民眾，莫教杜鵑泣鬼雄。

編劇把夏瑜寫成殉道的女英雄，可以不死而仍堅持理念犧牲生命，這樣情節頗具有古希臘的悲劇精神，雄渾悲壯，卻由女主角來傳達，更震撼人心。錢大少爺傳話，夏瑜交代把扇子送給孔乙己。

冬天，「冷煞哉！」孔乙己拿書換錢，人家嫌：「破書燒火不旺，包豆都齷齪。」他感嘆：「廢科舉折了腰，做不成舉子；左顧右盼，斷了路子；東倒西歪，成了瘸子；阮囊空空，沒一個銅子；孤身瑟瑟，像散了架子；挑不了擔子，種不了穀子；教不成孺子，寫不得狀子；枉為你孔老夫子末代弟子！」這段口白越說越快，「子」字類疊，情緒越來越激動，孔乙己的困境完全展現無遺。

他又發議論，憤憤不平：「千年宏論，不過是賣賣關子；萬世師表，只剩下一塊靈位牌子；在朝用來裝裝面子，在野就要耍耍嘴皮子；孔子荀子孟子朱子老子墨子莊子列子韓非子淮南子（按：排序有些凌亂，可能為了順口而更動），我供奉爾等一輩子，你們本是我的命根子哪！」這些臺詞，仍是「子」字類疊，激出些許懷才不遇的憤世不滿，流露一些對傳統的批判，表達了清末文人在科考廢除之後無所適從、不能著力的徬徨痛苦。

另一舞臺，華小栓吃了人血饅頭，仍然吐血，保不住性命，母親哭號，酒客覺得酒都不對味了。

女角色在戲劇中穿插安排，別有趣味。編劇又無中生有加了女戲子，讓孔乙己和她唱對手戲：孔乙己手執扇子，讚嘆夏瑜是：「人中奇才，女中豪俠。」孔乙己將玉扇轉贈給來咸亨酒店雅座獻唱正要離去的戲子．說自己：「蜉蝣人生，不能藏其珍；羸弱之軀，不能擔其重。」那扇子上的風雲，「上接千年青史，下啟萬鈞雷霆。」他敬酒，女戲子發現是空杯，他其實夠窮，哪有錢買酒？卻說：「杯中空空，裝滿了我一生潦倒一世窮，一點清醒無奈中。滿杯醉意何須酒？願君領情一飲空。」他跪贈扇子，鄭重道謝。然後回到咸亨酒店討酒喝，因為他有詩興，卻難為酒家掌櫃了，掌櫃被塑造成愛才又重情。他既不肯脫下長袍換酒，又不能做苦力，孔老夫子又不能替他付帳，最後，他願意為大家唱曲。把個人憂心感慨全寄託其中：「盡化為百丈龍湫千年愁，瀉入鑑湖釀成酒。」歸結到咸亨掌櫃愛聽的：「大家剩下的只有酒了。」雅座中有人開口讚賞，要孔乙己進去唱曲，然而，孔乙己還沒踏進雅座，已經醉翻了。這時，半瘋子進場，「落雪了！」他叨念著：「白的雪，紅的血……！」又聯繫到以秋瑾為原型的夏瑜為革命而犧牲。

四、越劇是另一種綜合藝術的創造

唐人白行簡的傳奇〈李娃傳〉中的鄭生在鳴珂曲大肆揮霍之後，原本赴京趕考的大筆金錢全耗光，把書童也賣了，被李娃和老鴇設計遺棄，輾轉流落，就在殯葬社為人唱哀歌，被父親發現，打得一命嗚呼！這父親打死兒子的情節相當嚇人，原因是：貴為唐朝士族五大姓的鄭家老爹覺得兒子居然做這種賤業，丟盡顏面。越劇中的孔乙己唱曲，也可以看做潦倒落魄不得已的做法，在自居孔門末代弟子的孔乙己來說必是百般不願，但畢竟總比做苦力容易，至少他不必脫掉他所珍惜的長衫，那代表知識分子身分的長衫。越劇把大傳統的讀聖賢書與小傳統的賣唱獻藝融合一起，戲到這裡結束，孔乙己的未來仍不樂觀。觀眾有興趣，還可以合情合理地再為他編下去。小說原來不過是側面透過店小二的眼光來描述孔乙己，絕沒有人物的心理刻畫；戲劇是正面的演出，經由眾多人物的會同表演以及孔乙己的獨白，他的心思、理想、抱負都交代得清清楚楚，兩種不同文類的特色，經過比較也可以找到許多討論的切入角度。

越劇雖也強調孔乙己的落魄，但讓他和女乞丐、夏瑜、女戲子三位女子對戲，觀眾興緻就高出許多；從他與眾女子對應的過程，反映一個傳統書生可貴的氣質；穿插女革命烈士的驚世之舉，並讓孔乙己也間接成為讚賞革命烈士的同情革命者，這樣一來，孔乙己便不再是平凡可有可無的小人物了。他的才情被誇飾出來，連「回」字的四個寫法都編出情節，詳細解說。學者們考證，其中方框中一個「目」字一體，還出自《康熙字典》呢！（當然孔乙己也可以從草書幾種寫法來說的。）主角的分量加重了，思想深入了，感慨也多了。孔乙己轉贈夏瑜題詩的扇子給女藝人，也含有精神傳承的意味。茅威濤的唱腔一流，使劇作增色不少。經過這樣改編，也就把末代孔門弟子，或者說末代舊知識分子，頗有才華、卻不能生存的悲劇展現出來，比魯迅的原作更厚實更豐富。但無可置疑的，魯迅的人物原型有其時代的寫實意義，而今被浪漫地扭曲變造了，他所要傳達的「病苦」，所醞釀的沉肅氣氛都不見了。越劇的編排多多少少把人物類型化了，為了製造高潮，擴大場面，也不免還有些樣板的味道。

——《中央日報・副刊》，二〇〇四年三月十八、十九日。後增補、加註，發表於韓華學會第三屆學術發表會（韓華學會舉辦，在韓國漢城特別市教育大學校人文館舉行），二〇〇四年五月八日。

本文為折衷精簡版，二〇二二年十一月九日。

附錄　張素貞近作年表

篇名	發表處
《紅樓夢》中的一則童話——耗子精變香芋（香玉）	《中央日報．長河》，一九九三年九月二十二日。
徐志摩〈翡冷翠山居閒話〉的多元複句結構	《中國語文》第七十七卷第一期，一九九五年七月。
畢淑敏的〈翻漿〉——人性的測試	《中國語文》第七十九卷第二期，一九九六年八月。
柏楊新創「文學EQ」	《中央日報．中央副刊》，一九九六年十一月十九日。
《長河不盡流》記要——關於沈從文	《中國語文》四七六期，一九九七年二月。
劉大任短篇小說的語言藝術	「新世紀華文文學發展」國際學術研討會（元智大學主辦）論文，二〇〇一年五月十九日。
臺灣文學理論先驅——葉石濤先生臺灣師大人文講席側記	《國文天地》第十七卷十八期，第兩百號，二〇〇二年一月一日。
掃描二二八的集體記憶——舞鶴的〈調查：敘述〉	《中央日報．中央副刊》，二〇〇二年三月十六日。
心中事．藝文緣——《樹猶如此》導讀	《中央日報．副刊》，二〇〇二年五月十四日。
臺灣文學研究的幾點補充意見	《文訊》二〇五期，二〇〇二年十一月。
張系國《昨日之怒》導讀〈保釣前後〉	《中央日報．副刊》二〇〇二年十二月十三日。
細水長流	《三民五十年》，三民書局，二〇〇三年四月十日。

篇名	發表處
人文空間的視角——金明求《空間的移轉與流動——宋元話本小說的空間探討》序	長安出版社，二〇〇三年十二月二十四日。
五、六〇年代潘人木小說面面觀	「戰後臺灣文學與思潮——以五、六〇年代為主」國際學術研討會論文（東海大學主辦），二〇〇三年十一月三十日。刊《戰後初期臺灣文學與思潮論文集》，臺北：文津出版社，二〇〇五年一月。
旋乾轉坤，變丑為生——〈孔乙己〉改編為越劇	《中央日報．副刊》，二〇〇四年三月十八、十九日。後增補、加註，發表於韓華學會第三屆學術發表會（韓華學會舉辦，在韓國漢城特別市教育大學校人文館舉行），二〇〇四年五月八日。
從自卑到自信，從附庸到自主——畢淑敏的心理治療長篇小說《拯救乳房》	《中央日報．副刊》，二〇〇四年七月二十三日。
記憶．綜括．辯解——余秋雨《借我一生》短評	《中央日報．副刊》〈閱讀〉專刊，二〇〇四年九月十九日。
先行者的沉思——陳映真散文集《父親》	《中央日報．副刊》〈閱讀〉專刊，二〇〇四年十月十七日。
時代的印記——八〇年代潘人木小說	《中央日報．副刊》二〇〇五年十二月二十二、二十三日。
《韓非子．儲說》中的小說創意	「第五屆先秦兩漢文學研討會」（北京師範大學文學院古代文學研究所承辦），二〇〇六年四月一日，收入《慶祝黃錦鋐教授九秩嵩壽論文集》，二〇一二年六月。
人前亮三分的生命之歌——潘人木後期的文藝創作	資深兒童文學家——潘人木作品研討會論文，中華民國兒童文學學會，二〇〇六年十一月十八日。《資深兒童文學家——潘人木作品研討會論文集》，中華民國兒童文學學會，二〇〇七年二月。收入〔臺灣現當代資料彙編〕17潘人木，國立臺灣文學館，二〇一二年三月。

篇名	發表處
楊念慈的《大地蒼茫》——人如何安身立命？	《文訊》第二五八期，二○○七年四月。收入〔臺灣現當代資料彙編〕93楊念慈，國立臺灣文學館，二○一七年十二月。
自然生色——鹿橋其人其文	《文訊》第二六一期，二○○七年七月。
細密見真「張」——莊信正的《張愛玲來信箋註》	《文訊》第二七四期，二○○八年八月。
嚴歌苓的《小姨多鶴》——委屈湊合底事忙？	二○○九年二月五日。
彭歌的新作《惆悵夕陽》——兩岸知識分子的對話	《惆悵夕陽》序，三民書局，二○○九年十月。 《文訊》第二八九期，二○○九年十一月。
《聊齋志異．細柳》——慧女不如呆漢？	《中國語文》第六三三期，二○一○年三月。
話說尤物——女人是禍水嗎？從《左傳》到〈鶯鶯傳〉、《西廂記》	《中國語文》第六四四期，二○一一年二月。
我所知道的梁實秋先生——從梁實秋故居復舊說起 「紀念梁實秋先生國際學術研討會」記事——從梁實秋故居復舊說起	《中國語文》第六五四期，二○一一年十二月。 二○二二年十一月二十一日改題。
李潼的少年小說《我們的祕魔岩》——成長與尋根的故事	《文訊》第三一八期，二○一二年四月。
細論張愛玲的〈相見歡〉	《中國語文》第六五八期，二○一二年四月。
時代淬礪的「英雄」姿采——楊念慈的《少年十五二十時》	《全國新書資訊月刊》第一六三期，二○一二年七月。收入〔臺灣現當代資料彙編〕93楊念慈，國立臺灣文學館，二○一七年十二月。
《血色湘西》——血性與癡情	《中國語文》第六六七期，二○一三年一月。

篇名	發表處
天人交會，古今融通——讀李潼的少年小說《望天丘》	《文訊》第三三九期，二〇一三年三月。
望晴復望秦——古華的古風歌吟	《望秦樓新樂府集》序。《文訊雜誌社》，二〇一五年八月。《文訊》第三五六期，二〇一五年九月。
施叔青的臺灣歷史小說《行過洛津》	《中國語文》第七〇一期，二〇一五年十一月。《鹽分地帶文學》雙月刊六十二期，二〇一六年二月二十九日。
彭歌研究綜述	〔臺灣現當代資料彙編〕71，國立臺灣文學館，二〇一五年十二月。《文訊》第三六三期，二〇一六年一月。
巴馬百歲人瑞命名的謎底	《文訊》三六六期〔銀光副刊〕，二〇一六年四月。
楚天和夢遠，湘水照愁多——閻莊的《日月詩篇》	二〇一六年六月八日成稿。
鍾靈毓秀，再現華采——林黛嫚的《華嚴小說新論》	《華嚴小說新論》推薦序，國家出版社，二〇一六年七月。《文訊》第三六九期，二〇一六年七月。
卻顧所來徑——回首文學人美好的七〇年代	《回到70年代——七〇年代的文藝風》序，爾雅出版社，二〇一六年七月。刊《中國語文》第七一六期，二〇一七年二月。
《度有涯日記》詩筆憶述，見人所未見—與鼎鈞先生書柬	二〇一六年七月八日。
歷史故事改編的越劇《韓非子》——嚴肅的命題如何浪漫起來？	《國文天地》三八〇號，第三十二卷第八期，二〇一七年一月。
韓秀的《塞尚》——精緻的藝術家傳記	《文訊》第三七六期，二〇一七年二月。

篇名	發表處
開闊而豐饒的新天地——《國文天地》初創的二十四期	《中國語文》七一六期，二〇一七年二月。收入《投影為風景的再生樹》。
從《湍流偶拾》談繆天華先生的文藝創作	《中國語文》七一八期，二〇一七年四月。
信德堂的餐敘——懷念劉慕沙	《文訊》三八〇期，二〇一七年六月。
略談《臺灣時報．副刊》梅新主事的企畫編輯	二〇一七年五月三十日完稿，七月十日修正。收入《投影為風景的再生樹》。
《大珠小珠落玉盤》——《臺灣時報．副刊》的當代名家談藝錄	《中國語文》七二一期，二〇一七年七月。收入《投影為風景的再生樹》。
「現代文學討論會」與「鹿橋閑談」	《中國語文》七二二期，二〇一七年八月。收入《投影為風景的再生樹》。
重溫那個熱誠努力的年代——《投影為風景的再生樹》序 編著《投影為風景的再生樹》出版	編著《投影為風景的再生樹》出版。文訊雜誌社，二〇一七年十月。
精緻深密的知性美文——王鼎鈞的《小而美散文》	《中國語文》七二五期，二〇一七年十一月。
回憶早年的中華民國筆會（彭歌原著，張素貞整理）	《民國文學與文化研究集刊》第二期【史料鉤沉】，二〇一七年十二月。
現代詩話——余光中的「彩石」評文	《中國語文》七二七期，二〇一八年一月。
釋放石頭靈魂的藝術家——米開朗基羅	《中國語文》七二八期，二〇一八年二月。
詩人大願——《現代詩》復刊初期	《創世紀》第一九四期，二〇一八年春季號。
李潼《明日的茄冬老師》——人在想念中	《中國語文》第七三二期，二〇一八年六月。

篇名	發表處
彭歌在筆會	《走筆大世界——中華民國筆會90／60紀念文集》，二〇一八年十一月。
楊喚、葉泥與《南北笛》	《國文天地》四〇二號，第三十四卷第六期，二〇一八年十一月。
豐子愷筆下的黃金童年與鄉土人物	《中國語文》七三八期，二〇一八年十二月。
細說《詩的偏見——向明讀詩筆記》 詩人自有定見——細讀《詩的偏見——向明讀詩筆記》	《文訊》第四〇一期，二〇一九年三月。 二〇二二年十一月修訂更名。
一體三相的詩雜誌《南北笛》	《文訊》第四〇一期，二〇一九年三月。
《拉斐爾》——文藝復興的天縱英才	《國語日報·書和人》，二〇一九年三月。
《拉斐爾》——文藝復興的天縱英才（節錄）	《幼獅文藝》七八四號，二〇一九年四月。
顏元叔的兩篇幼童敘事觀點小說——〈夏樹是鳥的莊園〉、〈年連痞子〉	《中國語文》七四四期，二〇一九年六月。
婉曲藏閃，逐層揭祕——談楊明《松鼠的記憶》	《中國語文》七四七期，二〇一九年九月。
多重敘事的參差映像——蕭鈞毅的短篇小說〈記得我〉	《中國語文》七五〇期，二〇一九年十二月。
劍橋博士純美深蘊的兩地情書——陳志銳的《習之微刻書》	《中國語文》七五一期，二〇二〇年一月。
畫藝超前的巴洛克藝術家——卡拉瓦喬	《中國語文》第七五四期，二〇二〇年四月。
韓秀《倘若時間樂意善待我》藝術編——當藝術置入了小說	《中國語文》七五五期，二〇二〇年五月。

篇名	發表處
韓秀《倘若時間樂意善待我》世情編——愛情、親情、溫情、奇情	《中國語文》七五七期，二〇二〇年七月。
王安憶尋根——《紀實與虛構》中的英雄之壯美	《中國語文》第七五八期，二〇二〇年八月。
小說名家作品精簡綜述——司馬中原、楊念慈、白先勇、王文興	文訊資料中心，二〇二一年九月十八日。
荒漠甘泉《小王子》	《中國語文》七六一期，二〇二〇年十一月。
黃春明《秀琴，這個愛笑的女孩》——笑臉揭開劇幕	《中國語文》七六三期，二〇二一年一月。
找到你的幸福了嗎？——蒙廸安諾《在青春迷失的咖啡館》	《中國語文》第七六八期，二〇二一年六月。
事出沉思——柯慶明《沉思與行動》讀後	《中國語文》七七〇期，二〇二一年八月。
平居有所思——柯慶明的藝文小品	《中國語文》七七一期，二〇二一年九月。
韓秀的新書《風景線上那一抹鮮亮的紅》——無盡的美感與沉思	《國文天地》第三十七卷第六期，二〇二一年十一月。
少年小說《博士、布都與我》——同源分流，互惠尊重	《中國語文》七七三期，二〇二一年十一月。
梅新的詩創作與編輯之路	書展演講，楊宗翰對談，二〇二二年六月五日。
北宋變法考驗了士人德慧——王安石與司馬光之一	《中國語文》第七八〇期，二〇二二年六月。
宋代變法餘波盪漾——王安石與司馬光之二	《中國語文》第七八一期，二〇二二年七月。

篇名	發表處
小說家黃春明的第一本詩集——《零零落落》的奇思妙構	《中國語文》七八二期，二〇二二年八月。
北宋變法考驗了士人德慧——王安石與司馬光（新論新探）（論文）	《孔孟月刊》第六十卷第十一、十二期，二〇二二年九月。
張曉風仙棒在手——《這麝過春山草自香》	《聯合報．D3聯合副刊》，二〇二二年九月十二日。
沉穩而靈動——長懷恩師許世瑛先生	《中國語文》第七八五期，二〇二二年十一月。
逯耀東的《似是閒雲》——散淡不得，聊且書懷	《中國語文》第七八七期，二〇二三年一月。
半世紀重讀《許世瑛先生論文集》——追思懷想一代師表	《中國語文》第七八九期，二〇二三年三月。

釀文學280　PG2940

有情天地的小說悅讀

作　　者　張素貞
責任編輯　鄭伊庭
圖文排版　周妤靜
封面設計　王嵩賀

出版策劃　釀出版
製作發行　秀威資訊科技股份有限公司
114 台北市內湖區瑞光路76巷65號1樓
電話：+886-2-2796-3638　傳真：+886-2-2796-1377
服務信箱：service@showwe.com.tw
http://www.showwe.com.tw
郵政劃撥　19563868　戶名：秀威資訊科技股份有限公司
展售門市　國家書店【松江門市】
104 台北市中山區松江路209號1樓
電話：+886-2-2518-0207　傳真：+886-2-2518-0778
網路訂購　秀威網路書店：https://store.showwe.tw
國家網路書店：https://www.govbooks.com.tw
法律顧問　毛國樑　律師
總 經 銷　聯合發行股份有限公司
231新北市新店區寶橋路235巷6弄6號4F
電話：+886-2-2917-8022　傳真：+886-2-2915-6275

出版日期　2023年10月　BOD一版
2024年 4月　BOD二刷
定　　價　350元

讀者回函卡

Printed in Taiwan

國家圖書館出版品預行編目

有情天地的小說悅讀 / 張素貞著. -- 一版. -- 臺北市 : 釀出版, 2023.10
面； 公分. -- (釀文學)
BOD版
ISBN 978-986-445-824-0(平裝)

1.CST: 現代小說 2.CST: 文學評論

812.7 112008897